THOMAS ENGSTRÖM
NORTH OF PARADISE

THOMAS
ENGSTRÖM

NORTH OF PARADISE

EIN LUDWIG-LICHT-THRILLER

Aus dem Schwedischen von
Lotta Rüegger und Holger Wolandt

C.Bertelsmann

Die Originalausgabe erschien 2015 unter dem Titel *Norr om Paradiset*
bei Albert Bonniers Förlag, Stockholm

MIX
Papier aus verantwortungsvollen Quellen
FSC® C083411

Verlagsgruppe Random House FSC® N001967

1. Auflage

Published by agreement with Salomonsson Agency
Umschlag: semper smile, München
Umschlagmotiv: © Shutterstock/QtraxDzn; Oleksii Lishchyshyn;
Yuri Nunes; Pogorelova Olga; littlenySTOCK
Satz: Greiner & Reichel, Köln
Druck und Bindung: CPI books GmbH, Leck
Printed in Germany

ISBN 978-3-570-10303-6
www.cbertelsmann.de

Für meine geliebte Margit

Aus totalitärer Sicht ist Geschichte etwas,
das geschaffen wird, und nichts, woraus man Lehren ziehen sollte.

George Orwell, The Prevention of Literature

PROLOG

Versailles, SW 8th St.
Little Havana, Florida, USA
Mo., 9. Juni 2014
[23:45 EST]

Wer lange genug lebt, wird irgendwann verraten. Feindschaft ist keine Komplikation, sie ist ein Naturzustand.

Kurz vor Mitternacht war die Luft in Little Havanna ein einziges Parfüm. Zuckersüßer Jasmin und Moschus bildeten die schwere Basisnote, erhitzter Asphalt, Benzin und Zigarren erzeugten die Herznote, und die Kopfnote bestand aus geräuchertem Schweinefleisch, gegrilltem Jalapeño, geröstetem Oregano und brennendem Cayennepfeffer. Die Leute bewegten sich in Grüppchen – einige waren auf dem Heimweg nach einer ausgedehnten Mahlzeit, andere strebten den Clubs zu, in denen bereits Frauen mit türkisen Stilettos und übergeschlagenen Beinen warteten, bewacht von Türstehern mit verschränkten tätowierten Armen.

In dem riesigen Stadtteil waren wenige Häuser höher als drei Stockwerke, und kaum einer sprach besser Englisch als ein durchschnittlicher Fünfjähriger in dem Land, in das sie geflüchtet waren.

Am Parkplatz hinter dem Restaurant Versailles in der SW 8th Street stand ein Mann mit einem Damenfahrrad. Er trug einen Motorradhelm mit geschlossenem Visier, ein etwas unangenehmer Anblick, aber nicht das Schlimmste, was einem an einem Spätabend in Miami begegnen konnte. Er atmete angestrengt – die Temperatur betrug 29 Grad – und er musste das Visier hochklappen, damit das Plexiglas nicht von innen beschlug.

Von seiner Position aus sah er Leute in Gruppen aus dem Lokal schlendern, keine »amerikanischen« Kubaner, sondern richtige Exilkubaner, Leute, die darauf warteten, wieder in ihre Heimat zurückzukehren, die sie als gestohlen empfanden. Das Versailles bildete das Herz des Widerstands gegen das Castro-Regime. Hier waren Aktionen, Entführungen, Morde, ganze Putsche geplant worden. Hier hatte eine der radikalsten Fraktionen des Kalten Krieges ihren letzten sicheren Stützpunkt. Bis zu diesem Abend.

Das laute Hupen eines vorbeifahrenden großen Lastwagens brachte den Mann mit dem Fahrrad beinahe aus dem Gleichgewicht. Er schwitzte stark, schaute ein weiteres Mal auf seine Armbanduhr und überprüfte seinen Puls, indem er zwei Finger an seine Halsschlagader legte.

Sein Einsatz war für das Gelingen des Plans von entscheidender Bedeutung. Dabei war er, wenn alles nach Plan verlief, vollkommen überflüssig. Bestenfalls musste er nur ein Zeichen geben, schlimmstenfalls musste er einfach seine Arbeit tun und sich in einen Roboter verwandeln. Diese Fähigkeit hatte er in monatelangen Kämpfen in Städten am anderen Ende der Welt erlernt und optimiert. Diesen Umstand rief er sich im Laufe von zehn Minuten mindestens zwanzigmal in Erinnerung und holte zuletzt einige Male tief Luft.

Da.

Die Zielpersonen traten durch die Hintertür ins Freie. Der eine trug ein paar Tüten in der Hand – Brot aus der Bäckerei des Versailles oder ein Doggybag. Beide waren übergewichtig und Mitte sechzig. Sie grüßten den Wachmann, und dieser musterte sie eingehend, um festzustellen, ob er ihnen vom Auto abraten sollte.

Das war der unsicherste Teil des Plans. Monatelang hatten sie die Gewohnheiten der Männer studiert, die für gewöhnlich nicht mehr als zwei Gläser Wein tranken. Acht von zehn Malen fuhren sie also mit den eigenen Autos nach Hause und zwei von zehn Malen mit dem Taxi. Es bestand eine also zwanzigprozentige Wahrscheinlichkeit, dass er seine dunkelgrüne Heckler & Koch USP benutzen musste, die in einer großen Seitentasche seiner Armeehose steckte.

Eine der Zielpersonen sagte etwas, und der Wachmann lachte und breitete die Arme aus, als würde er kapitulieren. Dann gingen die beiden Männer zu ihren Autos, die drei Stellplätze voneinander entfernt standen. Noch konnte er sich nicht sicher sein, ob sie vielleicht nur etwas aus dem Kofferraum nehmen und dann ein Taxi rufen wollten. Jetzt musste er seinen Puls nicht mehr ertasten. Er hörte ihn im Kopf und konnte einfach mitzählen. Zehn Sekunden für achtzehn Pulsschläge.

Die beiden Männer umarmten sich, klopften einander auf die Schulter, trennten sich und gingen auf ihre schwarzen Autos zu. Sofort verlangsamte sich sein Puls. Es war beinahe vorbei. Jetzt war es an der Zeit, das Zeichen zu geben.

Er hob einen Zeigefinger in die Luft, ballte die Hand zur Faust und öffnete sie wieder. Dann setzte er sich auf den Sattel und radelte langsam davon.

Drei Sekunden vergingen. Die träge Luft schien sich wie durch eine alles verzehrende Kraft zu komprimieren. Dann verfärbte sich der blauschwarze Himmel hinter ihm weiß, ein hungriges, wütendes Flammenmeer. Glas splitterte, Alarmanlagen schrillten, Blech, Plastik und Menschen wirbelten durch die Nacht und blieben brennend auf der warmen Erde liegen.

Der Krieg hatte begonnen. Vielleicht war er bereits gewonnen.

ABTEILUNG L

342 SW 8th Avenue
Little Havana, Florida, USA
Di., 10. Juni 2014
[10:05 EST]

In Little Havana wohnten etwa sechzigtausend Kubaner und ein Deutscher – ein blonder siebenundfünfzigjähriger Mann, der sich gegen zehn Uhr morgens in seinem knarrenden Feldbett umdrehte, ohne sich daran erinnern zu können, wo er sich befand. Erst als er den Straßenlärm und den Gesang auf der Veranda hörte, fiel es ihm wieder ein.

Florida war ein Witz. Die Hitze hing in der Luft wie Laserpunkte, die nach den kühlen Flecken auf Ludwig Lichts verschwitzter Haut suchten und sie wegbrannten. Florida war ein Paradies ohne Engel.

»Guten Morgen, Papi«, sagte Carmen, als Ludwig in einem dünnen hellblauen Bademantel in den Schatten vor dem kleinen terrakottafarbenen Haus trat. Einzig Carmens Pupillen waren groß. Im Übrigen war sie eine kleine, drahtige Erscheinung. Es hatte einige Wochen gedauert, bis Ludwig angefangen hatte, sie als Erwachsene zu sehen, obwohl sie die Vierzig bereits überschritten hatte.

Natürlich glaubten viele Nachbarn, dass Ludwig mit ihr schlief, aber das entsprach nicht ihrer Vereinbarung. Carmen war sein Wachhund und durfte dafür in einem Schuppen im Garten wohnen. Ein großer Vorteil war, dass sie nie schlief, jedenfalls nicht, soweit Ludwig es beurteilen konnte. Sie lebte von Kiwisaft und Maisbrot mit Haschisch. Einige Male im Monat gab ihr der Bäcker einige Straßen weiter ein Stück Torte aus. Ihre Abmachung umfasste weiterhin, dass sie Küche und Bad im Haus benutzen durfte, wenn Ludwig nicht da war. Er hatte sie noch nie in seinen vier Wänden gesehen, merkte aber, wenn sie die Dusche benutzt hatte, und fand in der Küche gelegentlich Kiwisaftspritzer.

Die Veranda war von Säulen und einer niedrigen Ziegelmauer umgeben und hatte die Größe eines Kombis. Der Garten, der bis zum meterhohen Maschendrahtzaun reichte, besaß in etwa dieselben Ausmaße. Von den acht Palmen stand nur jede zweite innerhalb des Zauns, was Ludwig erhebliche Probleme verursachte, denn die Dade-County-Parkverwaltung weigerte sich, die Bäume innerhalb seines Zauns zu beschneiden. Er hatte versucht, mittels Bestechung eine Lösung herbeizuführen, aber trotz des Eindrucks, der sich ihm tagtäglich aufdrängte, schien er sich doch nicht in einer Bananenrepublik zweiter Klasse aufzuhalten. Er befand sich in den Vereinigten Staaten, die von der Ineffektivität unterentwickelter Regionen, aber nicht der dazugehörigen Flexibilität geprägt waren.

Ludwig spähte über die Südwestecke des Riverside Parks auf der gegenüberliegenden Straßenseite. Hinter einem oben abgeschrägten, ballsicheren Maschendrahtzaun lag ein Sportplatz mit hellgelbem Sand, der im diesigen Morgenlicht zu leuchten schien. Im Augenblick war er leer, aber der dumpfe Knall der Schläger hatte sich wie der Takt einer Marschtrommel in Ludwigs Kopf festgesetzt.

Fußgänger und Radler schienen sich oft schneller und zielstrebiger vorwärtszubewegen als die ungleichmäßig vorbeiströmenden Autos. Nach einer Weile hatte Ludwig erkannt, woran das lag: An jeder Kreuzung galt rechts vor links, und ein Durchkommen war schwierig. In dieses Viertel geriet man nur versehentlich und suchte anschließend verzweifelt nach der nächsten Schnellstraße.

Die einzige Frage, die verirrte Autofahrer einem je stellten, lautete: »Wie komme ich hier weg?«

»Guten Morgen«, brummte Ludwig, zog seinen Flachmann aus der Tasche des Bademantels und trank ein paar Schlucke warmen Bourbon, bevor er seine Füße in ein Paar rote Badelatschen schob, die Gartenpforte öffnete und ein Stück am Park entlangging. Mit geübter Handbewegung und einem Gummiband raffte er sein Haar zu einem Pferdeschwanz zusammen.

Sein Stammlokal lag nur fünfzig Meter entfernt. Genau genommen bestand es nur aus einer Tür in der Wand, drei Plastikstühlen und ein paar umgedrehten Bierkästen unter einer Markise. Die Markise hatte dieselbe Farbe wie amerikanische Autobahnschilder. Die Eigentümerin des Lokals gehörte zu den Unternehmern, mit denen Ludwig eine stillschweigende Vereinbarung eingegangen war. Jeden Morgen half er ihr, ohne dass dabei ein Wort gewechselt wurde, einen mittelalterlichen Lautsprecher neben den Airconditioner an der Straße zu hängen. Dafür erhielt er einen Café con leche und ein vier Grad kaltes Budweiser. Wenn sie abends allein im Lokal arbeitete, begleitete er sie mit der Tageskasse zu ihrem Auto.

Nachdem er den Lautsprecher angebracht hatte – während die Frau, deren Namen er nicht einmal kannte, ihm den Rücken zukehrte und etwas auf dem Herd briet –, räusperte er sich, verließ das Lokal und setzte sich auf einen der drei Stühle. Zwei Minuten später standen Bier und Kaffee vor ihm. Er goss etwas Bourbon in den wässrigen, grauen Kaffee, massierte sich die Schläfen und trank. Langsam begann sein Gehirn wieder zu arbeiten. Allerdings war es noch zu früh, um zu erfassen, womit es sich beschäftigte. Vermutlich mit der stinkenden, heruntergekommenen Kneipe, die er drüben in der 7th Street besaß.

Auf der Bierkiste, auf der seine Füße lagen, lag auch die Sonderausgabe des *Miami Herald*.

Bombenanschlag im Herzen von Little Havana – Drei Tote
Gouverneur Scott im Krisengespräch mit Washington nach den Autobomben vor dem Versailles. Erhöhte Terrorbereitschaft?

Ein Angestellter des Lokals war ums Leben gekommen sowie Guevo Laziles und Pablo Rojas, die zur Führung des militanten Teils der exilkubanischen Bewegung FRPF gehörten, deren Sprecher Laziles seit fünfzehn Jahren gewesen war. Die Miami-Dade Police teilte schon bald mit, die Ermittlungen abgeben zu wollen, da es sich um eine terroristische Straftat handele, für die die State Police zuständig sei. Unbestätigten Angaben zufolge waren bereits eine halbe Stunde nach dem Anschlag Bombenspezialisten des FBI-Miami zur Stelle.

In seinem Blog erklärte Jesus Esquivel, laut übereinstimmenden Informationen der dritte Mann der FRPF-Führung: »Die amerikanische Öffentlichkeit muss endlich aufwachen. Die Lakaien des Castro-Regimes stellen eine ernsthafte Bedrohung dar. Sie leben in unserer Mitte und schrecken auch in der Hochburg der Demokratie und Freiheit nicht vor kaltblütigen Morden zurück. Wir trauern um unsere Kameraden und beten in dieser schweren Zeit für ihre Familien. Dennoch geht der Kampf unermüdlich weiter.«

Ludwig hörte auf zu lesen. Ein edlerer Mensch in besserer Verfassung als er wäre vermutlich nicht auf die Idee gekommen, dass alles, was dem Versailles schadete, kleinere Lokale begünstigte. Doch Ludwig Licht legte die Zeitung mit der bedenklichen Schadenfreude eines Säufers beiseite.

Leider half nicht einmal das gegen seine Kopfschmerzen. Aus der linken Tasche seines Bademantels nahm er zwei Aspirin und warf sie in die Bierflasche, in der es zischte und schäumte. Genüsslich schlürfte er den Schaum in sich hinein und schloss die Augen. Dann plante er einen weiteren vollkommen sinnlosen Tag seiner eigenen Endlagerung.

Eine halbe Stunde später hatten seine Kopfschmerzen um fünfzig Prozent abgenommen, während der beunruhigend niedrige Alkoholpegel seines Blutes stetig anstieg. Als er zu seinem Haus zurückkehrte, das fast das gesamte Eckgrundstück einnahm, saß Carmen immer noch auf der Veranda und flocht weißgrüne Rosen aus Palmwedeln, die sie an Touristen verkaufte, wenn sie gerade nicht arbeiten wollte oder ihr der Einlass in den Stripclub verwehrt wurde.

»Eben war ein Auto hier«, sagte sie, ohne ihre Handarbeit aus dem Blick zu lassen.

»Bitte?«

»Hier vor der Tür hat ein Wagen gehalten. Zwei Typen in Anzügen haben zu mir rübergestarrt und sind dann weitergefahren.«

»Hast du mit ihnen geredet?«

»Das waren keine Freier. Jedenfalls glaube ich es nicht.«

»Nein. Aber hast du etwas zu ihnen was gesagt?«

»Nicht wirklich.« Als Antwort auf Ludwigs fragenden Blick fügte sie hinzu: »Ich habe ihnen den Mittelfinger gezeigt und was auf ihr Auto geworfen. Das ist doch nicht weiter schlimm, Papi?«

Ludwig schüttelte den Kopf und leerte seinen Flachmann. »Nein, nein, das ist großartig.«

Sie schwiegen ein paar Minuten. Die Temperatur stieg, und Ludwig hatte das Gefühl, als entwiche die gesamte nächtliche Feuchtigkeit aus seinen Poren. Es war wie in der Sauna, einen Moment lang war ihm kühl und im nächsten brennend heiß. Er fluchte und wischte sich den Schweiß von der Stirn, blieb aber trotzig auf der Veranda stehen.

Ludwig wohnte seit gut anderthalb Jahren in Miami, seit er Malvin Klaces Neonazi-Terrorgruppe in den Bergen von Pennsylvania infiltriert und dann in Washington gesprengt hatte. Anderthalb Jahre. Einen Teil dieser Zeit war er nüchtern gewesen. Oder musste es gewesen sein. Anfänglich zumindest.

Zum Teufel damit. Dieser Tag eignete sich weder zum Grübeln noch um wesentliche Beschlüsse zu fassen.

»Könntest du mir bitte ein paar dicke Joints rollen?«, fragte Ludwig mit heiserer Stimme.

Sofort legte Carmen die in Streifen geschnittenen Palmwedel beiseite, öffnete ihre geräumige Schultertasche und fing an.

Es war halb zwölf. Ludwig holte sein Handy vom Couchtisch im Wohnzimmer, kehrte auf die Veranda zurück und rief Dwight an.

»Fünf oder sechs Stunden, könnte das heute funktionieren?«, fragte er, als der Amerikaner abhob.

»Vermutlich schon. Ich muss nur erst noch die Planung bereinigen. So kurzfristig kostet extra, das ist dir hoffentlich klar, oder? Keiner freut sich, wenn ich absage.«

»Vielleicht willst du ja mit mir tauschen?«, erwiderte Ludwig unwirsch. »Das wäre doch was. Ich fahre eine Woche lang in deiner gekühlten Limousine durch die Gegend, und du kümmerst dich um mein Lokal und meine fünf Angestellten. Das sind super Leute, kann ich dir sagen, nicht zu übertreffen, mit Charakter und Scharfsinn.«

Carmen lachte, denn ihr gefiel Ludwigs Sarkasmus, und sie ließ versehentlich etwas Marihuana auf den Betonboden fallen. Mit einem angefeuchteten Zeigefinger sammelte sie es wieder auf.

»Ist ja schon gut«, erwiderte Dwight.

»Wann kommst du?«

»Ich bin jetzt in Gables … In einer Viertelstunde.«

Ludwig legte auf. In einigen Hundert Metern Entfernung flog der Hubschrauber eines Nachrichtensenders vorbei und verschwand Richtung Norden.

*

Dwights weißer Lincoln war nur einen halben Meter länger als ein normales Taxi, aber sehr viel bequemer. Vor allen Dingen war Dwight einer der tolerantesten und aufgeschlossensten weißen Amerikaner, die Ludwig in den vergangenen Monaten getroffen hatte. Wahrscheinlich hing seine überaus liberale Einstellung mit seinem konstanten Geldmangel zusammen. Für Ludwig stellte sie für jede Beziehung, die länger als zwei Nächte halten sollte, eine Notwendigkeit dar.

Sie waren schon ein paar Blocks Richtung Westen gefahren, als Ludwig erklärte, wohin er wollte.

»Zu diesen verdammten Hunden«, sagte er und beugte sich dabei nach vorne.

Dann öffnete er das Fenster und zündete den ersten Joint an.

Bis er etwas spürte, verstrichen ein paar Minuten, aber als es so weit war, meinte er durch das Schiebedach zu schweben und im Lotussitz auf dem Autodach zu ruhen wie ein Heerführer auf einem Elefantenrücken. Alles Negative und Mühsame war verschwunden. Er konnte sogar lächeln, als er sein eigenes Lokal linkerhand vorbeiflattern sah. Das blinkende Neonschild ließ sich nicht ausschalten, und auch jetzt bei helllichtem Tage war die Botschaft in türkisfarbenen Art-déco-Buchstaben klar und deutlich:

ICH BIN EIN BERLINER!

Wie er dieses Ausrufungszeichen hasste! Eines Nachts wäre er beinahe zu seiner Kneipe gelaufen und hätte es mit der gerade erworbenen SIG P210 weggeschossen. Er hasste es jetzt immer noch, nahm es aber nicht mehr persönlich. Mit jedem weiteren Zug von seinem Joint erschienen ihm sämtliche Moleküle der Schöpfung zunehmend das Problem der anderen zu sein.

Immer weiter entfernten sie sich vom Atlantik und dem Zentrum Miamis. Sie waren in der 8th Avenue losgefahren und befanden sich auf dem Weg zur 37th, was etwa eine Viertelstunde dauerte. Ludwig kam es vor wie fünfzehn Sekunden. Das war natürlich auch der Grund, warum er überhaupt Carmens Gras rauchte: Die Zeit, in der nichts geschah, verging so schnell, dass sie ihm beinahe ereignisreich vorkam.

Die Straße verlief parallel zur 8th Street, und als sie hinter dem Versailles vorbeifuhren, sagte Dwight:

»Wirklich fürchterlich, diese Geschichte heute Nacht.«

Der Restaurantparkplatz war mit gelb-schwarzem Flatterband abgesperrt, zahlreiche Polizeibeamte liefen geschäftig herum.

Ludwig wandte langsam den Blick ab und betrachtete Dwights hochroten Nacken.

»Das geschieht diesen verdammten Schweinen recht.«

»Bitte?« Dwight hielt an einer roten Ampel und blinkte nach rechts. »Bist du nicht ganz bei Trost?«

»Ich meine nicht die, die draufgegangen sind«, lallte Ludwig, »sondern diese großkotzigen Eigentümer, die meinen, dass sie so viel besser sind als wir anderen.«

Sie bogen ab und fuhren auf der 37th Avenue Richtung Norden.

»Aber schade war es natürlich schon«, fuhr Ludwig fort.

»Was?«

»Dass es Tote gab«, meinte Ludwig. »Schließlich hätte es gereicht, wenn sie ihnen mit ein paar Ziegelsteinen die Fenster eingeworfen hätten oder so.«

»Du glaubst also nicht an ein politisches Motiv?«

»Politisch?«, erwiderte Ludwig entgeistert. »Über Miami kann man wirklich viel sagen, aber politisch war hier nichts, seit Gouverneur Bush im Jahr 2000 das Wahlergebnis für seinen Bruder mit dem Chromosomenschaden gefälscht hat.«

»Glaubst du das wirklich?«, fragte Dwight plötzlich mit vertraulicher Stimme. Er spürte, dass Ludwig mehr über die Welt wusste, als man auf den ersten Blick vermutet hätte.

»Woher soll ich das wissen? Du bist ja wirklich neugierig!« Letzteres klang längst nicht so ungehalten, wie von Ludwig beabsichtigt, sondern eher wie eine scherzhafte Aufforderung zum Themenwechsel unter Männern, die sich von Kindesbeinen an kennen.

Dwight lachte und bog auf den riesigen Parkplatz ein, der zum Flagler Dog Track & Sports Entertainment Center gehörte.

Als er ausstieg, knallte die Sonne vom Himmel, und Ludwig hatte das Gefühl, den Kopf in einen Backofen zu stecken. Nur wenige Autos standen auf dem überdimensionierten Parkplatz.

In Leinenanzug und geflochtenen braunen Espadrilles ohne Strümpfe ging er auf das Gebäude zu, während Dwight mit der Limousine wieder davonfuhr. Er wusste, dass er Ludwig nach einigen Stunden abholen musste. Ludwig war so zugedröhnt, dass er Mühe hatte, den Haupteingang des Gebäudes anzusteuern, das an ein Postverteilzentrum erinnerte. Der Konsum von Whiskey und Marihuana so früh am Tag war möglicherweise etwas übertrieben gewesen. Vor dem Einschlafen spielte das keine Rolle, aber jetzt ging es schließlich um wichtige Dinge. Jetzt ging es um Geld.

Im klimatisierten Eingangsbereich gelang es ihm, sich etwas zu sammeln. Die Rolltreppe zur Tribüne verlief zwischen zwei tomatenroten Wänden, die eine Schocktherapie gegen Klaustrophobie zu suggerieren schienen. Die Leuchtstoffröhren hoch über ihm begrüßten Ludwig wie einen alten Bekannten. Er musste die Augen schließen und wäre dabei beinahe hintenüber gefallen. Erst als er oben ankam, gewann er sein Gleichgewicht zurück.

Linkerhand lag die Tribüne mit ihrem riesigen gewölbten Panoramafenster. Rechterhand saßen die fanatischsten Spieler und starrten auf große und kleine Bildschirme. Einige setzten auf die Rennen, die vor Ort stattfanden, andere auf Football- und Baseball-Spiele in anderen Teilen des Landes. Für diejenigen, die noch mehr Spannung wünschten, gab es ein Kasino.

Ludwig war wegen der Hunderennen erschienen und steuerte direkt auf die Schalter in der Mitte des Raumes zu, an denen die Wetten abgeschlossen wurden. Der erste Lauf hatte bereits stattgefunden. Mit seiner Mastercard setzte er tausend Dollar darauf, dass Graham Mean im zweiten Lauf unter die ersten drei kommen würde. Der Gewinn betrug das 1,3-fache des Einsatzes. Die Dame an der Kasse verzog keine Miene, denn es gab keinen Höchstbetrag, sondern nur das persönliche Limit der Kreditkarte oder des mitgeführten Bargelds.

Auf der Tribüne herrschte eine ernste Stille, die von dem dicken braunen Teppichboden noch verstärkt wurde. Am Fenster gab es Tischchen mit Monitoren und Informationsbroschüren. Ludwig wählte einen guten Platz in der Mitte. Rechts von ihm saß ein Mann Anfang sechzig in einem kurzärmligen Hemd mit Zebramuster, ebenfalls ohne Begleitung. Er war klein und drahtig und hatte richtig schlechte Laune. Mehrere Sekunden lang begegnete er Ludwigs leerem Blick. Auf der Stirn zuckte ein Muskel, ein nervöser Tick. Dann vertiefte er sich in seine Notizen auf einer seiner Broschüren. Der Blickkontakt mit anderen Spielern war immer eine schlechte Idee, jemandem Glück zu wünschen war noch schlimmer und konnte durchaus mit tätlichen Auseinandersetzungen enden.

Das Schauspiel begann. Auf der Rennbahn, deren Größe der Minigolfbahn eines dekadenten saudischen Prinzen entsprach, führten acht schlaksige schwarze Teenager in lila T-Shirts mit weißem Logo die Hunde zu den Startboxen.

Über die Lautsprecher wurden die Hunde in fröhlichem Ton angepriesen, als handele es sich bei ihnen um nobelpreisverdächtige Astrophysiker. Zwei von ihnen nutzten die Gelegenheit, um auf der Wiese ausführlich ihr Geschäft zu verrichten.

Graham Mean war Nummer sieben. Er trug ein wespengelbes, badeanzugähnliches Trikot, das sich deutlich von seinem dunkelbraunen Fell abhob. Der Maulkorb war weiß. An diesem Tag hatte er sehr schlechte Laune und versuchte mehrmals, die anderen anzugreifen. Ludwig bereute es, nicht auf Sieg gesetzt zu haben.

Ohne vorhergehende Stille oder ein Signal kam der mechanische Hase gegen den Uhrzeigersinn von rechts auf die Startboxen zugesaust. Die Hunde wurden losgelassen und rasten wenige Sekunden später an Ludwigs Blicklinie vorbei. Nummer sieben kam gut voran und lag kurz vor der zweiten Runde in Führung. Ludwig fluchte, als das Zielsignal ertönte. Er hatte dreihundert Dollar bei einem Lauf verdient, der ihm mühelos das Vierfache hätte einbringen können.

Er schob seinen Wettschein in den Automaten, erhielt seine Quittung und ließ sich den Gewinn an der Kasse auszahlen. Dann setzte er je tausend Dollar auf die vier nächsten Läufe. Mit Ausnahme eines Laufes, den er einem Gerücht gemäß einschätzte, handelte es sich um sichere Karten. Dann trottete er zur Tribüne im Freien, weil sie dichter an den Startboxen lag und weil es dort vor allen Dingen auch eine Bar gab.

Draußen war es eigentlich zu warm, aber Ludwig gefiel es, mit dem Barkeeper allein zu sein. Es war ein kleiner Mann von Anfang fünfzig, der indianischer Abstammung zu sein schien. Er bestellte einen doppelten Whiskey und zwei Budweiser und nahm mit dem Rücken zur Rennbahn auf dem Drehhocker Platz.

Die Minuten verstrichen, während die Hunde ihre intensiven Läufe absolvierten. In der dritten Schnaps-, Bier- und Hunderunde beschloss der Barhocker aus heiterem Himmel umzufallen und Ludwig mitzureißen. Er registrierte den Schmerz in der linken Schulter, um den er sich später kümmern wollte. Dann wurde die Welt wieder so schwarz, leer und still, als wäre er zum Entstehungsmoment des Universums zurückgekehrt.

*

»Papi?«

Carmen beugte sich über ihn. Er lag zu Hause im Wohnzimmer auf dem Rattansofa.

»Jetzt nicht«, maulte Ludwig.

»Dwight hat dich nach Hause gefahren.«

»Dieser verdammte Idiot. Hat er überhaupt die Wettscheine eingelöst?«

»Hier.« Carmen klopfte mit einem langen kirschroten Fingernagel auf den Glastisch, auf dem fast zweitausend Dollar lagen.

Ludwig schloss die Augen und nickte. »Wie spät ist es?«

»Viertel nach neun.« Carmen räusperte sich. »Du hast Besuch.«

»Nein, nein, nein, verdammt, bloß das nicht! Kein Besuch. Sag ihnen …«

»Wenn Sie uns jetzt bitte einen Kaffee kochen könnten, Carmen«, ließ sich eine Stimme schräg hinter ihm vernehmen. »Und geizen Sie nicht mit dem Kaffeepulver.«

Mühsam richtete sich Ludwig halb auf und sah sich um. Clive Berner, alias GT, saß in dem roten Stoffsessel am Fenster und betrachtete ihn.

»Lebst du noch?«, fragte Ludwig und rieb sich die Schulter.

»Vieles deutet darauf hin.« GT nahm die Brille ab und legte sie auf den Tisch neben das Geld.

Der vierundsechzigjährige ehemalige Berliner CIA-Chef, der Ludwig in den Achtzigerjahren in der DDR als Spion angeworben hatte und inzwischen Vizepräsident der Sicherheitsfirma EXPLCO in Washington war, trug heute ein pastellblaues Polohemd und eine senfgelbe Hose. Die Hitze schien seinen Walrossbart in Panik versetzt zu haben.

Sein Spitzname GT stammte noch aus der Berliner Zeit. Er war doppeldeutig und bezog sich einerseits auf seinen übermäßigen Konsum von Gin Tonic in der schlechten alten Zeit und andererseits darauf, dass er am liebsten CIA-Chef in Moskau geworden wäre. GT lautete die CIA-Abkürzung für diesen Posten.

»Und wie geht's dir?«, fragte der übergewichtige Besucher.

»Ich habe mich vor einiger Zeit für tot erklärt. Im Paradies besteht kein Grund zur Klage.«

»Ich glaube, du solltest mal duschen, Ludwig.«

»In diesen Breitengraden erledigt sich das von selbst. Man schwitzt den Schmutz nach und nach aus.«

GT nickte nachdenklich, als hätte Ludwig etwas sehr Tiefsinniges gesagt. Dann erhob er sich und sagte:

»Geh duschen. Sektion L ist aktiv.«

Ludwig stand von der quietschenden Couch auf, eine Prozedur, die ihn einiges an Zeit kostete. Er rieb sich die Schläfen und blieb mitten im Zimmer stehen.

»Sektion L? Was soll das denn sein?«

»Das bist du.«

342 SW 8th Avenue
Little Havana, Florida, USA
Di., 10. Juni 2014
[10:05 EST]

Zu zweit saßen sie in der warmen Abendluft auf der Terrasse: Der frisch geduschte Ludwig mit einem nassen Handtuch auf dem Kopf und GT mit einer Tasse Kaffee, die er von Carmen bekommen hatte. Danach war sie in einem Kleid aufgebrochen, das bei GT akuten Schwindel ausgelöst hatte.

»Und eure Ehe ist immer noch okay?«, fragte Ludwig.

»Ein Traum.«

»Das freut mich.«

Der Amerikaner legte die Handflächen aneinander. »Du hast von dem gestrigen Bombenanschlag auf das Versailles gehört?«

»Durchaus.«

GT nickte. »Dieses Attentat hat sich zu einem heiklen Zeitpunkt ereignet. Offenbar ist irgendwas im Gange, was Kuba betrifft. Wir wollen verhindern, dass Fanatiker in dieser trüben Brühe fischen und unangenehme Dinge an die Oberfläche bringen.«

Wenn GT »wir« sagte, dann meinte er die CIA, das wusste Ludwig aus Erfahrung. Zumindest war das früher so gewesen. Seit der kleine Dicke in der freien Wirtschaft tätig war, wusste man nicht mehr so genau, was er meinte.

»Im Gange?«

»Das ist ein unglaublicher Schlamassel, eine verdammte Schlangengrube. Und ich weiß zu wenig darüber.«

»Und mein Beitrag, um Klarheit in diese Frage zu bringen?«

»Du wohnst doch hier und kennst dich in dieser Gegend aus. Irgendwie müsste sich daraus doch Nutzen ziehen lassen. Das FBI will unser schickes Familienunternehmen dabeihaben, weil wir bessere Kontakte zur CIA haben als sie, und sie wissen, dass die Exilkubaner nichts unternehmen, ohne dass die CIA mitmischt. Außerdem haben sie ausdrücklich nach dir gefragt. Genauer gesagt, Booker Clark. Du musst ihn beim letzten Mal beeindruckt haben.«

Ludwig schüttelte den Kopf. Niemand von Rang und Namen bat um seine Dienste, wenn der Auftrag nicht auch richtig unappetitliche Aspekte beinhaltete.

»Der Held aus Washington«, erwiderte er trocken. Es war nicht klar, ob er Booker Clark meinte, den FBI-Mann, der in der Endphase den EXPLCO-Einsatz gegen eine rechtsextreme Terrorgruppe geleitet hatte, oder sich selbst.

»Hast du den Orden schon mal vor dem Spiegel anprobiert?«, fragte GT.

»Nein. Aber ich bewahre ihn an einem sicheren Ort auf.«

»Ich vermute«, meinte GT und betrachtete eine Bande kubanischer Jungs mit einem Kampfhund, die am Baseball-Platz herumlungerten, »dass an der Sicherheit hier nichts auszusetzen ist.«

»Die sind nicht so gefährlich, wie sie aussehen.«

»Häng dich an die FBI-Ermittlung ran und überprüfe diesen Jesus Esquivel, der vermutlich der nächste Anführer der militanten Exilkubaner wird.«

Ludwig setzte diesen Gedanken bis zu seinem logischen Ende fort. »Und wenn der hinter dem Bombenanschlag steckt?«

»Keine Ahnung. Vermutlich nicht unser Problem. Diese Ziegenhirten dürfen sich einfach nicht auf dicht bebautem amerikanischem Territorium gegenseitig in die Luft sprengen. Schließlich sind sie hier nicht auf ihrer Zuckerrohrplantage. Ich werde mal bei Fran Bowden nachfragen, falls ich sie erreiche.«

Fran Bowden, die ehemalige Europachefin der CIA, hatte GT drei Jahre zuvor von seinem Job in Berlin gefeuert und war gerade erst CIA-Direktorin geworden, allerdings nur vorläufig. Alle waren sich jedoch einig, dass sie die Kongressanhörung überleben und dann offizielle Amtsinhaberin sein würde. Dass der Präsident ihre Nominierung so lange hinausgezögert hatte, lag vermutlich daran, dass er den linken Flügel der Demokraten nicht unnötig provozieren wollte – lauter Akademiker, die eine ungefähre Vorstellung von den Menschenrechten und vom Folterverbot hatten.

»Wo wohnst du?«, fragte Ludwig.

»Im Winter Haven in South Beach.«

»Was hast du in South Beach verloren? Arbeitest du an deinem Teint?«

»Ich glaube, das Hotel gehört uns.« GT strich einige Male mit Daumen und Zeigefinger über seinen Schnurrbart.

»Vielleicht ist es auch umgekehrt, und der Hotelbetreiber besitzt Anteile an EXPLCO. Das eine schließt das andere ja nicht aus.«

Es musste Augenblicke gegeben haben, dachte Ludwig fasziniert, in denen sich sein alter Chef so sehr nach einem ordentlichen Drink gesehnt hatte, dass es ihn förmlich zerrissen hatte. Aber soweit Ludwig wusste, hatte GT nie einen Rückfall erlitten. Die Methode der Anonymen Alkoholiker hatte in seinem Fall wirklich ausgezeichnet funktioniert.

GT riet ihm in einem eher schwesterlichen als väterlichen Tonfall: »Du solltest etwas mehr auf dich achten, Ludwig.«

»Dieser Gedanke hat mich auch schon gestreift.«

»Ich begreife nicht, wie du es verkraftest, in deinem Alter noch ein Lotterleben wie ein Student zu führen.«

»Das muss mit den Freiheiten der westlichen Welt zu tun haben. Ich wurde einfach zu spät im Leben damit konfrontiert. Mir war es leider nicht vergönnt, mich nach und nach daran zu gewöhnen.«

»Das ist ja eine großartige Entschuldigung«, meinte GT, lächelte aber einigermaßen herzlich dabei.

»Eine Sache wäre übrigens nicht schlecht«, sagte Ludwig.

»Und zwar?«

»Ich bräuchte ... einen Führerschein.«

»Wie bitte?«

»Inzwischen besitze ich ja eine permanente Aufenthaltsgenehmigung, aber jetzt müsste ich die ganze Fahrprüfung, die theoretische und die praktische, den ganzen Scheiß, noch einmal machen. Dazu kommt dann noch der Eignungstest oder wie immer das heißt. Irgendwie hatte ich noch nicht den Nerv, mich darum zu kümmern.«

»Hast du im Augenblick einen Wagen?«

»Parken ist hier zwar gratis, aber dafür gibt es leider viele gute Gründe.«

»Du brauchst also einen Führerschein und ein Auto.«

»So könnte man es ausdrücken.«

GT schüttelte den Kopf. »Was hast du hier eigentlich anderthalb Jahre lang gemacht?«

»Ich habe im Hier und Jetzt gelebt«, erwiderte Ludwig mit säuerlichem Lächeln. Er trank ein paar Schlucke lauwarmes Wasser aus einer Plastikflasche. »Und dann habe ich natürlich versucht, die richtig großen Lebensfragen zu beantworten.«

Ein perlweißes Lincoln Town Car glitt näher und blieb vor der Pforte stehen. Es erinnerte an das Auto eines amerikanischen Diplomaten in Bagdad, allerdings ohne bewaffnete Eskorte. GT erhob sich.

»Und ist es dir geglückt?«

»Das kann ich nicht behaupten. Aber jeder Tag, den ich totgeschlagen habe, ist ein Sieg.«

GT nickte. »Sei in Zukunft vorsichtig. Auf Schritt und Tritt lauern Giftschlangen. Denk daran.«

Er gab dem Fahrer ein Zeichen, der sogleich ausstieg und eine mittelgroße Reisetasche aus dem Auto holte. GT nahm sie über den Zaun in Empfang und stellte sie neben Ludwig, der auf der Bank sitzen geblieben war.

»Der Code lautet 1989«, erklärte er.

Finster betrachtete Ludwig die silbergraue Tasche.

»Das Jahr, in dem wir erwachsen werden mussten«, sagte er gedämpft.

GT nickte. »Vielleicht sollten wir uns noch einmal sehen, bevor ich nach Hause fliege.«

Dann ging er zur Limousine und stieg ein.

Nachdem das Auto davongefahren war, starrte Ludwig in den korallenblauen subtropischen Nachthimmel, der die zahlreichen Lichter Miamis spiegelte. Einige Dutzend Kilometer in entgegengesetzter Richtung begannen die Sümpfe mit ihrer kompakten Dunkelheit. Vereinzelt durchbrach ein hungriger Alligator mit plötzlichen, ungeduldigen Bewegungen die Wasseroberfläche. Grillen zirpten und verstummten wieder, und weiter südlich wehte ein laues Lüftchen.

*

Ziemlich genau eine Tagesreise mit dem Floß entfernt lag das letzte Paradies der Arbeiter und Bauern. Aus fünfundzwanzig Jahre alten Ghettoblastern dröhnte Musik auf den rissigen Asphalt der Straßen von Havanna. Der spärliche Verkehr bewegte sich durch die noch junge Nacht wie eine geschrumpfte Militärparade.

In einer Gasse, die von der Calle San Martin im Barrio Chino abzweigte, tauchte eine große schlanke Frau aus der Dunkelheit auf. Sie trat mit ihrem schwarzen Stiefel eine Zigarettenkippe aus, ging die zwanzig Meter bis zur Hauptstraße weiter und übergab auf die Sekunde pünktlich ein Wegwerffeuerzeug an einen Mitarbeiter der schwedischen Botschaft. Die beiden blieben nicht einmal stehen, und für unbeteiligte Passanten sah es aus, als hätten sie sich nur zufällig gestreift. Dann verschwanden sie in entgegengesetzte Richtungen in die karibische Nacht – die Frau erleichtert, der Botschaftsvertreter vollkommen verängstigt.

PUFFERZONE

342 SW 8th Avenue
Little Havana, Florida, USA
Mi., 11. Juni 2014
[8:50 EST]

Ludwig hatte den Mixer schon seit Monaten nicht mehr verwendet. Nun hob er ihn vom gelben Kühlschrank herunter und schloss ihn ans Stromnetz an. Vier Eier, ein großes Glas Milch, das er in der Mikrowelle erhitzt hatte, eine Tasse Nescafé, zwei Aspirin, fünf Scheiben Zwieback aus dem kubanischen Supermarkt Presidente sowie ein paar Prisen Salz und Zucker. Das alles ergab eine gelbliche Suppe mit schwarzen Flecken, die etwa so schmeckte, wie er sich fühlte.

Es war neun Uhr morgens, als er sich mit seiner Kanne auf die Veranda setzte und begann, sein Frühstück zu schlürfen. Wie immer hatte es nachts geregnet, und das Wasser verdampfte in einer Art umgekehrter Schwerkraft auf Rasen und Asphalt, um in der nächsten Nacht wieder zum Angriff überzugehen.

Carmen war abwesend. Offenbar hatte sie sich davongeschlichen, als sie den Mixer hörte.

Ein frisch gewachster, ziemlich neuer Land Rover Freelander stand vor seinem Zaun. Am Lenkrad saß ein junger Asiate, der Ludwig anstarrte. Schließlich öffnete er die Seitenscheibe auf der Beifahrerseite und rief:

»Mr. Licht?«

Ludwig nickte, stellte die Kanne beiseite und legte in Bademantel und Badelatschen die vier Meter zum Zaun zurück.

Der Mann ließ die Seitenscheibe hochfahren, stieg aus und ging um den Wagen herum. Er reichte Ludwig die Autoschlüssel und einen Umschlag.

»Mit Grüßen von Mr. Berner.«

Ludwig nickte erneut, nahm Schlüssel und Umschlag in Empfang und sah sich um.

»Soll ich Ihnen ein Taxi rufen?«, fragte er schließlich.

»Es müsste gleich eines kommen, Sir.«

Einige Sekunden vergingen. Ludwig öffnete den Umschlag, der einen Leasingvertrag zwischen ihm, EXPLCO und einem Kreditinstitut sowie einen Kraftfahrzeugschein auf seinen Namen enthielt. Ein Schreiben des FBI war beigefügt: Booker Clark bescheinigte ihm, dass er wegen einer laufenden Ermittlung von der Führerscheinpflicht befreit sei.

Ganz richtig tauchte wenig später ein Taxi auf, und der junge Mann verschwand. Ludwig schloss das Auto ab und kehrte auf die Veranda zurück. Er musste sich irgendwo in der Nähe eine Garage mieten, so viel war klar. Einen zwei Jahre alten Land Rover auch nur zwanzig Minuten aus den Augen zu lassen wäre vermutlich zu viel Entwicklungshilfe für die unterbeschäftigten Jugendlichen der Gegend gewesen.

Eigentlich verabscheute Ludwig weiße Autos, aber Florida besaß eine ganz eigene Ästhetik. Mit Kleidern war es dasselbe. Schwarze Anzüge machten sich einfach nicht gut zu all dem Türkis, Rosa und Hellblau. Hier war die Farbe des Menschen weiß, weiß wie die Vögel und der Schaum der Wellen, weiß wie die Elektrizität in den Leitungen. Schwarz war eine ferne, nördliche Angelegenheit.

Irgendwo im Haus klingelte ein Handy. Seines konnte es nicht sein, denn das war auf lautlos geschaltet. Er ging ins Wohnzimmer und stellte fest, dass das Klingeln aus der Tasche kam, die er am Vorabend von GT erhalten hatte.

Er gab den Code ein, öffnete die Tasche und entdeckte das Gerät, ein stahlgraues Satellitentelefon, ein Iridium 9505, das etwa 3000 Dollar kostete.

»Ja?«, meldete er sich.

»Siehst du meine Nummer auf dem Display?«, ließ sich GTs Stimme vernehmen.

»Ja.«

»Gut. Wie wäre es heute mit einem gemeinsamen Abendessen? Um acht, in meinem Hotel?«

»Ausgezeichnet.«

»Du findest hin?«

»Kein Problem.«

»Und mit allem anderen bist du zufrieden?«

Ludwig warf einen gierigen Blick auf die Geldbündel in der Tasche. Es durften an die fünfzehntausend Dollar sein. Natürlich musste er damit auch seine Spesen zahlen, aber wie viel er dafür aufwendete, lag ganz in seinem Ermessen. Aber die Summe war bedeutend höher als alles, was er sonst erhalten hatte. Offenbar war sein Wert seit dem Massaker gestiegen, das er in Washington veranstaltet hatte.

»Ich habe ein gutes Gefühl«, erwiderte er langsam.

»Ich auch. Dann sehen wir uns im Winter Haven.«

GT legte auf.

Ludwig betrat sein winziges Schlafzimmer und betrachtete angewidert das schauderhafte Feldbett. Er hatte sich noch nicht dazu aufraffen können, es durch ein stabileres zu ersetzen. Die Bettwäsche war blau und mit Goldfischen bedruckt. Der bierkastengroße, in die Außenwand eingelassene Waffenschrank war ein wichtiger Grund gewesen, warum er gerade dieses Haus gekauft hatte. Der Code lautete 925837:WALTER, der Vorname seines Sohns. Als er die Tür öffnete, stieg ihm der ranzige Geruch von

Waffenfett und die für Munitionsschachteln so charakteristische Mischung von Pappe und Metall in die Nase. Sie erinnerte ihn an das Spielzeug seiner Kindheit.

Kurz vor zehn war er angekleidet und bewaffnet. Obwohl er im Schatten unter den Palmen gestanden hatte, war es im Freelander heiß wie in einem Backofen. Er setzte sich ans Steuer, stellte Sitz und Rückspiegel ein und fuhr Richtung Norden.

*

Auch an diesem Tag herrschte auf der Rückseite des Versailles rege Geschäftigkeit. Die in Pistaziengrün und Weiß gehaltenen, verschachtelten Anbauten erinnerten an die im idyllisch-dörflichen Stil errichteten Einkaufszentren, die vor zehn oder fünfzehn Jahren so ungemein beliebt gewesen waren. Beamte der örtlichen Polizei patrouillierten durch die umliegenden Straßen, und aus unerfindlichen Gründen stand dort ein Feuerwehrwagen in Bereitschaft. Ludwig parkte möglichst nahe auf dem gegenüberliegenden Bürgersteig und stieg aus.

Vor dem Flatterband erwarteten ihn zwei Männer Mitte dreißig in beigen Anzügen. Der eine, der noch im Besitz seiner Haare war, wandte sich grinsend an ihn.

»Mr. Licht? Sie sind unser … internationaler Berater, wenn ich mich nicht irre?«

Ludwig nickte.

»Mein Name ist Sawyer. Mein Kollege heißt Merrick.«

Der andere war kahlköpfig und athletisch. Er schwieg und betrachtete Licht mit finsterem Blick, als befänden sie sich in einem Vernehmungsraum, in dem die Rollen nach bewährtem Muster verteilt worden waren.

»Schön«, meinte Ludwig und ging geduckt unter dem Flatterband hindurch. »Und wie sieht's aus?«

Sawyer machte eine ausholende Bewegung. »Innerhalb der Absperrung wurde bereits alles durchsucht, und jetzt konzentrieren wir uns auf die umliegenden Viertel. Bestimmt wollen Sie sich das Überwachungsvideo ansehen. Folgen Sie mir bitte.«

Sie stiegen in einen dunkelblauen Lieferwagen und zwängten sich vor den Monitor an der Wand. Der Motor lief, und die Klimaanlage funktionierte einigermaßen. Sawyer klappte einen Laptop auf, aktivierte die Bildschirmverdoppelung und drückte auf Start.

Das erste interessante Ereignis war ein Radfahrer, der von rechts im Bild erschien. Er trug einen Motorradhelm mit heruntergeklapptem Visier und hielt etwa fünfundzwanzig Meter vom Hintereingang des Restaurants entfernt auf dem Bürgersteig an, ohne abzusteigen.

»Unglaublich«, murmelte Ludwig.

»In Bagdad«, meinte Merrick, »hätte man diesen Burschen in Sekundenschnelle von der Straße geklaubt. Aber was soll's. Willkommen in der offenen Gesellschaft. Genießt sie, solange sie noch existiert.«

Ludwig kniff die Augen zusammen, um die schlechte Auflösung des Films auszugleichen. »Warum greift der Wachmann nicht ein?«

»Das ist nicht seine Aufgabe«, antwortete Sawyer. »Er wurde dafür bezahlt, unter den Gästen und auf dem Parkplatz für Ordnung zu sorgen.«

Wurde. Der Mann, der im Video auf und ab ging, war also wenig später in die Luft geflogen.

»Gleich kommt die entscheidende Sequenz«, sagte Sawyer, nachdem sie dem Wachmann mehrere Minuten lang dabei zugesehen hatten, wie er unter dem wachsamen Blick des Radlers seine Runden drehte.

Dann verließen zwei übergewichtige Männer das Restaurant. Der Wachmann trat auf sie zu, und ein Wortwechsel folgte. Ein Witz rief allgemeine Heiterkeit hervor, dann trennte man sich.

Ludwig konzentrierte sich auf den Radler, der nun einen Arm hob, die Hand zur Faust ballte und wieder öffnete und schließlich davonfuhr. In den nächsten Sekunden wurde der Monitor erst kreideweiß und anschließend pechschwarz.

»Das war der ganze Kurzfilm«, meinte Merrick düster. »Beim Sundance Festival könnte er sicher einen Preis gewinnen. Die Zerbrechlichkeit und Absurdität des Lebens, die Vergänglichkeit des Daseins. Alles im Rahmen des wunderbaren Fünfzehnminutenformats.«

»Und was haben Sie herausgefunden?«, erkundigte sich Ludwig.

Sawyer schob seinen Kollegen und Ludwig aus dem Fahrzeug, und sie bezogen unter dem Vordach einer Laderampe Stellung, um der gleißenden Sonne zu entgehen. Merrick zündete sich eine Zigarette an.

»Das Fahrrad wurde hundert Meter von hier vor einem Lebensmittelladen entdeckt«, erklärte Sawyer. »Sorgfältig abgewischt, keine Fingerabdrücke. Nichts. Die Rahmennummer war allerdings vorhanden. Das Rad wurde vor einem halben Jahr ausgerechnet in Houston gestohlen. Den Helm haben wir vor einer Stunde gefunden. Wir waren überglücklich, aber irgendjemand hatte ihn mit Brennspiritus übergossen und angezündet. Da ist nichts zu holen, kein einziges Haar.«

Ludwig nickte. »Der Anschlag wurde also mindestens ein halbes Jahr lang geplant, und die Täter sind Profis. Nur einer von ihnen wurde von der Kamera erfasst, und der war ziemlich clever maskiert. Der Mittäter mit dem Auslöser muss sich in Sichtweite aufgehalten haben, da er ein Handzeichen erhielt. Also waren keine Funkgeräte nötig. Ein äußerst simpler Plan. Ich wette, dass der Späher auch als Backup gedient hat. Er war mit Sicherheit bewaffnet und hätte die beiden Zielpersonen im Falle einer Komplikation erschossen oder wäre umgekehrt, wenn die Bomben nicht wie vorgesehen funktioniert hätten.«

»Wir wissen nicht, ob die Sprengsätze in Serie gekoppelt waren oder ob es zwei Zünder gab«, meinte Sawyer. »Somit wissen wir auch nicht, ob sie von einer oder zwei Personen ausgelöst wurden. Natürlich könnte auch ein Mann zwei Auslöser gleichzeitig gedrückt haben.«

Ludwig folgte dem grünen Übertragungswagen eines lokalen Fernsehsenders mit dem Blick. Er fuhr langsam vorbei, schien einige Sekunden zu zögern und beschleunigte dann, um in südlicher Richtung einer neuen Story hinterherzujagen, die nicht so offensichtlich Schnee von gestern war.

»Um welchen Sprengstoff handelt es sich?«

»C4«, antwortete Sawyer.

»Und was schließen wir daraus?«

»Nicht viel. Er ist etwas teurer und wäre auch meine Wahl gewesen. Zuverlässig.«

»Wo gibt es den?«

»Jedes Jahr verschwindet so einiges aus verschiedenen Militärdepots. Angestellte lassen manchmal über Jahre hinweg winzige Mengen mitgehen, bis sie einen ordentlichen Klumpen beisammenhaben. Zum größten Schwund kommt es jedoch bei Manövern – Sprengsätze, die aufgrund von irgendwelchen Fehlern nicht explodieren, werden an Hehler oder Waffenschieber verkauft. Von dort gelangen sie in den Besitz von Rockerbanden und Drogenkartellen. Und was die nicht selbst behalten, wird weiterverkauft. Seit dem 11. September ist man allerdings vorsichtiger geworden. Nicht einmal der übelste Abschaum handelt mit Dschihadisten.«

»Lässt sich denn der Hersteller ermitteln?«

»Ich denke schon. Jeder Sprengstoff wird mit einer winzigen Menge eines radioaktiven Stoffs versetzt. So können wir sehen, wo er hergestellt und an welche Einheit er ausgeliefert wurde. Möglicherweise können wir sogar den Militärangehörigen ermitteln, der den Sprengstoff gestohlen hat, weil er bereits früher unter Verdacht stand. Aber wie gesagt, vermutlich wurde der Sprengstoff etliche Male weiterverkauft. Das hilft uns also nicht weiter.«

Ludwig überlegte. »Es muss ihnen wirklich ein wichtiges Anliegen gewesen sein, dass beide Männer sterben«, meinte er dann.

»Sonst hätten sie sie ja bei Gelegenheit jeden für sich erschießen können. Aber so etwas lässt sich kaum präzise koordinieren.«

Sawyer zog eine Braue hoch. »Wie meinen Sie das?«

»Nehmen wir einmal an, Schütze A macht seine Arbeit ausgezeichnet und erschießt die Zielperson A wie geplant, beseitigt alle Beweise und verschwindet. Gleichzeitig muss Schütze B umständehalber abwarten. Vielleicht kommen Leute, Kinder, was auch immer. Mit jeder Sekunde steigt das Risiko, dass Zielperson B erfährt, was seinem Kollegen zugestoßen ist, und sich in Sicherheit bringt.«

Merrick und Sawyer sahen sich an.

»Und damit kennen Sie sich aus?«, fragte Merrick und hielt kurz inne, ehe er fortfuhr: »Ich meine, auf Ermittlerseite?«

»Nein«, erwiderte Ludwig und legte eine ebenso lange Pause ein. »Nicht auf Ermittlerseite.«

Das Klingeln von Sawyers Handy beendete den Wortwechsel. Er trat beiseite und antwortete. Merrick zog ein Notizbuch aus der Tasche und begann darin zu blättern.

»So eine verdammte Affenhitze«, seufzte er und wischte sich den Schweiß von der Stirn. »Ich habe meine Versetzung in ein Kaff in New England beantragt. Leider habe ich wenig Hoffnung, aber ...«

»Die Sprengsätze in den Autos wurden also nicht erst hier auf dem Parkplatz, sondern schon früher angebracht«, unterbrach ihn Ludwig. »Also bei den Opfern zu Hause?«

»Das wissen wir nicht«, antwortete Merrick. »Den Nachbarn ist nichts aufgefallen. Ihre Arbeitsplätze werden von Kameras überwacht, die nichts Ungewöhnliches aufgezeichnet haben.«

»Dann müssen wir also davon ausgehen, dass die Sprengsätze in der vorangegangenen Nacht bei ihnen zu Hause angebracht wurden. Anschließend haben die Täter den ganzen Tag und den ganzen Abend abgewartet, ehe sie die Bomben zündeten. Warum?«

»Vielleicht aus dem eben genannten Grund, damit keiner der beiden misstrauisch werden konnte?«

»Kann sein. Aber es muss auch etwas bedeuten, dass der Anschlag vor dem Versailles verübt wurde.«

Ludwig sah sich um. Sein Blick fiel auf eine zweistöckige Lagerhalle auf der gegenüberliegenden Straßenseite. Von ihrem Flachdach bot sich bestimmt eine perfekte Sicht.

»Waren Sie schon dort oben?«

»Wie bitte?«, erwiderte Merrick.

»Ich meine, auf dem Dach dort drüben.«

»Noch nicht.«

»Warum denn nicht, verdammt?«

Sawyer gesellte sich wieder zu ihnen. »Die Sprengstoffspezialisten sind gleich aus Orlando zurück«, erklärte er. »Sie müssen das Gebäude erst freigeben.«

»Aber ein Durchsuchungsbefehl liegt vor?«, fragte Ludwig bestürzt.

»Ja, natürlich.«

Ludwig schüttelte den Kopf und trottete auf die orangen Rolltore zu. Die FBI-Leute riefen ihm etwas hinterher.

Fünf schwere Vorhängeschlosser verbanden die fünf Garagentore mit massiven, in den Asphalt eingelassenen Eisenösen. Ludwig zog seine elegante SIG P210 mit Holzgriff aus dem Achselholster, nahm eine Position ein, die das Risiko minimierte, von einem möglichen Querschläger getroffen zu werden, lud durch und schoss. Der Schuss und das Geräusch des zersplitternden Metalls verschmolzen zu einem lauten Knall. Ein abgefeuerter Schuss, blieben noch sieben im Magazin.

Fünfzehn Augenpaare starrten vom Parkplatz zu ihm hinüber. Sawyer und Merrick beobachteten ihn kopfschüttelnd. Ludwig zuckte mit den Achseln und schob das Rolltor hoch. Ehe er eintrat, schaltete er sein Satellitentelefon auf lautlos, was nach dem Lärm, den der Schuss verursacht hatte, vermutlich überflüssig war.

In der Lagerhalle war es relativ dunkel, und es dauerte eine halbe Minute, bis sich seine Augen angepasst hatten. Dann setzte er sich mit gezogener Waffe in Bewegung. Fünf Sekunden später hatte er den richtigen Knopf gefunden. Leuchtstoffröhren blitzten auf, und Ludwig ging in die Hocke. Gebückt drang er ins Innere vor.

Überall lagen Glykolkanister, Reserveschläuche, Wagenheber, Autoreifen und ölige Lappen zwischen Kleinlastern und Lieferwagen herum. In einer Ecke stapelten sich zusammengefaltete Umzugskartons. Auf einer Werkbank lagen einige Rollen schwarzer Müllsäcke, Tragriemen und Werkzeug. Eine halbe Wand war mit Schränken vollgestellt. Es gab weder eine Alarmanlage noch Überwachungskameras. Ludwig lauschte, hörte aber nichts und konzentrierte sich weiterhin auf die Umgebung. Eine Wendeltreppe aus Metall führte auf eine Galerie, von der aus man vermutlich aufs Dach gelangte.

Immer noch keine Bewegung und keine Geräusche. Ludwig erhob sich und näherte sich der Treppe in großen Kreisen. Dann hielt er inne, schaute Richtung Straße und verschaffte sich einen Überblick.

Einer der Lastwagen konnte natürlich mit einer Sprengladung versehen sein, was Ludwig jedoch bezweifelte. Der Anschlag war nicht von Islamisten durchgeführt worden, nicht von irgendwelchen Wahnsinnigen, die wollten, dass möglichst viele in einer zweiten Angriffswelle umkamen. Doch diese Frage überließ er dem Bombenräumkommando. Sein Ziel war das Dach.

Er steckte seine Waffe wieder in das Holster, um sich ungehindert bewegen zu können, und begann die Stahltreppe zu erklimmen. Die Stufen hatten einen Gummibelag, und er gelangte geräuschlos auf die Galerie. Dort zog er erneut seine Pistole. Ein grün leuchtendes Notausgangsschild kennzeichnete die Tür, die aufs Dach führte.

Um nicht geblendet zu werden und um sicherzustellen, dass die Tür nicht über einen Draht eine Sprengladung auslöste, schob er sie erst nur einen winzigen Spalt weit auf. Der Straßenlärm von Little Havana strömte herein, da sich die Tür zur stark befahrenen

8th Street hin öffnete. Ludwig ließ sich wieder auf die Knie sinken, wartete fünfzehn Sekunden, hob seine Waffe und stieß die Tür auf.

Die meterhohe Mauer war sandfarben wie die übrige Fassade. Ludwig folgte ihr und drückte sich an die Wand des Gebäudes mit der Dachtreppe, um zur Nordseite zu kommen, die Richtung Versailles zeigte. Kurz nachdem er festgestellt hatte, dass die Luft rein war, registrierte er etwas an der Innenseite der im Übrigen recht frisch gestrichenen Mauer zur Straße.

Drei symmetrisch angeordnete Löcher wie von einem Dreizack.

Oder, was viel wahrscheinlicher war, von einem Wurfhaken.

Die Person mit dem Detonator war die Fassade hochgeklettert, kein ganz einfaches Unterfangen, das einen Wurf von ungeheurer Kraft und Präzision voraussetzte und viele Stunden, Wochen, Monate Übung erforderte.

Ludwig stellte sich dorthin, wo der Bombenleger vermutlich gestanden hatte. Von hier aus hatte er selbst in gebeugter Haltung freie Sicht auf den Gehsteig mit dem Fahrradfahrer gehabt. Dass Teile des Parkplatzes von Dachvorsprüngen und Säulen verdeckt wurden, war weniger wichtig gewesen. Er hatte nur das Handzeichen sehen müssen.

Unter ihm ging Merrick auf das Gebäude zu. Ludwig winkte ihm zu, und er nickte.

Eine Minute später betrat er das Dach.

»Wir können Sie ja als außerordentlichen Sprengstoffexperten bezeichnen, ich meine, in unserem Bericht«, meinte er mit einem angestrengten Lächeln. »Dann dürfen wir vielleicht unseren Job behalten.«

»Einfach nur rumstehen war noch nie mein Ding.«

»Und? Hat man Ihnen zu dem Thema schon eine Diagnose gestellt?«

»Nein. In der DDR hatte man eine eher holistische Sicht auf die psychische Gesundheit der Menschen.«

Merrick lachte und sah sich um.

»Schauen Sie sich das hier an«, sagte Ludwig und zeigte ihm die Spuren im Mauerwerk.

»Nicht zu fassen«, murmelte Merrick. »Das sieht ja ganz nach …«

»… nach einer Spezialeinheit aus«, beendete Ludwig seinen Gedanken. »Navy Selas oder Delta Force. Vorausgesetzt, es waren Amerikaner. Sonst eröffnen sich unendliche, verblüffende Möglichkeiten.«

Wie verhext starrte Merrick die Löcher in der Mauer an. Ludwig ging inzwischen das gesamte Dach ab. Als er zu seinem Ausgangspunkt zurückkehrte, fiel sein Blick auf ein paar Zigarettenkippen, die einige Meter rechts von dem FBI-Mann lagen.

»Ich vermute, ich darf nichts anfassen?«

»Natürlich nicht«, erwiderte Merrick. »Fassen Sie um Gottes Willen nichts an. Was haben Sie denn gefunden?«

Merrick gesellte sich zu Ludwig, streifte sich ein paar Latexhandschuhe über und zog eine verschließbare Plastiktüte und eine Pinzette aus der Jackentasche.

Ludwig deutete auf die Zigarettenstummel.

»Kubanische«, sagte Merrick, als er die Tüte mit den Kippen in die Sonne hielt.

»Was soll das heißen?«

Merrick zuckte mit den Achseln. »Kubanische eben.«

»Kann man die hier kaufen?«

»Nein, natürlich nicht. Nur in Kuba.«

Beide schauten zu Boden.

»Wirklich peinlich«, meinte Ludwig nach einer Weile.

»Ja.«

»Keine einzige Faser und dann so etwas? Vollkommen lächerlich. Ein äußerst dilettantischer Versuch, uns in die Irre zu führen.«

»Allerdings«, meinte Merrick. »Trotzdem steht das morgen groß in den Zeitungen.«

»Und warum?«

»Weil sich alle eine … plausible Geschichte wünschen.«

Ludwig schnaubte.

»Wir müssen mit dem neuen Chef reden«, fuhr Merrick fort. »Mit diesem Jesus Esquivel. Vielleicht hat er ja eine Idee. Er wohnt angeblich unten in Coral Gables.«

»Unbedingt«, erwiderte Ludwig.

Seine Kopfschmerzen hatten wieder zugenommen. Sie brachen in unvorhersehbaren Wellen über ihn herein, und das würde noch ein paar Tage so weitergehen, darüber war er sich im Klaren. Schließlich unterbrach er nicht zum ersten Mal ein mehrere Monate währendes Saufgelage. Inzwischen bildete er sich nicht einmal mehr ein, dass es das letzte Mal war.

»Die CTE führen einen Terroranschlag in Miami durch – wenn das eine überzeugende Geschichte sein soll, bin ich gespannt, wie eine unangenehmere Version der Story lautet.«

Die CTE, die Comando Tropas Especiales, waren Kubas Spezialeinheiten, die in Ländern wie Angola und Nicaragua gekämpft hatten.

»Das kann ich Ihnen sagen. Das hilflose FBI hat die Ermittlungsarbeiten wegen des Bombenanschlags eingestellt, da es keine Spuren gibt. Das wäre eine extrem unangenehme Version der Geschichte.«

Ludwig betrachtete den Verkehr. »Das ist es ja, was ich an dieser Welt so hasse«, sagte er nachdenklich. »Dass alles immer gleich bleibt.«

Alfonso Avenue
Coral Gables, Florida, USA
Mi., 11. Juni 2014
[13:05 EST]

In dem vergleichsweise ruhigen Verkehr nach dem Mittagessen nahm die Fahrt nach Coral Gables nur zwanzig Minuten in Anspruch. Bislang hatte Ludwig seinen Fuß noch nie in diese wohlhabende Kleinstadt gesetzt. Sie entsprach ziemlich genau seinen Erwartungen. So stellte man sich in den USA die französische Riviera vor, dennoch besaß der Ort etwas Authentisches und unerwartet Beseeltes. Im Stadtzentrum ragten pastellfarbige zehnstöckige Gebäude im Art-déco-Stil auf, die zum Teil an die Architektur in der ehemaligen Stalinallee zu Hause in Berlin erinnerten. Palmen und tiefschwarzer Asphalt mit tadellos weißen Markierungen umrahmten das Ganze.

Sawyer saß auf dem Beifahrersitz, Merrick auf der Rückbank. Ludwig warf einen Blick auf das Navi.

»Nur noch wenige Minuten«, meinte er und entschied sich für einen kleinen Umweg, um sich eine Vorstellung von der Umgebung zu machen. Den Schaufenstern war zu entnehmen, dass sich die Läden an eine Kundschaft richteten, die es sich etwas kosten ließ, zum Shoppen nicht den ganzen Weg nach Fort Lauderdale zurücklegen zu müssen. Miami verfügte zwar auch über ein Stadtzentrum, das aber vornehmlich aus Banken, Versicherungen und Hotels bestand, und in den Geschäften in South Beach wurden die Touristen ordentlich über den Tisch gezogen.

Diese Gegend jedoch erinnerte an die teuersten Straßen in Los Angeles. Sie wäre weitaus sympathischer gewesen, wenn man sie nicht so auf Hochglanz poliert hätte. Den historischen Gebäuden fehlte die Patina, und so erinnerte der älteste Teil der Stadt an eine Art Disneyworld-Kulisse für die Liebhaber der Jazz-Ära.

Nach einigen Minuten wurde der Himmel weiter, und die Hochhäuser wurden von alten Villen mit gepflegten dschungelartigen Gärten abgelöst. Alle Häuser schienen mit einem Pool und jedes dritte mit einem Tennisplatz ausgestattet zu sein. Kein Auto war zu sehen, das weniger als hunderttausend Dollar gekostet hätte.

Ludwig parkte fünfzehn Hausnummern von Jesus Esquivels Haus entfernt.

»Sie haben doch nichts gegen einen kleinen Spaziergang?«, fragte er. »Es muss ja nicht jeder schon jetzt wissen, mit welchem Auto ich unterwegs bin.«

Inzwischen war der Himmel zum Glück ein wenig bedeckt. Vermutlich würde es bald regnen. Sie gingen los.

Die Straße verlief in ostwestlicher Richtung. Auf der Südseite lagen die prächtigsten Villen mit Blick auf einen Kanal.

»Wir wissen bereits, welche Auffassung er vertreten wird«, meinte Sawyer. »Dieselbe, die er auch in seiner Pressemeldung geäußert hat. Dass die kubanische Regierung hinter der ganzen Sache steckt.«

Ludwig räusperte sich. »Entweder glaubt er selbst daran, oder er lügt ganz dreist. Oder aber er hat keine Ahnung. Vielleicht nutzt er ja einfach die Gelegenheit, um die üblichen Buhmänner durch den Kakao zu ziehen. Ich weiß nicht, womit uns weniger gedient ist.«

»Ist es denn vollkommen ausgeschlossen, dass die Kubaner dahinterstecken?«

»Natürlich«, fauchte Merrick.

Sawyer blieb stehen und sah seinen Kollegen an. Sie standen vor einer hohen vanillegelben Mauer. Irgendwo im Osten über dem Meer donnerte es.

»Stellen Sie sich doch nur vor, welcher Schaden Havanna durch so einen Anschlag entstehen würde«, fuhr Merrick fort. »Und was wäre damit gewonnen? Esquivel ist noch fanatischer als die alte Garde. Warum sollte das Castro-Regime eine neue Führung unterstützen, die sie noch mehr hasst als die alte?«

»Vielleicht ist es ja ein Doppelspiel?«, mischte sich Ludwig ein. »Manchmal sind die lautesten Schreihälse auch die größten Lügner. Aber diese Erklärung kommt mir unnötig kompliziert vor. Ich muss erst einmal Ihr Dossier über ihn lesen, um mir ein Bild machen zu können, oder noch lieber das Dossier der CIA.«

»So ein verdammtes Durcheinander«, bemerkte Sawyer. Es war nicht recht ersichtlich, ob sich seine Mutlosigkeit auf die vielen Hypothesen oder den Hinweis auf die Konkurrenz bezog.

Sie setzten ihren Weg fort und gelangten schließlich zu dem schwarz gestrichenen Tor in Esquivels weißer Mauer. Sawyer klingelte und starrte in das Objektiv einer Überwachungskamera. Ein Summen, dann ging das Tor nach innen auf. Gleichzeitig piepste es durchdringend, wie beim Zurücksetzen eines Lastwagens.

Bis zu dem blendend weißen, zweistöckigen Haus mussten sie fünfzig Meter durch einen parkähnlichen Garten zurücklegen. Der Kies knirschte unter ihren Sohlen. Esquivel erwartete sie an der Tür und gab ihnen die Hand.

Er war knapp fünfzig, schlank und blass. Die Hornbrille und der dunkle gestutzte Bart erinnerten ein wenig an Malcolm X. Das weiße Hemd war erstklassig gebügelt, die braune Leinenhose hatte Bügelfalten, und die ebenfalls weißen Sandalen waren geflochten.

»Willkommen«, sagte er mit dem Ernst eines jungen Geistlichen. »Treten Sie ein.« Sie folgten ihm in ein riesiges Wohnzimmer mit offenem Dachstuhl und Aussicht auf den Kanal. In der Mitte des Saals erwartete sie eine Sitzgruppe aus weißem Leder. Auch der

Teppich, der Klinkerboden und der Couchtisch waren weiß. Das visuelle Erlebnis glich einem schwerelosen Zustand, einer Schneelandschaft ohne erkennbare Horizontale, und löste bei Ludwig ein Unbehagen aus, das nichts mit seinem monumentalen Kater zu tun hatte.

Ein einziger Gegenstand hob sich von der Umgebung ab: Eine Fotografie in Sepiatönen, der Blick auf Havanna von einem Hochhaus aus. Darüber ein Schriftzug: »Silvester 1958.« Der Tag, bevor Castro das alte Regime stürzte.

Sawyer legte sein Handy auf den Tisch und bereitete die Aufnahme vor, indem er die Uhrzeit und die Namen der Anwesenden hineinsprach. Ludwig wurde auch jetzt als internationaler Berater bezeichnet.

»Wann haben Sie die beiden Verstorbenen denn zuletzt getroffen, Mr. Esquivel?«, lautete Sawyers erste Frage.

»Am Sonntagabend«, antwortete dieser, ohne zu zögern. »Wir haben zu dritt in Key Biscayne gegessen.«

»Worum ging es bei diesem Treffen?«

»Um nichts Besonderes.«

Sawyer wartete eine eingehendere Erläuterung ab.

»Wir haben über das Übliche gesprochen«, fuhr Esquivel schließlich fort. »Über die Weltlage, die Wirtschaft, die Baubranche. Sowohl Pablo als auch ich sind ja …« Er schluckte. »Und Guevo hat sich über diese Internettaxifirma ausgelassen, über die in der Stadt gestritten wird.«

Merrick warf ein: »Und nichts hat darauf hingedeutet, dass sie sich irgendwie bedroht gefühlt hätten?«

»Nein, nein, ganz und gar nicht. Aber wir leben ja mit einer ständigen Bedrohung. Das muss also nichts heißen.«

»Erzählen Sie uns davon«, forderte ihn Sawyer auf.

»Wir sind genau wie die Vigilia Mambisa und die CANF wiederholte Male infiltriert worden. Hierzulande sind die Leute schon sehr naiv. Ich liebe die USA, aber das ist noch lange kein

Grund, die Dinge zu beschönigen. Diese Castro-Schweine haben ihre Agenten hier, und das war schon immer so.«

»Und was haben Sie gemacht, wenn Sie einem eingeschleusten Castro-Anhänger auf die Spur gekommen sind?«, erkundigte sich Merrick.

Esquivel verzog keine Miene, aber seine Belustigung spiegelte sich in seinen Augen wider.

»Einmal haben wir einen Mann der Spionageabwehr des FBI übergeben«, meinte er nachdenklich. »Aber wir hatten die Lage nicht immer im Griff. Vor Jahren musste die Ermittlung einmal eingestellt werden, da es keine Zeugen gab. Offen gestanden hatten wir auch wenig Lust, uns näher damit zu befassen. Sie wissen ja, wie das mit jungen Männern so ist. Es wäre schade, wenn sie sich durch ihr jugendliches Temperament das Leben zerstören würden. Vor allem, wenn es um eine gute Sache geht.«

»Besteht auch nur die geringste Möglichkeit, dass Guevo Laziles oder Pablo Rojas von Havanna gekauft waren?«, fragte Ludwig.

Esquivel quittierte seine erstmalige Äußerung mit einem neugierigen Blick.

»Nein. Ausgeschlossen. Ich kannte die beiden sehr gut. Wir hatten unsere Meinungsverschiedenheiten, das will ich gar nicht abstreiten, aber nein. Sie waren keine Verräter.«

»Was für Meinungsverschiedenheiten?«, hakte Ludwig nach.

Esquivel seufzte. »Sie waren fünfzehn Jahre älter als ich. Vielleicht bin ich in diesem Alter auch, wie soll man sagen … weicher.«

Dieser Mann, dachte Ludwig und sah ihn durchdringend an, posaunte seine gewalttätigen Überzeugungen heraus und sehnte sich danach, mit seiner Gewaltbereitschaft angeben zu dürfen. Nicht zum ersten Mal blickte Ludwig so einem Menschen in die Seele. Und nicht zum letzten Mal überlegte er, ob es sich beim Bösen nicht einfach nur um die als Edelmut getarnten Rachegelüste handelte.

»Die beiden waren also Pragmatiker?«, schlug Sawyer vor.

»Pragmatiker, allerdings.« Esquivel nickte. »Wir wollen sie so nennen, um ihr Andenken zu ehren.«

Ludwig kam zumindest vorläufig zu dem Schluss, dass dieser Mann ein übertriebenes Geltungsbedürfnis hatte. Er weiß noch nicht, was dahintersteckt, dachte er, doch er will maximal davon profitieren.

Ein langes, schmales Motorboot glitt langsam auf dem Kanal vorbei. Die Antennen blitzten in der Sonne auf, als die Wolkendecke einen Moment lang aufriss. Es dauerte zehn Sekunden, bis die Bugwellen Esquivels Kaimauer erreicht hatten.

»Mit wem sollten wir uns Ihrer Meinung nach in Verbindung setzen?«, fragte Sawyer.

Ohne zu zögern antwortete Esquivel: »Mit Generaloberst Juan Dezeuentes.«

»Wer ist das?«

»Der Chef der Comando Tropas Especiales. Soweit ich weiß, wohnt er in der Villa meines Großonkels in einem Vorort von Havanna.«

Sawyer grinste. »Das dürfte nicht ganz einfach werden.«

»Ich weiß.«

»Aber Sie glauben allen Ernstes, dass das Regime ein Attentat auf amerikanischem Boden veranlasst hat?«

»Das wäre ja wohl nicht das erste Mal!«

»Bombenanschläge?«

»Nein, aber Messerstechereien und als Einbrüche kaschierte Meuchelmorde.«

Sawyer wurde allmählich sauer. »Dann frage ich Sie noch einmal, Mr. Esquivel – und ich erinnere Sie daran, dass diese Befragung heute zwar nicht unter Eid stattfindet, dass Sie aber bei einer Ermittlung im Fall eines schweren Terroranschlags aussagen –: Sind Sie der Überzeugung, dass die kubanische Regierung einen Bombenanschlag auf amerikanischem Territorium veranlasst hat?«

»Ja.«

»Und was wäre das Motiv?«

»Vergeltung natürlich.«

»Wofür?«

Esquivel zuckte mit den Achseln. »In ihren Augen sind wir ja Landesverräter.«

»Sie meinen also nicht, dass das Attentat eine Vergeltungsmaßnahme für irgendwas darstellen soll, was Sie unternommen haben?«

»In Kuba reicht es ja schon, etwas nicht getan zu haben, Mr. …«

»Sawyer.«

»Sawyer! Natürlich. Ich bitte um Entschuldigung. In Kuba reicht es schon, dass man sich weigert, sich einer Gehirnwäsche zu unterziehen.«

Ludwig beugte sich vor und fragte: »Waren Sie schon mal dort?«

»Ich bin dort geboren«, antwortete Esquivel wütend. »Ich bin hierhergekommen, als ich acht Jahre alt war.«

Sawyer beendete die Vernehmung. Auf dem Weg nach draußen bemerkte Ludwig ein weißes Sony-Handy auf einem Marmortischchen. In einem unbeobachteten Augenblick ließ er es in seiner Gesäßtasche verschwinden und legte stattdessen sein eigenes Telefon auf den Tisch.

Schweigend kehrten sie zum Auto zurück. Auf halbem Weg öffnete sich der Himmel mit einem metallischen Brüllen. Regen flutete herunter, und die Scheiben des Land Rovers waren beschlagen. Ludwig ließ den Motor an, drehte die Klimaanlage ganz auf und zog das Handy aus der Tasche.

Es war mit einem Code gesichert. Er versuchte es mit 1958, doch er hatte kein Glück. Dann mit 3112, dem Datum von Silvester. Auch nicht. Er erinnerte sich an die amerikanische Schreibweise und versuchte es mit 1231. Jetzt klappte es.

»Worauf warten wir?«, fragte Merrick von hinten.

»Ich will nur schnell meine Mails anschauen.«

»Wir werden umgehend im Büro erwartet.«

»Außerdem ist es keine gute Idee, bei diesem Wetter zu fahren.« Ludwig las die SMS. »Ich brauche nur zehn Minuten.«

In der vergangenen Woche war nur eine interessante Mitteilung eingetroffen. Sie lautete:

»Es kommt Sturm auf. Können wir mit Dir rechnen?«

Ludwig prägte sich die Nummer des Absenders ein. Esquivel hatte nicht geantwortet. Oder er hatte seine eigene Nachricht gelöscht. Aber dann hätte er vermutlich auch die Frage gelöscht.

Die Mails schienen auf den ersten Blick rein geschäftlicher Natur zu sein. Das Adressbuch war unübersichtlich und ein Dreiviertel der Namen kubanisch.

»Oh je«, sagte Ludwig, als er fertig war. »Jetzt habe ich doch tatsächlich das falsche Handy mitgenommen.«

Es dauerte einige Sekunden, bis Sawyer begriff, was geschehen war.

»Ja, sind Sie von allen guten Geistern verlassen?«, fragte er entsetzt. »Wir sind doch nicht in Afghanistan, verdammt noch mal!«

»Keine Sorge. Ich gehe zurück und gebe …«

»Solche Dummheiten können die gesamte Ermittlung gefährden!«

Ludwig ließ den Motor laufen und stieg aus. Der Regen war schwächer geworden und erträglich.

Merrick hatte kein Wort verloren, stellte er fest. Mit ihm ließ es sich zusammenarbeiten.

Esquivel kam ans Tor. Wortlos riss er Ludwig das Telefon aus der Hand und gab ihm sein eigenes zurück.

»Da habe ich wohl das falsche erwischt«, sagte Ludwig.

Esquivel starrte auf sein weißes Handy. Ludwigs abhörsicheres, sauteures Satellitentelefon war doppelt so dick, grau und steckte in einem schwarzen Etui. »Das kommt schon mal vor, Mr. … Licht, so war doch der Name?«

Ludwig nickte.

»Und der Vorname? Entschuldigen Sie mein schlechtes …«

»Ludwig.«

Jetzt nickte Esquivel. Und zwar mit Nachdruck.

Dann machte er kehrt und ging auf das Haus zu.

»Bis bald«, rief er über die Schulter. »Und fahren Sie sehr vorsichtig.«

342 SW 8th Avenue
Little Havana, Florida, USA
Mi., 11. Juni 2014
[17:50 EST]

Der Himmel war noch immer bedeckt, und einige Stunden nach dem Regen herrschte eine fast angenehme Temperatur. Gegen sechs Uhr abends, nachdem Ludwig die FBI-Männer am Versailles abgesetzt und dann zu Hause Rührei mit Wurst und Röstzwiebeln gegessen hatte, kehrte die Hitze jedoch zurück. Der borstige Rasen qualmte wie der Sumpf, der hier früher einmal die Landschaft dominiert hatte. Miami war eine junge Stadt, kaum hundert Jahre alt, und die Natur schien den Kampf noch nicht aufgegeben zu haben. Im Falle einer Entvölkerung wäre dieser Landstrich binnen weniger Jahre vollkommen überwuchert und die kurze Phase der Urbarmachung auf ewig vergessen.

Ludwig setzte sich mit seinem Laptop auf die Veranda, öffnete seine erste Dose Pabst Blue Ribbon und gab bei anywho.com die Telefonnummer aus Esquivels Handy ein. Kein Treffer. Dann googelte er sie und stieß auf eine Homepage mit einer Nummer, bei der nur die letzte Ziffer abwich. Das Unternehmen hieß Bethlehem South und besaß ein Postfach in Fort Myers an der Westküste Floridas. Welchem Zweck dieses Unternehmen diente und welche Mitarbeiter es beschäftigte, war anhand der Website nicht ersichtlich.

Bethlehem South, Postfach 371, Fort Myers – das besagte gar nichts. Vielleicht war die Ähnlichkeit mit der anderen Telefonnummer ja reiner Zufall, dachte Ludwig.

Bisweilen glaubte er beinahe an die Existenz Gottes, manchmal sogar an ein Himmelreich für alle anderen außer ihn selbst. Zufälle hingegen gab es nicht, davon war er überzeugt.

Er gab bei Google den Firmennamen ein, erhielt aber nur Tausende von Bibelverweisen und religiösen Betrachtungen. Als er Bethlehem South mit Fort Myers kombinierte, stieß er auf eine Mormonenkirche, eine sarkastische Hotelrezension bei TripAdvisor und eine Vielzahl weiterer christlicher Betrachtungen. Er klickte auf Bildersuche. Das achte Foto zeigte eine kleine Holzkirche mit drei großen Kreuzen davor. Das Gebäude lag in Key West im äußersten Südwesten der USA, vier Autostunden von Miami entfernt.

Das half ihm nicht sonderlich weiter. Drei Kreuze, das größte in der Mitte, war das Erkennungszeichen der Baptisten. In anderen Teilen des Südens waren die Gemeinden eher von Schwarzen dominiert, in Florida waren sie eher gemischt. Katholisch war da nichts. Trotzdem kam es Ludwig so vor, als ob …

Sein Handy klingelte. Er ging ins Haus, um es zu holen, kehrte dann auf die Veranda zurück und antwortete.

»Die Firma rückt die Akte über Esquivel nicht raus«, erklärte Sawyer. »Höchste Geheimhaltung.«

Ludwig seufzte. »Ich dachte, Ihre Zusammenarbeit hätte sich gebessert?«

Sawyer gab ein Geräusch von sich, das wie ein Husten oder ein trockenes Gelächter klang.

»Ist ja schon gut«, fuhr Ludwig fort. »Ich schau mal, was meine Kontakte hergeben. Sie haben keine eigenen Unterlagen?«

»Äußerst wenige. Seine Frau hat ihn vor drei Jahren der Körperverletzung bezichtigt. Nach ein paar Tagen hat sie die Anzeige wieder zurückgezogen, die Sache ist also im Sand verlaufen.«

»Hervorragend«, meinte Ludwig.

»Wie bitte?«

»Ein schwaches Glied in der Kette ist immer gut. Ich nehme sie mal unter die Lupe.«

Eine Weile blieb es still, dann sagte Sawyer: »Haben Sie etwas von Belang in diesem Handy ...«

»Ich dachte, wir wollten diese Sache vergessen? Oder habe ich Ihre Predigt missverstanden?«

»Schon gut. Bis morgen.«

»Warten Sie! Wie heißt seine Frau? Ist sie berufstätig?«

»Sie heißt Vilma Esquivel und war früher Anwältin«, antwortete Sawyer. »Im Augenblick arbeitet sie halbtags als Verkäuferin bei Barnes & Nobles in Coral Gables. Nachmittags und samstagvormittags.«

»Braucht sie das Geld?«

»Wohl kaum. Ihr Mann verdient eine halbe Million Dollar im Jahr.«

»Mit anderen Worten: Sie will nicht den ganzen Tag zu Hause hocken.«

»Vermutlich. Wenn man als Juristin ein paar Jahre ausgesetzt hat, ist es sicher schwierig, eine adäquate Stelle zu finden. Vermutlich hat sie genommen, was sie kriegen konnte. Ich schicke Ihnen ein Foto von ihr rüber, einen Augenblick.«

Es vergingen ein paar Sekunden, dann piepste Ludwigs Handy. Das Foto zeigte eine Frau von Mitte vierzig, blond gefärbt. Über Größe und Körperbau ließ sich nichts sagen. Sie sah glücklich aus. Vielleicht war es ein Foto aus früheren Zeiten.

»Wir haben uns heute Nachmittag im Laden nach ihr erkundigt«, fuhr Sawyer fort, »aber sie hat ein paar Wochen freigenommen. Vermutlich ist sie auf Sanibel Island, wo sie ein Wochenendhaus haben.«

Sanibel Island lag vor Fort Myers, wo sich das Postfach befand.

Ludwig überdachte die Möglichkeiten. Eine Ehefrau ließ sich in der momentanen Lage auf zwei Arten zunutze machen: Entweder vergötterte ihr Mann sie und würde zusammenbrechen, falls man sie … von ihm trennte. Oder, was hier der Fall zu sein schien, sie verabscheute ihren Mann und konnte dazu überredet werden, ihn zu verraten.

»Ich werde sie vernehmen«, sagte er. »Ganz informell natürlich.«

»Hm«, erwiderte Sawyer, nachdem er einige Sekunden nachgedacht hatte. Sein Tonfall klang etwas distanzierter, als er fortfuhr: »Wir müssen das ja nicht jetzt entscheiden. Unser Einsatz wird ohnehin gerade runtergefahren, wenn ich die Anzeichen richtig deute. Aber in Ihrer Eigenschaft als Privatermittler können Sie natürlich tun und lassen, was Ihnen beliebt.«

Ludwig deutete dies als unverbindliche Zustimmung und legte auf. Er hatte das Gefühl, dass dies die letzte Kommunikation mit dem FBI in dieser Angelegenheit gewesen war. Die Behörde wollte weder eine Ermittlung noch Ludwig als Ermittler. Genau wie alle anderen, die mit dieser seltsamen Geschichte zu tun hatten, wollte das FBI den Ärger einfach weiterreichen. Und Ludwig hatte Übung darin, die Verantwortung für den Misserfolg anderer zu übernehmen.

*

Die Luft über Miami zitterte in der Morgenhitze und verwischte die Konturen der Wolkenkratzer wie in Dubai oder Hanoi, wie in Filmen von Ridley Scott oder Michael Mann. Ludwig verbrachte einige hektische Minuten auf der I 95 Richtung Norden. Lieferwagen überholten in halsbrecherischem Tempo auf der Innenspur. Taxis fuhren mit 140 Sachen Slalom und hupten alles an, was sich bewegte. Gelangweilte Bullen schalteten die Sirenen ein, nur um schneller voranzukommen. Dann bog Ludwig nach Osten in Richtung Atlantik und der Insel Miami Beach ab.

Von den Brücken des MacArthur Causeway eröffnete sich ihm ein Blick auf neonglitzerndes Wasser und silbrig schimmernde Hochhäuser. Auf der 5th Street von South Beach begann dann das Miami der Fernsehserien und der Mythen. Erstaunlicherweise machte sich der kubanische Einfluss hier weniger bemerkbar. Die Schilder wiesen auf einmal englischen statt spanischen Text auf. Der Anteil weißer Prostituierter war höher als auf dem Festland, und viele Läden wurden von Russen betrieben. Wenige der Fußgänger, die plötzlich rudelweise das Straßenbild beherrschten, schienen überhaupt in Florida zur Welt gekommen zu sein. Es handelte sich dabei nicht unbedingt um Touristen, sondern um Zugezogene aus anderen Teilen der USA. Hierher verschlug es hoffnungsvolle Fotografen, Filmemacher und Schriftsteller, die in irgendeinem Kaff im Norden Floridas, in Georgia oder South Carolina geboren waren.

South Beach war Floridas Entsprechung zu San Francisco oder auch zum Berliner Stadtteil Friedrichshain, der bereits kurz nach dem Fall der Mauer von abgetakelten Künstlern aus Holland, Dänemark und Schweden durchseucht gewesen war. South Beach war ein fauler Pfirsich voller Insekten. Ludwig hasste diesen Ort bis zur letzten terrakottafarbenen Gehsteigplatte.

An einer roten Ampel spuckte der uralte Lastwagen vor ihm eine riesige schwarze Abgaswolke aus, die eine graue Schicht auf der Windschutzscheibe des Land Rovers zurückließ. Ludwig bog Richtung Norden auf den Ocean Drive ab. Rechterhand erstreckte sich nun der Lummus Park, der von braun gebrannten Bodybuildern und ausgemergelten Fixern bevölkert wurde, die sich unbekümmert ihren Lieblingsbeschäftigungen hingaben. Fünfzig Meter weiter stadtauswärts lag einer der berühmtesten Badestrände der Welt. Hier war es tagsüber so voll, dass Ludwig sich nur noch nach Hause sehnte, selbst wenn es ihn in die Betonwüste des Alexanderplatzes an einem eisigen Februarabend verschlagen hätte. Auf der anderen Straßenseite reihten sich die Art-déco-Hotels aneinander, ständig in Bereitschaft, sich von einer UNESCO-Delegation begutachten zu lassen.

Ludwig fuhr am Winter Haven Hotel vorbei, entdeckte eine Parklücke, wendete und parkte fünfundzwanzig Meter nördlich des Gebäudes. Eine Gruppe deutscher Touristen stand vor der Speisekarte des Hotelrestaurants. Er hörte zum ersten Mal, seit er vor einigen Monaten mit seinem Sohn telefoniert hatte, wieder seine Muttersprache.

Im Restaurant war es kühl, ausnahmsweise sogar fast zu kühl. Die Hotellobby lag einige Treppenstufen erhöht im Inneren des Gebäudes. Marmorboden, gepolsterte Stühle, gebügelte weiße Tischdecken, funkelndes Silberbesteck, Parfüm und Holzkohlegrill. Jede Großstadt besaß internationale Zonen, kosmopolitische Freiräume friedlicher Gesetzlosigkeit. Das Winter Haven war ein solcher Ort und wurde von AmEx-Punkten in Schwung gehalten. An den Zeitungsständern hingen *El País*, *Le Figaro* und die *Financial Times*, die Speisekarten waren in Französisch gehalten und wiesen sogar eine halbwegs plausible Orthografie auf, darunter stand in kursiver Schrift die englische Übersetzung. Das Personal war angenehm unaufdringlich und trug nur schwarz-weiß.

Aus den Augenwinkeln nahm Ludwig eine Bewegung wahr. GT winkte ihm von seinem erhöht stehenden Tisch zu. Die Treppe, die zu ihm hinaufführte, hätte aus einem Museum stammen können.

Eine Frau, die Ludwig noch nie gesehen hatte, erhob sich. Sie war Mitte oder auch Ende fünfzig und gehörte der feineren New Yorker Gesellschaft an, was jeder ihrer weichen Bewegungen und dem augenfunkelnden ironischen Lächeln zu entnehmen war.

»Beth Hayeford«, sagte sie und gab Ludwig die Hand. »Wie großartig, Sie endlich einmal persönlich kennenzulernen, Mr. Licht.«

Ludwig wusste nicht, wer sie war, und da sich ihre Begrüßung so uramerikanisch anhörte, dass er fast einen Schreikrampf bekommen hätte, hielt er einfach mit lammfrommer Miene inne.

»Das Vergnügen ist ganz meinerseits«, brachte er schließlich über die Lippen.

»Ich bin die Geschäftsführerin von EXPLCO«, sagte Hayeford, um ihm auf die Sprünge zu helfen. »Offenbar haben Ihnen meine Angestellten«, sie warf einen gespielt enttäuschten Blick auf GT, »eine Menge unnötigen Klatsch über ihre Chefin erspart. Aber jetzt nehmen Sie doch endlich Platz.«

Ludwig setzte sich. Er hatte nicht damit gerechnet, dieser Vertreterin des Park-Avenue-Hochadels in Perlenkette und Kostüm Rede und Antwort stehen zu müssen. Nachdem er auch GT die Hand geschüttelt hatte, der es nicht für nötig hielt, sich von seinem Stuhl zu erheben, versuchte er tapfer, Konversation zu machen.

»Es freut mich, dass ich endlich wieder einmal von Nutzen sein kann.«

»Ausgezeichnet!« Hayeford saß auffällig gerade – dabei hatte sie die Handgelenke auf der Tischplatte abgelegt und betrachtete ihn mit einem hypnotisch-gelassenen Blick.

Verwirrt kratzte sich Ludwig unter seinem Pferdeschwanz, sah GT verzweifelt an, schaute wieder zu Hayeford und krächzte verlegen: »Zumindest war der Verkehr ziemlich ruhig, bis …«

Jetzt eilte ihm GT zu Hilfe. »Wir wollten abwarten, bis etwas Vernünftiges auftaucht«, erklärte er. »Natürlich hätte es einige Jobs im Personenschutz gegeben, aber …«

»Was haben Sie herausgefunden?«, unterbrach ihn Hayeford mit plötzlichem Ernst und wandte sich an Ludwig.

Endlich.

»Die Bullen meinen es mit ihrer Ermittlung nicht richtig ernst«, antwortete Ludwig mit wiedererlangter Fassung. »Sie haben Angst davor, was alles ans Tageslicht kommen könnte, und wünschen sich vermutlich, dass alles so schnell wie möglich in Vergessenheit gerät.«

»Aus welchem Grund?«

»Es gibt da offenbar zurückliegende Ereignisse … Abrechnungen innerhalb der exilkubanischen Bewegungen, Morde. Soweit ich verstehe, wurde nie jemand dafür zur Rechenschaft gezogen. Das ist natürlich Politik. Sie – oder besser gesagt die CIA – haben das ja alles aufgebaut. Das ist ähnlich wie bei der Hisbollah im Libanon. Oder vielleicht wäre die Einstellung Pakistans zu den Taliban ein besserer Vergleich. Die USA haben hinsichtlich der Gesetzesverstöße und Terrortendenzen der kubanischen Gruppen ein Auge zugedrückt, da man notfalls auf sie zurückgreifen wollte. Falls es in Kuba knallen sollte.«

»Kennedy hat doch den Russen versprochen, dass wir Kuba nie besetzen werden«, meinte Hayeford lächelnd. Sie schien Ludwigs Betrachtungen distanziert und lakonisch zu begutachten, als befände sie sich in einem Casting für Stand-up-Comedians.

»Ich glaube kaum, dass die Russen ein Versprechen berücksichtigen, dass vor fünfzig Jahren gegeben wurde«, meinte Ludwig. »Und das gilt auch für die Kubaner. Die haben sich schon immer vor einer Invasion gefürchtet.«

»Sind Sie Sympathisant, Mr. Licht?«

»Wie meinen Sie das?«

»Sympathisieren Sie mit den Kubanern?«

»Ich habe selbst in einem kommunistischen Land gelebt. Ja, ich sympathisiere mit dem kubanischen Volk. Keine Frage. Fidel hat das Land im Laufe eines Jahres alphabetisiert. Wussten Sie das? Auf Kuba gab es vierzig Prozent Analphabeten, und er hat versprochen, dieses Problem innerhalb eines Jahres zu beseitigen. Die ganze Welt hat ihn ausgelacht. Ein Jahr später hat niemand mehr gelacht.«

»Und dann hat er mit Chruschtschow in Harlem gesoffen … und die USA vor den Vereinten Nationen zur Schnecke gemacht …« Hayefords Stimme klang beinahe verträumt.

»Ja, und anschließend hat er die russischen Atomraketen auf die Insel geschafft, wodurch sie erstmals in der Geschichte buchstäblich uneinnehmbar war. Die Raketen wurden zwar wieder entfernt, aber allen war klar, dass die Russen dafür amerikanische Garantien erhalten hatten. Richtige Garantien zwischen zwei ebenbürtigen Mächten. Kein Wunder, dass die Kubaner den Mann liebten, der ihnen gab, was keinem Kubaner vor ihm gelungen war: Ein richtiges Land, eine Nation. Dass es sich dabei um einen sowjetischen Satellitenstaat handelte, daran wollte niemand denken. Genauso wenig wie an die Tatsache, dass das kubanische Regime sein Vertrauen in die Russen nie mehr zurückgewonnen hat, denn die hatten ihre Waffen einfach so abgezogen, ohne Absprache mit den Kubanern.«

Hayeford legte ihren Kopf zur Seite und lächelte melancholisch. Ludwig wurde klar, dass sie älter sein musste, als er anfangs geglaubt hatte. Zu der Zeit, über die sie sich unterhielten, musste sie gerade studiert haben.

»Seither sind sie miteinander verheiratet«, fuhr er fort. »Fidel und das Volk. Mit allem, was das mit sich bringt.«

»Bis dass der Tod sie scheidet«, meinte Hayeford.

»Genau.«

»Und sein Bruder?«

»Raúl ist der Schlimmste von allen. Er trieb seinerzeit die Annäherung an die Sowjetunion voran und war der Henker, der die Revolution konsolidierte. Jetzt hoffen alle, dass er die Zügel lockert, sobald Fidel endlich den guten Geschmack hat, das Zeitliche zu segnen. Doch daran glaube ich nicht, ehrlich gesagt.«

Hayeford nickte. »Ich stimme Ihnen zu. Und was halten Sie von diesem Attentat?«

Ludwig dachte nach und sagte dann: »Es wäre vermutlich für alle am besten, wenn es sich um eine interne Abrechnung handeln würde. Leider glaube ich nicht an diese Theorie. Der Anschlag wurde extrem professionell von, wie ich glaube, Soldaten einer Eliteeinheit durchgeführt.«

Er verstummte und starrte auf die Speisekarte, die plötzlich vor ihm lag.

»Bitte fahren Sie fort«, sagte Hayeford.

»Wenn ich es nicht besser wüsste«, meinte Ludwig und schaute hoch, »dann würde ich sagen, dass es sich um ehemalige Navy Seals handelt. Nach ihrem Ausscheiden finden sie mühelos neue Arbeit, vorzugsweise bei den paramilitärischen Einheiten der CIA.«

Zum ersten Mal an diesem Abend verlor Hayeford ein wenig von ihrer kühlen Distanz.

»Das ist ein furchtbarer Gedanke«, sagte sie mit ausdrucksloser Miene.

»Aber wir wissen es natürlich besser. Wir wissen, dass es vollkommen undenkbar ist.« Ludwig machte eine Pause und sah GT an. Dann blätterte er in seiner Speisekarte. »Haben Sie schon bestellt?«

Sie bestellten und aßen. Ludwig, der noch satt war, begnügte sich mit Schnecken in Knoblauchbutter. Hayeford hing ihren Gedanken nach.

GT fragte: »Was hältst du von Esquivel?«

»Ein Emporkömmling und im Grunde genommen ein Schläger. Hat wahrscheinlich früher selbst ziemlich viel Prügel bezogen. Er hat sich seine Aggression zunutze gemacht, um im Bausektor aufzusteigen, und zwar auf einem der meistumkämpften Märkte neben Chicago oder Bagdad. Mein Eindruck ist, dass er weiß, wer dahintersteckt, zumindest sind ihm einige der Akteure bekannt. Allerdings weiß er nicht so recht, was das Motiv sein könnte. Aber so einer schaut einem kranken Gaul natürlich nicht ins Maul, oder wie immer das heißt.«

»Schließlich profitiert er von dem Attentat«, bemerkte GT.

»Augenscheinlich. Falls es ihm gefällt, Besprechungen zu leiten.«

Diesen Kommentar schien Hayeford nicht zu verstehen. Sie runzelte die Stirn.

Dann entschuldigte sie sich, um kurz auf die Toilette zu gehen.

Ludwig nutzte die Gelegenheit zu einer Frage: »Was hat sie eigentlich für eine Aufgabe?«

»Seit Washington wollte sie dich kennenlernen.«
»Du hast sie nie erwähnt.«
»Sie macht dich nervös.«
»Was soll der Unsinn?«
»Sie macht dich nervös!«
»Ach, wirklich?«
»Ziemlich interessant«, erwiderte GT amüsiert.

Ludwig schüttelte den Kopf. Hayeford kehrte an den Tisch zurück.

»Wie machen wir weiter?«, fragte Ludwig. »Ich hätte da ein paar Ideen.« Er erzählte von der SMS, von Bethlehem South und Esquivels Frau. »Die Frau ist eine gute Option. Es ist natürlich nicht ganz leicht, jemanden dazu zu bringen, den Ehepartner zu verraten, sofern nicht schon eine grundsätzliche Bereitschaft dazu besteht.«

»Stimmt«, meinte Hayeford nachdenklich.

»Wie … motiviert sind wir eigentlich?«, fragte Ludwig. »Ich muss wissen, ob wir dieser Sache wirklich auf den Grund gehen wollen oder nicht.«

»Das wollen wir. Das FBI entlohnt unsere Hilfe und billigt stillschweigend, dass wir die Gesetze etwas freier auslegen, um schneller zum Ziel zu gelangen. Außerdem stellen wir eine Art Puffer für die CIA dar. Oder vielleicht kommt uns auch eine Art Vermittlerrolle zu. Alle wissen, dass der Süden Floridas CIA-Territorium ist. Dem FBI ist die ganze Situation zuwider, aber es ist nun einmal dafür zuständig, bei Straftaten auf amerikanischem Boden zu ermitteln.«

»Und ich bin dann wohl«, dachte Ludwig laut nach, »ein Puffer im Puffer.«

Hayeford schmunzelte. »So hellsichtige Leute muss man sich warmhalten«, sagte sie zu GT. Sie nahm ein Papier aus ihrer Handtasche.

»Fass das jetzt bitte nicht falsch auf«, sagte GT zu Ludwig und sah verlegen drein.

»Nein, wirklich nicht«, pflichtete ihm Hayeford bei.

Ludwig starrte auf das Schriftstück, das die Überschrift »Fristlose Entlassung« trug.

»Wie Sie schon sagten«, fuhr die EXPLCO-Chefin fort. »Ein Puffer im Puffer. Sobald dieser Auftrag erledigt ist, erhalten Sie Ihre Anstellung zurück. Das garantiere ich Ihnen. Aber einstweilen kann es von Vorteil sein, wenn Sie vollkommen frei agieren können und keine Rücksichten auf unsere Ansichten nehmen müssen. Ich habe mir sagen lassen, dass Sie unter diesen Voraussetzungen Höchstleistungen erbringen.«

Ludwig schwieg.

»So sehen die Bedingungen heutzutage aus«, warf GT ein.

Ludwig drehte sich langsam zu ihm um. »Ach, wirklich?«

»Ich kann Ihnen versichern, dass Sie während des ganzen Einsatzes unsere volle Unterstützung haben«, sagte Hayeford mit metallischer Stimme. »Das ist reine Formsache.«

Ohne ein weiteres Wort darüber zu verlieren unterschrieb Ludwig.

»Ihre Abfindung«, fuhr Hayeford fort und reichte ihm einen schweren Umschlag. »Sie wurde im Hinblick auf die voraussichtlichen … Umstellungskosten berechnet. Vielleicht müssen Sie sich den Beistand weiterer Personen sichern? Du hattest dir doch Gedanken darüber gemacht, nicht wahr, Clive? Ich muss mich jetzt leider zurückziehen, da ich bereits heute Abend in New York erwartet werde. Morgen bin ich in Helsinki und Freitag in Shanghai. Wäre mir das damals schon bewusst gewesen, dann hätte ich Harvard nie abgeschlossen. Es war nett, Sie kennenzulernen, Mr. Licht.«

Mit einem so kurzen Lächeln, wie man es seit den Tagen Nixons nicht mehr gesehen hatte, erhob sie sich und ging.

Ludwig sah GT finster an.

»Es tut mir leid«, erklärte GT. »Du kriegst deine Anstellung anschließend zurück. Darauf kannst du dich verlassen.«

»Allerdings nur, wenn der Auftrag gelingt«, gab Ludwig zu bedenken.

GT legte die Hände aneinander. »Marcela.«

»Bitte?«

»Cathy Marcela. Sie wohnt irgendwo mitten im Wald, südlich von La Belle. Sie hat bei dem Einsatz in Pennsylvania die Drohne gesteuert. Sie braucht ständig Geld und verfügt über außerordentliche technische Fähigkeiten. Außerdem hat sie ihr ganzes Leben in Florida zugebracht, spricht Spanisch und kennt sich auch im Hinterland aus. Such sie auf, und heuer sie an.«

»Kann ich sie nicht einfach anrufen?«

»Sie hat kein Telefon.«

»Kein Telefon?«

»Sie ist abgetaucht und hat auch keine Adresse, aber ich bin im Besitz ihrer Koordinaten, die wir überprüft haben, als sie letzthin einen Testflug für uns durchführte.« GT faltete ein Papier auseinander. »Die Angaben sind ziemlich vage, aber du findest sie sicher.«

»Klingt, als wäre sie eine faszinierende Person«, meinte Ludwig. Ohne sich die Zahlen näher anzuschauen, steckte er den Zettel ein.

»Vermutlich denkt sie das auch von dir.«

»Was soll das heißen?«

»Sie hat mit angesehen, was sich damals in den Bergen abspielte.«

Ludwig erinnerte sich an das Blut, das stoßweise aus der Halsschlagader des Neonazis Greg Wesley hervorgesprudelt war, nachdem er ihm die Kehle mit dem Messer aufgeschlitzt hatte. Und an das Kreuz, an das er gefesselt war …

Als Ludwig wieder in der Gegenwart angekommen war, leerte er sein Bierglas, dann das Wasserglas daneben und schließlich das halbe Glas Rotwein, das Hayeford stehen gelassen hatte.

»Alles in Ordnung?«, fragte GT.

Ludwig schob den Umschlag in die Brusttasche seines Jacketts und erhob sich. »Es ist ein gutes Gefühl, wieder Arbeit zu haben. Obwohl ihr mich gerade gefeuert habt.«

»Dir ist schon klar, warum.«

»Allerdings. Damit ich mir nur meine eigenen Hände schmutzig mache.«

Winter Haven Hotel
South Beach, Florida, USA
Mi., 11. Juni 2014
[22:20 EST]

GT entdeckte Hayeford in einem Aufenthaltsraum in der dritten Etage des Hotels und nahm auf dem Sofa neben ihrem Sessel Platz. Es war spät, und seine Chefin gähnte.

Er hatte sie noch nie ohne Kostüm und Pumps gesehen. Ihm fiel auf, dass sie das genaue Gegenteil seiner eigenen Mutter war: groß, schlank, gefasst, sorglos, überlegen und nur ein kleines bisschen bedrohlich.

Nachdenklich schaute sie auf die Dachterrasse hinaus.

»Was halten Sie von Ludwig?«, fragte GT nach mehreren Minuten des Schweigens.

Zögernd kehrte Hayeford aus ihren unergründlichen inneren Provinzen in die Wirklichkeit zurück und betrachtete GT.

»Doch, er taugt was. Ziemlich mitgenommen ... Vermutlich ist dies sein letzter Einsatz. Aber überaus fähig. Vielleicht nicht unbedingt ... eine Frohnatur.«

GT beugte sich vor. »Sie müssen aber zugeben, dass er der richtige Mann für diesen Auftrag ist.«

»Er wusste bereits von Bethlehem South«, meinte sie verblüfft. »Doch, er kann das schaffen.«

»Mir ist immer noch unangenehm, dass wir ihm gewisse Details verheimlichen. Das könnte ihn das Leben kosten.«

»Ganz so schlimm ist es ja wohl nicht.«

»Aber er weiß nicht einmal, wonach er suchen soll. Er tappt vollkommen im Dunkeln.«

Hayeford rieb sich die Schläfe. »Das klingt, als wäre er in seinem Element, würde ich sagen. Außerdem war das Fran Bowdens Bedingung.«

Als sie den Namen der CIA-Chefin aussprach, senkte sie ihre Stimme.

»Sie war schon immer vollkommen paranoid«, murmelte GT.

»Und will ihre Beteiligung an allem, einschließlich dieser Ermittlung, abstreiten können. Jetzt hat sie sich hinter mehreren Schutzwällen verschanzt: dem FBI, uns, Licht ... Schon allein der Umstand, dass das FBI die Zeche zahlt, ist sehr hübsch eingefädelt.«

Um dieses Detail hatte sich Hayeford ganz allein gekümmert. Sie hatte Booker Clark vom FBI angerufen und ihn genötigt, Ludwig als Berater zu engagieren. Es war nicht das erste Mal, dass GT erlebte, wie einer seiner Vorgesetzten die eigenen Leistungen in seinem Beisein lobte. Es betrübte ihn, dass die Rollen immer so und nicht anders verteilt waren.

»Stimmt, das Schutzpolster besteht aus vielen Schichten«, pflichtete er ihr knapp bei.

Hayeford räusperte sich, schob ein Reisemagazin auf dem Couchtisch zurecht und sagte: »Ich glaube, die Firma wird von diesem Auftrag profitieren. Wenn wir uns als zuverlässige, diskrete interne Ermittlungseinheit etablieren können, dann sind uns Verträge auch in ferner Zukunft sicher.«

»Vorausgesetzt, wir haben Erfolg«, bemerkte GT düster. »Andernfalls sind wir als Firma verschrien, die man anruft, wenn man wünscht, dass die Hölle losbricht.«

»Selbst in diesem Sektor«, meinte Hayeford und erhob sich, »ließe sich sehr viel Geld verdienen. Davon bin ich überzeugt.«

Hotel Inglaterra
Havanna, Kuba
Do., 12. Juni 2014
[11:20 EST]

Die sommersprossige, große Frau blickte über das Journalistenmeer hinaus, und obwohl ihr an diesem brennend heißen Vormittag in Havanna gewissermaßen die Rolle der Anklägerin zufiel, trug sie die Miene einer zu Unrecht Angeklagten zur Schau. Ihr aschblondes Haar war hochgesteckt, und die silberne Brosche an ihrem schwarzen Leinenjackett schien auf dem Kopf zu stehen, was daran lag, dass die Organisation, für die sie arbeitete, ein umgekehrtes A als Symbol verwendete. Ihr Handgelenk zierte eine schwere Herrenuhr, die sie ein Jahr zuvor behutsam ihrem toten Vater abgenommen hatte.

Die Pressekonferenz fand im Restaurant des alten Hotel Inglaterra am Paseo del Prado statt. Sie saß allein an der Längsseite eines langen Tisches und strich mit der Hand über die weiße Tischdecke. Etwa hundert Personen, darunter Polizisten, Journalisten, Kameraleute, Pressefotografen und erstaunte Touristen, bevölkerten den prächtigen, pfeilergeschmückten Marmorsaal.

Als endlich Stille eintrat, wartete sie des Effektes wegen noch einige Sekunden ab, dann warf sie einen letzten Blick auf ihre Notizen, hob den Blick und begann.

»Die Vereinigten Staaten, die einst die Freiheit auf dieser Erde gewährleisteten, sind demselben Gift anheimgefallen wie die französischen, britischen und spanischen Imperien, deren Nachfolge sie angetreten haben. Die Machtvollkommenheit und Rücksichtslosigkeit haben ein Niveau erreicht, das den Frieden, die Entwicklung und die Sicherheit dieses Planeten gefährdet.«

Mehrere kubanische Reporter applaudierten spontan, womit sie nicht gerechnet hatte. Faye Morris, seit gut drei Jahren die Chefin von Hydraleaks, war es nicht gewohnt, Verlautbarungen auf Spanisch abzugeben, insbesondere nicht vor Journalisten einer Diktatur. Nur mit Mühe konnte sie ein Lachen unterdrücken. Dann hatte sie sich wieder gefasst, machte eine abwehrende, aber freundliche Handbewegung und fuhr fort.

»Deswegen haben wir beschlossen, unser Unternehmen in das vielleicht einzige Land dieser Erde zu verlegen, in dem es immer noch einen starken Widerstand gegen die amerikanische Hegemonie gibt. Der kubanische Widerstand gegen imperialistische Ansprüche ist auf der westlichen Halbkugel nach wie vor richtungsweisend. Unterdrückte Völker in aller Welt haben sich von diesem mutigen Kampf inspirieren lassen. Jetzt hat die isländische Regierung dem amerikanischen Druck nachgegeben, und deswegen suchen ich und bald auch meine Mitarbeiter hier in Kuba Asyl. Wir haben die Gewissheit, dass die Kubaner uns beschützen und bei unserer wichtigen Arbeit unterstützen werden.«

Pause. Mehr Beifall.

Eine junge Frau hob die Hand und fragte: »Haben Sie bereits mit Vertretern der Regierung gesprochen? Wurde eine Einigung erzielt? Erhalten Sie Asyl?«

Faye brauchte ein paar Sekunden, um das seltsame kubanische Spanisch zu verstehen. Dann verstrichen noch einige Sekunden, in denen sie sich ihre Antwort in der fremden Sprache zurechtgelegt hatte.

»Wir sind sehr zuversichtlich, dass über diese Angelegenheit rasch entschieden wird. Unsere Kontakte mit den Behörden sind allerdings bislang auf einer wesentlich niedrigeren Ebene erfolgt als der von Ihnen erwähnten. Wir haben uns mit dem Sicherheitsdienst in Verbindung gesetzt, um uns zu vergewissern, dass unser Besuch willkommen ist. Aber wir sind wie gesagt guter Hoffnung.«

»Haben Sie auf Island um Ihr Leben gefürchtet, Señorita Morris?«

»Hin und wieder, ja.«

»Ist es dort zu Anschlägen gekommen?«

»Nein, aber das war nur eine Frage der Zeit. Wir wissen alle, wie es meinem Vorgänger Lucien Gell ergangen ist. Er wurde 2011 in Berlin ermordet, ein Verbrechen, das bis heute nicht aufgeklärt worden ist. Nicht nur wir sind davon überzeugt, dass die Amerikaner hinter dem Massaker in der syrischen Botschaft stecken.«

»Wie viele Mitglieder Ihrer Organisation sind hierhergekommen?«

»Wie gesagt, momentan bin ich die Einzige.«

»Wie lange möchten Sie bleiben?«

»So lange wie nötig. Bis wir wieder frei und offen in Europa und den USA wirken können. Diesem Kampf habe ich mein Leben verschrieben und werde so bald nicht damit aufhören.«

Mit diesen Worten erhob sie sich. Die Journalisten, die besser dressiert waren als ihre westlichen Kollegen, stellten keine weiteren Fragen, sondern packten zusammen und trotteten davon.

Faye blieb stehen. Zwei Männer vom Geheimdienst näherten sich ihr von beiden Seiten des langen Tisches. Draußen verschwand die Sonne hinter den Wolken.

*

Wie verhext starrte Ludwig auf den riesigen Fernseher hinter der Bar des »Ich bin ein Berliner«. Die Pressekonferenz in Havanna war vorbei, und der Nachrichtensprecher in Atlanta verkündete:

»Neuen Angaben anonymer FBI-Informanten zufolge soll das Attentat vor dem Restaurant Versailles in Miami von kubanischen Spezialeinheiten verübt worden sein. Wir werden Sie über die sensationellen Entwicklungen auf dem Laufenden halten und hoffen am Nachmittag auf eine Stellungnahme aus Washington.« Pause, tiefernste Miene. Dann: »Das Datingportal LoveSickExtreme …«

Erst nach den Wirtschaftsnachrichten und der auf das örtliche Publikum zugeschnittenen Werbung (für Betten, für den unermüdlichen Autohändler und ein paar bemitleidenswerte Juweliere) hatte Ludwig wirklich erfasst, was er da gerade gesehen hatte.

Eine Schlussfolgerung drängte sich auf: Es war kein Zufall, dass ausgerechnet er diesen Auftrag erhalten hatte. Bereits seit seinem Treffen mit GT und Hayeford am Vorabend hatte er diesen Eindruck, der sich jetzt bestätigte. Die Verbindung zu Hydraleaks und Faye Morris räumte die letzten Zweifel aus. Die Stürmung der syrischen Botschaft in Berlin war unter seiner Leitung erfolgt. Er hatte sich um Morris gekümmert und versucht, ihr in Polen zur Flucht zu verhelfen. Irgendetwas äußerst Unbehagliches bahnte sich an, und wie sehr er sich auch über das Versailles, Havanna, Hydraleaks und die EXPLCO den Kopf zerbrach, wollte es Ludwig nicht gelingen, sich ein klareres Bild zu verschaffen. Überall stieß er auf tiefschwarze Schatten.

Die Reaktionen, die jetzt kommen würden, waren natürlich vorhersehbar. Der eine oder andere Republikaner würde fordern, Faye Morris wegen Landesverrats hinrichten zu lassen, vereinzelte Demokraten würden sie vorher noch gerne vor Gericht stellen. Von Regierungsseite würde man auf die laufenden Untersuchungen verweisen und von der schwierigen Aufgabe faseln, eine freie und offene Gesellschaft mit dem Bedürfnis nach Sicherheit in Einklang zu bringen.

Allerdings gab es ein winziges Detail, von dem außer Ludwig

nur äußerst wenige Menschen wussten und das die Dinge um einiges komplizierter machte.

Faye Morris, einundvierzig Jahre alt, auf Menschenrechte spezialisierte Rechtsanwältin und seit 2011 Chefin von Hydraleaks, arbeitete für die CIA.

REPTILIENFAUNA

Ich bin ein Berliner
Little Havana, Florida, USA
Do., 12. Juni 2014
[12:05 EST]

Das »Ich bin ein Berliner« in der SW 7th Street war nicht zu dem Erfolg geworden, der GT vorgeschwebt hatte, als er Ludwig für seine Idee begeisterte. Seiner Prognose zum Trotz hatten die kubanischen Bewohner des Viertels keine große Begeisterung für das Exotische und Ungewohnte aufgebracht, und die deutschen Touristen schienen keine Sehnsucht nach Altvertrautem zu verspüren. Kaum jemand schien das höhlenähnliche Lokal mit seiner Anwesenheit oder Barschaft beglücken zu wollen.

Nur zwei Besucherkategorien legten ein gewisses Interesse an Ludwigs Lokal an den Tag: Alkoholiker mit einer Leidenschaft für südamerikanischen Fußball (was erklärte, warum Ludwigs rechte Hand Guerpo einen Sechzig-Zoll-Fernseher und einen Satelliten-Decoder, beides Hehlerware, besorgt hatte) und die Mitarbeiter des Gesundheitsamts von Dade County, die nicht weniger als fünf Kontrollen in anderthalb Jahren durchgeführt hatten – mit fatalen Folgen.

Der Höhleneindruck war natürlich beabsichtigt und war, bevor Ludwig das Lokal übernommen hatte, mit großen Mengen Styropor und grauer Sprühfarbe erzielt worden. Der Verkäufer hatte begeistert erklärt, dass diese Farbe eigens entwickelt worden war, damit das Styropor bei den herrschenden Temperaturen nicht schmolz. Im Lokal befanden sich fünfzehn runde Tische mit vier Stühlen sowie ein Tresen, um den sich vierzig Alkoholiker scharen konnten, um die Mannschaften im Stadion von Maracanã in Rio de Janeiro bis zur Heiserkeit anzufeuern. Ludwig gefiel immerhin der Fußboden – ein Kunstwerk aus absinthgrünen portugiesischen Fliesen, das ihm stets das Beste in Erinnerung rief, was Deutschland, Frankreich und die angrenzenden Länder zu bieten hatten. Die Erinnerung an ein unaufdringliches kontinentaleuropäisches Bistro konnte ihm wie kaum etwas anderes Heimwehtränen in die Augen treiben, obwohl er schon gar nicht mehr wusste, in welchem Jahrzehnt er zuletzt ein solches Etablissement aufgesucht hatte. Aber es ging ihm ums Prinzip, das seinen Widerstand gegen seine Umgebung anstachelte.

Ludwig ging in dem mittags zwar geöffneten, aber vollkommen leeren Lokal auf und ab, doch seine Überlegungen brachten ihn nicht weiter. Schließlich verließ er das Restaurant durch die halboffene Tür.

Auf dem Bürgersteig empfing ihn gleißendes Sonnenlicht. Der Verkehr pulsierte im Ampeltakt durch die Einbahnstraße. Schräg gegenüber lag ein Supermarkt. Auf dem Kundenparkplatz standen nur wenige Autos. Etwas weiter nördlich gab es einen kleinen Zigarrenladen und in der entgegengesetzten Richtung einen Waschsalon, ein Abrisshaus und eine Bäckerei.

Vielleicht wäre es angezeigt, GT anzurufen. Möglicherweise sollte er nach Washington fliegen, um mit Fran Bowden in Langley zu sprechen. Obwohl er natürlich ahnte, dass es ihn nicht weiterbringen würde. Seine Entlassung von EXPLCO hatte ihm die knallharte Botschaft übermittelt, dass er diese Sache in Eigenregie durchziehen musste, damit seine Auftraggeber anhand seiner Erkenntnisse Stellung nehmen konnten, ohne sich die Finger schmutzig zu machen.

Eins nach dem anderen, sagte sich Ludwig, ich kann meinen Finger immer nur in ein Rattennest stecken, um herauszufinden, was mich beißt.

Aber die angebotene Unterstützung würde er annehmen, beschloss er und zog GTs Zettel aus der Tasche. Er strich ihn glatt, ging zu seinem Land Rover und speiste die Koordinaten in das Navi ein. Dann fuhr er Richtung Norden zu den Dschungelsümpfen im Hinterland Floridas.

National World War II Memorial
Washington D. C., USA
Do., 12. Juni 2014
[12:25 EST]

Das Wasser von den beiden großen Springbrunnen der Gedenkstätte westlich des Lincoln Memorial glitzerte in der Sonne. Die Wachtparade der Marineinfanterie näherte sich in blauen Uniformen mit goldenen Paspeln. Etwa hundert Veteranen, viele in Rollstühlen, teilten sich den Zuschauerplatz mit ihren Frauen, anderen Angehörigen und einigen Schulklassen.

GT, der einen doppelreihigen grauen Blazer und einen gelben gehäkelten Schlips trug, ging mit bedächtigen Schritten auf sein Ziel zu. Ein rothaariger Mann in einem Nadelstreifenanzug, der ihn in etwa fünfundzwanzig Metern Entfernung erwartete. Das Orchester spielte einen Marsch, und ein kompliziertes Ritual begann. Offenbar wurden die Fahnen der verschiedenen Waffengattungen, Heer, Marine, Luftwaffe, Marineinfanterie und Küstenwache, vorgezeigt und dann wieder zusammengelegt. Diesem Schauspiel, das wesentlich harmloser war als vieles, was GT in anderen Ländern an militärischen Machtdemonstrationen erlebt hatte, wohnten die Zuschauer in einer mehr oder weniger bewussten Habachtstellung bei. Sie erinnerten an Atheisten, die in der Kirche aus Höflichkeit die Hände falteten und den Blick senkten. Mit bronzenen Kränzen verzierte Säulen, eine pro Bundesstaat, umgaben den runden Platz. Die großen Springbrunnen, einer für den Atlantik, der andere für den Pazifik, wurden von zwei Triumphbögen mit riesigen Adlerskulpturen bewacht. Im Schatten des Atlantikbogens stand der Mann, den GT den ganzen Weg vom Kongress beschattet hatte.

Der stark gealterte Ron Harriman, Delegierter des elften Wahlkreises in Pennsylvania, war US-Botschafter in Berlin gewesen, als GT dort den Posten des CIA-Chefs bekleidet hatte. Seine Schläfen waren grau, und tiefe Falten hatten sich in sein Gesicht eingegraben, was GT darauf zurückführte, dass er stark abgenommen hatte.

»Ron!«, rief GT. »Dass ich ausgerechnet Sie hier treffe!«

Harrimans Miene verdüsterte sich. »Clive«, sagte er und sah sich verwirrt um.

GT trat so dicht an ihn heran, wie es nur in einem äußerst belebten städtischen Umfeld möglich war, ohne dass es als reine Provokation aufgefasst wurde.

Die Kapelle verstummte. Ein Offizier brüllte Befehle. Die Veteranen schienen das Schauspiel mit Fassung über sich ergehen zu lassen, während die Schüler beeindruckt wirkten. Und genau das war natürlich Sinn und Zweck der Übung. Die Marineinfanterie war genau wie das Heer, die Marine und Luftwaffe ständig auf der Jagd nach neuen Rekruten.

GT flüsterte: »Wo wir uns gerade unterhalten … tut sich in Bezug auf Kuba eigentlich was?«

Harriman starrte geradeaus. Der Schweiß stand ihm auf der Stirn, was natürlich auch daran liegen konnte, dass die Temperatur achtundzwanzig Grad betrug.

»Oder hat man Sie aus dem House Committee on Foreign Affairs rausgeworfen?«, fuhr GT grinsend fort.

»Nein.«

»Wie schätzen Sie Ihre Chancen bei der Wahl im Herbst eigentlich ein?«

»Ich gehe von einer stabilen Mehrheit aus.«

»Es besteht also kein Bedarf an Spenden? Ich kenne ja etliche Leute hier in der Stadt, die so einiges zusammenbringen könnten, falls …«

»Nein, momentan besteht kein Bedarf«, erwiderte Harriman kalt.

Vermutlich entsprach das der Wahrheit. Der Mann hatte in ein ziemliches Vermögen eingeheiratet.

»Dann können wir uns doch ein kleines Gespräch über Kuba gestatten«, meinte GT mit schärferem Ton. »Das Übrige läuft ja offenbar von selbst.«

Harriman verdrehte die Augen. GT musste sich sehr beherrschen, um nicht ausfallend zu werden. Eigentlich wurden seine Gedanken vollauf von Faye Morris' bizarrem Seitenwechsel in Anspruch genommen. Ihre Pressekonferenz in Havanna war gerade im Fernsehen übertragen worden, aber diese Frage wollte er nicht mit dem ehemaligen Botschafter besprechen. Das musste warten, bis er zu einer Audienz bei ihrer königlichen Hoheit Fran Bowden in Langley vorgelassen wurde. Er wollte in Erfahrung bringen, ob Morris wie ihr Vorgänger Lucien Gell von der CIA angeworben worden und in Kuba für die Amerikaner im Einsatz war. Während der drei Jahre unter Morris' Leitung hatte Hydraleaks die antiamerikanische Rhetorik deutlich abgeschwächt und stattdessen zunehmend Russland und China kritisiert.

»Kuba«, wiederholte GT.

»Verdammt, Clive …«

»Fädeln wir da was ein oder nicht?«

»Darüber kann ich nicht sprechen.«

»Das deute ich als Ja.«

»Das können Sie deuten, wie Sie wollen.«

»Vor nicht allzu langer Zeit habe ich Ihre Karriere gerettet, Ron. Haben Sie das schon vergessen?«

Harriman schwieg.

»Ich habe kein Wort über Ihr jüngstes Versagen verloren. Oder waren Sie etwa mit Ihrer Leistung zufrieden? Sich einfach aufs Sofa zu werfen und wie ein Schlosshund zu …«

»Okay.« Harriman seufzte. »Das Außenministerium verhandelt mit den Kubanern über eine Normalisierung der Beziehungen.«

»Jetzt schon? Der Präsident ist doch noch zwei Jahre an der Macht. Wieso …«

»Er will sichergehen, dass das noch klappt, bevor seine Amtszeit zu Ende ist.«

GT überlegte. Es war ein offenes Geheimnis, dass der Präsident eine Normalisierung anstrebte. Er selbst würde zwar nicht wieder zur Wahl antreten, aber seine demokratischen Parteifreunde hatten in den kommenden zwei Jahren etliche Wahlen vor sich. Es konnte Stimmen kosten, mit einem Präsidenten verbündet zu sein, dem man Nachgiebigkeit dem Kommunismus gegenüber nachsagte. Nicht zuletzt in Florida.

Harriman fuhr fort: »Das müsste in einigen Monaten geregelt sein, im Herbst, spätestens zum Jahreswechsel. Das Embargo bleibt vorerst bestehen, aber die diplomatischen Verbindungen werden wieder aufgenommen. Und dann bleibt man … im Gespräch. Über die Zukunft.«

»Wie viele Leute wissen davon?«

»Mein Ausschuss, eine Arbeitsgruppe im Außenministerium, der National Security Council, Teile des Weißen Hauses.«

»Wie viele Leute sind das insgesamt?«

»Fünfzig. Vielleicht sechzig.«

»Die ganze verdammte Welt mit anderen Worten. Alle, die es interessiert. Verflucht noch mal.«

»Und wieso ist das Ihr Problem? Warum interessiert Sie das?«

»Diese Frage geht mir vollkommen am Arsch vorbei. Wie alles, denke ich. Das kommt mit zunehmendem Alter. In der Tat ein erhebendes Gefühl. Vielleicht hält man auch bloß deswegen so lange durch. Mir ist nur klar geworden, dass die Sache in aller Munde sein muss, wenn selbst Sie davon wissen.«

Diese Beleidigung entging Harriman nicht. Er wollte gerade etwas einwenden, als zwei Trompeter plötzlich zur Reveille bliesen.

»Kommen Sie«, sagte GT und nahm den Arm des Delegierten.

Sie gingen an dem großen Teich entlang Richtung Westen. Ein paar Jogger trotzten der Wärme, Frauen mittleren Alters mit Stilettos, Headsets und Bechern von Starbucks saßen auf den Bänken, und jüngere Männer mit Schlips, Knebelbart und Aktentasche flanierten im Schatten der Bäume und lasen auf ihren iPhones Mails und Twitter-Klatsch. Dieser Teil Washingtons war nichts für Familien mit Kindern, doch auch normale Flaneure schienen sich dort nicht sonderlich willkommen zu fühlen. Die Studenten blieben in Georgetown, die Dealer in den kleineren Parks an der K Street und der M Street, wo sie sowohl an ihresgleichen als auch an Lobbyisten und Regierungsbeamte verkaufen konnten. Obwohl sich hier alles ständig um Politik drehte, war die Stadt von einer geschäftsmäßigen Stimmung beherrscht. GT fühlte sich hier eher an Frankfurt als an Berlin erinnert.

»Sie müssen wissen«, meinte Harriman, als sie die Treppen des weißen Lincoln Memorial erreicht hatten und umkehrten, »dass es sich hier um einen Wettlauf handelt.«

»Mit wem?«

»*Gegen* wen.« Harriman hielt inne und schaute sich verstohlen um. Mit leiserer Stimme fuhr er fort: »Gegen die Russen. Es geht darum, die Zukunft Kubas mitzubestimmen. Früher oder später sterben Fidel und Raúl, und dann ist die Party vorbei. Dann kommt es darauf an, wer am besten auf eine Übernahme des Betriebs vorbereitet ist.«

»Das sind doch wohl wir? Schließlich ist das hier unsere Hälfte des Planeten, verdammt noch mal.«

»Das sollte man meinen. Aber die Russen waren nicht faul. Sie nehmen gerade ihren alten Abhörstützpunkt in Lourdes bei Havanna wieder in Betrieb. Dafür helfen sie den Kubanern bei der Erdgasförderung vor der Küste. Schlimm ist das.«

GT hatte tatsächlich davon gelesen, ohne diesem Umstand besondere Bedeutung beizumessen. Der letzte verzweifelte Versuch eines sterbenden Regimes, den vergleichsweise reichen Cousins, die ein halbes Jahrhundert lang ihren Zucker gekauft hatten, noch etwas Geld abzunehmen.

»Ich dachte nicht, dass es den Kubanern damit ernst ist«, meinte GT.

»Schwer zu sagen. Vielleicht wollen sie uns ja nur ein wenig unter Druck setzen.«

»Und es funktioniert.«

»Allerdings. Jedenfalls wollen sich die Kubaner bis ins Letzte absichern. Und solange sie an den Russen Geld verdienen, geraten wir ins Hintertreffen. Vor einem Wettstreit muss eine Normalisierung herbeigeführt werden.«

»Und damit verschwindet auch das Embargo.«

»Ja natürlich, früher oder später. Und das müssen wir ihnen klarmachen. Das sind komplizierte Verhandlungen, Clive.«

Sie lenkten ihre Schritte zu dem Kriegerdenkmal zurück. GT dachte lange nach.

»Und die Exilkubaner in Miami?«, fragte er schließlich.

Harriman setzte wieder seine erstaunt-verärgerte Standardmiene auf: »Was haben die damit zu tun?«

»Genau diese Frage stelle ich mir auch.«

»Die sind nicht eingeweiht, das können Sie mir glauben. Niemand will den Dorfdeppen dabeihaben, wenn die Grundstücksgrenzen neu gezogen werden.«

GT nickte. »Was halten Sie von dem lächerlichen Gerücht, dass das kubanische Regime hinter den Autobomben in Little Havana stecken soll?«

»Vollkommener Unsinn. Glauben Sie mir, das Regime will sich momentan mit niemandem anlegen. Weder mit uns noch mit den Russen. Diese verdammte Bagage glaubt, dass sie uns beide in alle Ewigkeit ausnehmen kann. Das Schlimme daran ist, dass sie vielleicht sogar recht haben. Jedenfalls würden sie nicht auf amerikanischem Boden Exilkubaner in die Luft jagen. Das wäre ja total schwachsinnig. Sollten Sie mit dem FBI sprechen, können Sie denen das ruhig verklickern. Natürlich ohne mich oder unsere Unterhaltung zu erwähnen. Die hat nie stattgefunden.« Der Kongressabgeordnete blieb stehen. »Das ist Ihnen doch hoffentlich klar, dass wir nie miteinander gesprochen haben?«

»Natürlich.«

»Sie sind also mit der Ermittlung dieses Terroranschlags betraut?«

»Nicht wirklich. Wir waren ganz zu Anfang am Rande beteiligt, hatten aber nicht viel beizutragen. Und wie Sie eben schon sagten: Das FBI hat seltsame Theorien, was diesen Fall betrifft.«

Harriman schüttelte den Kopf. »Kaum zu glauben, dass Sie sich die Gelegenheit entgehen lassen, dem FBI Geld abzunehmen, bloß weil sich Ihre Theorien unterscheiden.«

»Ja, nicht wahr?«, erwiderte GT und verzog seine Lippen zu einem majestätischen Lächeln, das seinen Schnurrbart in heftige Bewegung versetzte und seine kleinen Augen zur Größe von Stecknadelköpfen zusammenschrumpfen ließ. »Da haben Sie wirklich recht.«

Dann klopfte er Harriman auf die Schulter.

»Nett, Sie mal wieder gesehen zu haben, Ron«, sagte er gut gelaunt. »Das müssen wir bald wiederholen. Ich rufe Sie an.«

»Das eilt nicht«, erwiderte Harriman trocken.

»Doch, doch. Unsere Freundschaft hat mir immer viel bedeutet. Ich möchte sie in Zukunft besser pflegen.«

Harriman schnaubte verächtlich, warf GT einen außerordentlich müden Blick zu, rückte seinen Schlips gerade und trat den Weg zum Kongress an, dessen Kuppel im diesigen Sonnenlicht wie ein Sahnepudding zitterte.

*

Eine halbe Stunde später saß GT in einem Taxifahrer-Lokal in der M Street und lauschte dem jungen, unglücklichen Mann, der vor ihm saß. In einem schwachen Moment bei den Anonymen Alkoholikern hatte er sich bereit erklärt, als sein Mentor zu fungieren. Paul Rellner war vierundzwanzig, ein Alter, in dem man laut GT noch kein richtiger Alkoholiker sein konnte. Der Ärmste litt an ganz anderen Gebrechen, die der Heilung bedurften, und hätte sich genauso gut an die Heilsarmee oder die Nation of Islam wenden können.

»Und dann sagt sie zu mir, Sie werden es nicht glauben, ohne weitere Umschweife, dass sie sich vor mir ekelt und dass das immer schon so war.«

»Ihre *Mutter*?«

»Wie? Nein, ich bitte Sie ... doch nicht meine Mutter. Helen!«

GT war sich nicht sicher, ob das die Freundin oder die Schwester des jungen Mannes war.

Zuletzt hatte man sich Mitte der siebziger Jahre um normalisierte Beziehungen zu Kuba bemüht, nachdem Nixon zurückgetreten war und der pragmatischere Ford die Macht übernommen hatte. Die Geheimverhandlungen waren jedoch gescheitert, als Castro seinen eifrigen Revolutionsexport fortsetzte. Er hatte der MPLA-Guerilla in Angola und dem kommunistischen Irren in Äthiopien, dessen Namen GT vergessen hatte, der aber die Hungerkatastrophe in den 1980ern zu verantworten hatte, unzählige Soldaten und Waffen geschickt.

Die Forderungen beider Seiten waren nur schwer zu erfüllen gewesen. Die USA verlangten eine Entschädigung für den Besitz, der von den Kommunisten in den sechziger Jahren nationalisiert worden war. Kuba verlangte von den Amerikanern, die Terrorgruppen in Miami nicht länger zu tolerieren. Bei dem schlimmsten Anschlag der Exilkubaner, der Sprengung einer Passagiermaschine über Venezuela 1976, waren 73 Passagiere ums Leben gekommen. Die Drahtzieher des Anschlags, Luis Posada Carriles und Orlando Bosch, hatten vorher für die CIA gearbeitet.

Und was war aus ihnen geworden? Der eine wurde von einem korrupten Gericht in Caracas freigesprochen, dem anderen wurde die Flucht aus dem Gefängnis ermöglicht.

Die Sichtweise des kubanischen Regimes war also durchaus nachzuvollziehen. Manchmal zumindest. GT war nicht gerade für seinen weitblickenden Internationalismus und seine Liebe zu den Befreiungsbewegungen der Dritten Welt bekannt, aber selbst er hatte begriffen, dass es in einem fünfzig Jahre andauernden Konflikt, in dem sich ein Unrecht ans andere reihte und der Hass mit der Zeit einen nostalgisch selbstverherrlichenden Heiligenschein erhielt, keine Unschuldigen mehr gab.

Nach den gescheiterten Verhandlungen in den siebziger Jahren hatte Präsident Carter, obwohl ein aufgeschlossener flexibler Demokrat, nicht viel Handlungsspielraum gehabt. Und die Machtergreifung der Sandinisten in Nicaragua 1979 mithilfe der Kubaner hatte jegliche Aussichten auf eine Annäherung zunichte gemacht.

GTs Handy summte. Er ignorierte es, trank einen Schluck seines bitteren Filterkaffees und stellte fest, dass es Paul offenbar gar nicht auffiel, dass sein alter Mentor nicht bei der Sache war.

Auch die achtziger Jahre hatte keine Besserung gebracht. Im Jahr 1981 zog Reagan nach einem ungewöhnlich polemischen Wahlkampf ins Weiße Haus ein. Wenig später intensivierten die USA und Kuba ihren langjährigen Krieg, dieses Mal mit den Schauplätzen Nicaragua und Honduras – ein zentralamerikanisches Minivietnam. GT hatte wie viele CIA-Mitarbeiter seiner Generation daran mitgewirkt, die brutalen Contras zu bewaffnen, die von Honduras aus die Sandinisten und andere Gruppierungen bekämpften. Die Kubaner hatten tausende militärischer Ratgeber entsandt. Und so weiter, bis in alle Ewigkeit, Amen.

GTs junger Schützling jammerte immer weiter, da hob der Alte seine Hand und sagte: »So, Paul, jetzt hören Sie mir mal zu, verdammt.«

»Ja?«

»Manchmal muss man einfach klein beigeben, verstehen Sie?«

»Nein.«

Und jetzt kam ihm die Erleuchtung.

Fünfzig oder sechzig Leute waren mit den erneuten Verhandlungen einverstanden gewesen. Fünfzig oder sechzig Menschen, tödlich, schwach und dumm wie alle anderen. Fünfzig oder sechzig Vollblutidioten.

GT trank einen Schluck Kaffee und schüttelte den Kopf. Fragen der nationalen Sicherheit durfte man unter gar keinen Umständen dumpfen Bürokraten vom Außenministerium und journalistisch ausgebildeten Emporkömmlingen aus dem Weißen Haus überlassen. Das war Autoaggression auf einem beängstigend hohen Niveau und unverzeihlich.

Das Spiel war mit einem Mal etwas übersichtlicher. Grundlegende Züge ließen sich erkennen.

Die Dorfdeppen in Miami hatten den Wind der neuen Zeit zu spüren bekommen. Sie wussten jetzt, woher er wehte. Und hatten nicht die geringste Lust, klein beizugeben.

U.S. Highway 27
Florida, USA
Do., 12. Juni 2014
[15:00 EST]

Der Highway 27 in nordwestlicher Richtung war im Grunde ein breiter, hellgrauer Graben. Die Wälle auf beiden Seiten schützten ihn vor diversen Gewässern und Mineralgruben. Das Einzige, was Ludwig sehen konnte, war die schnurgerade Straße, die so weit in die Ferne verlief, dass ihm sein Gehirn einen Streich spielte und Dinge vorgaukelte, die gar nicht existierten. Er hätte ebenso gut in Louisiana, Russland oder Kuwait sein können.

Weit hinter ihm fuhr ein tomatenroter Pick-up, vor ihm herrschte Leere. Höchstens alle zehn Minuten kam ihm ein Fahrzeug entgegen. Eine halbe Stunde zuvor war ein kleines Propellerflugzeug über ihn hinweggeflogen, das vielleicht in den Sümpfen nach Marihuana-Feldern oder vom Aussterben bedrohten Tieren suchte.

Kurz nach drei hielt er an einer Tankstelle und kaufte einen Karton mit sechzehn kleinen Wasserflaschen, einen Mückenstift, ein weißes Basecap und eine dunkle Pilotensonnenbrille.

Die wütend vibrierende Klimaanlage kam nicht gegen die hohe Luftfeuchtigkeit an, und die Verkäuferin war kaum in der Lage, verständliche englische Sätze zu formulieren. Lange starrte Ludwig sehnsüchtig auf das Bier in den Kühlschränken, verzichtete dann aber heldenhaft. Eine Art beschämter Stolz erfüllte ihn. Jede nüchterne Stunde war ein Triumph.

Nach einer weiteren Dreiviertelstunde folgte die Straße dem südlichen Ufer des Lake Okeechobee, was aber nur dem Navi zu entnehmen war: Hinter dem hohen Damm war der riesige See kein einziges Mal zu sehen. Hinter Clewiston bog er nach links auf die Route 833 ab. Hier dominierte offenes Ackerland, und Ludwig fielen die Baracken für honduranische und mexikanische Tagelöhner auf. Zwanzig Minuten später bog er rechts auf die Route 832 ab, die geradewegs in den Okaloacoochee Slough State Forest führte.

Mit Ausnahme einiger riesiger Traktoren weit draußen auf den Feldern waren keine Fahrzeuge zu sehen. Hier gab es unendlich viele Raubvögel. Junge, grauweiße Flamingos saßen auf den Telefondrähten und folgten Ludwig mit dem Blick. Große, grauschwarze Vögel mit grellrotem Kopfgefieder stolzierten am Straßengraben entlang. In einem der vielen Gewässer machte Ludwig etwa zehn kleinere Alligatoren aus, deren Rücken in der Sonne glänzten.

Er hielt an, trank einen halben Liter Wasser und pinkelte in den Graben. Die Stille umfing die Landschaft wie ein Vakuum, es war unmöglich, sich nicht wie ein Eindringling zu fühlen.

Ich könnte hier sterben und wochenlang nicht entdeckt werden, dachte er. Die Geier würden nur mein Skelett auf dem Asphalt zurücklassen.

Die Mücken fielen über ihn her. Da er nicht hier aufgewachsen war, besaß er keinerlei Immunität gegen ihr Gift. Vermutlich würden ihn diese Stiche noch monatelang jucken. Trotzdem blieb er stehen.

An diesem Auftrag war etwas faul. Die EXPLCO schickte ihn mit der Begründung, ihm vollkommen freie Hand zu lassen, buchstäblich in die Wildnis. Was wusste GT überhaupt? Es stimmte Ludwig nachdenklich, dass Hayeford ihn hatte treffen wollen. Schließlich war sie die Chefin. Es musste also um eine große Sache gehen, die nicht GT allein überlassen werden konnte. Offenbar bahnte sich etwas an, womit sich niemand sonst die Finger schmutzig machen wollte.

Sie wollten, dass er irgendwelche Leute aufspürte und umbrachte. Das war die einzige plausible Schlussfolgerung.

Er setzte sich wieder in seinen Wagen und betrachtete den Navi, den er nur äußerst widerwillig verwendete. Es war ihm vollkommen egal, dass es sich nur um einen Empfänger und keinen Sender handelte: Die Software ließ sich jederzeit manipulieren, das war ihm klar. Dafür kam aber nur die EXPLCO infrage, und die wusste ohnehin, wohin er unterwegs war.

Nach einigen Kilometern würde er in nördliche Richtung auf eine unbefestigte Straße abbiegen. Er konnte nur hoffen, dass sie halbwegs befahrbar war.

Diese Hoffnung wurde bald auf die Probe gestellt. Sobald er rechts in eine waldige Gegend abgebogen war, rumpelte der Land Rover durch wassergefüllte Schlaglöcher. Dass die Strecke teilweise durch Naturschutzgebiet verlief, nahmen die Behörden offenbar zum Vorwand, ihn nicht instandhalten zu müssen. Er bestand aus mehr Sand als Kies, und die Schlaglöcher wurden immer tiefer. Nur Besucher, die sich hier auskannten, durften sich willkommen fühlen. Ludwig setzte die Fahrt im Schneckentempo fort.

Nach etwa einem Kilometer weitete sich der Wald linkerhand zu einer großen Lichtung mit dampfenden Tümpeln. Sie war von Palmen, Nadelbäumen und grotesken Pflanzen umgeben, die wie eine Mischung aus Gräsern und Kakteen aussahen. Hier und da kämpften blutrote Blumen tapfer gegen den grauen Sand und das grüne Gebüsch. Mitten auf der Lichtung stand eine Herde hellroter Hirsche und glotzte Ludwig an.

Er hielt an, öffnete das Seitenfenster und schaltete den Motor aus. Vielfältige Vogelstimmen erfüllten ununterbrochen die Luft, knackende, raschelnde Geräusche unsichtbarer Bewegungen drangen an sein Ohr. Dieser Ort, der eigentlich das Sinnbild unberührten, prallen Lebens hätte sein müssen, wirkte auf Ludwig wie ein erstarrtes Reich des Todes. Die gnadenlose Sonne bleichte und laugte alles aus, was ihre Strahlen erreichten.

Er fuhr weiter. Die nächste Pfütze war fünfundzwanzig Meter lang und von ungewisser Tiefe. Also blieb ihm nichts anderes übrig, als das Lenkrad ganz fest zu umklammern, Gas zu geben und nicht zu zaudern. Eine Kurve weiter war es wieder so weit. Jetzt war die Pfütze mindestens dreimal so lang. Ludwig stieg aus, ging ein Stück am Rande der Überschwemmung entlang und versuchte mithilfe eines Stockes die Wassertiefe zu beurteilen. Mindestens ein Meter. Es wäre Wahnsinn gewesen, hindurchzufahren. Sein Land Rover verfügte zwar über Allradantrieb und eine relativ hohe Bodenfreiheit, aber Ludwig hatte keine Lust darauf, in diesem fremden Sonnensystem, in dieser grünen, stickigen Wüste, in die seit dem Zeitalter der Dinosaurier kein Mensch mehr seinen Fuß gesetzt zu haben schien, im Morast stecken zu bleiben.

Er setzte sich wieder in sein Auto, ließ der Klimaanlage wegen den Motor laufen und studierte nochmals die Landkarte. Der Rest des Weges musste sich eigentlich auch zu Fuß zurücklegen lassen. Erstaunt und erfreut stellte er fest, dass sein Handy noch Empfang hatte. Also gab er die Koordinaten in sein Handy ein und steckte es in seine Hosentasche. Dann fuhr er den Wagen, so gut es ging, an den Wegesrand. Ein normales Fahrzeug würde passieren können, ein Traktor aber nicht.

Er füllte seinen Rucksack mit Wasserflaschen und ein paar Reservemagazinen. Seine Pistole trug er unter seinem schwarzen Leinenhemd in einem Achselholster auf der bloßen Haut. Während er sich mit dem Mückenstift einrieb, ärgerte er sich, dass er keine Gummistiefel dabeihatte. Er steckte ein stabiles Feldmesser mit Sägezähnung ein und schloss das Auto ab. Dann machte er sich mit einem nagenden Gefühl des Unbehagens auf den Weg Richtung Westen.

*

Eine Stunde und unzählige sumpfige Löcher später waren seine Schuhe vollkommen durchnässt. Sein Hemd war an mehreren Stellen zerrissen, und er hatte sich Schürfwunden zugezogen, die er sofort mit dem brennenden Mückenmittel behandeln musste, um nicht vollständig massakriert zu werden.

Es war kurz nach sechs, und es hatte ein wenig abgekühlt. Er lehnte sich an eine Kiefer, um ein wenig zu verschnaufen. Schade, dass er nichts zu essen dabeihatte. Obwohl er …

»Keine Bewegung«, ließ sich eine Frauenstimme vernehmen.

Er gehorchte.

Die Sekunden verstrichen.

»Cathy Marcela?«, fragte er, ohne sich umzudrehen.

»Und mit wem habe ich die Ehre?«

»Ludwig Licht.«

Es dauerte eine Weile, bis sie antwortete: »Was zum Teufel hast du hier verloren? Und wie hast du mich gefunden?«

»Hab ich nicht«, erwiderte Ludwig.

»Was willst du von mir?«

»Ich würde gerne deine Dienste in Anspruch nehmen.«

Die Frau wurde freundlicher: »Über was für Summen sprechen wir?«

»Was verlangst du?«

»Hängt von der Arbeit ab. Ich fliege keine Drohnen mehr, falls dir so etwas vorschweben sollte.«

»Nein. Es geht um Ermittlungen.«

»Fünfhundert Dollar pro Tag.«

»Einverstanden.« Ludwig nickte und starrte geradeaus. Die Grillen sangen sich für ihr Abendkonzert warm. »Könntest du jetzt vielleicht das Gewehr weglegen?«

»Hast du das Geld dabei?«

»Natürlich.« Er musste sich auf die Unterlippe beißen, um nicht nach einer Mücke zu schlagen.

»Ich will einen Vorschuss für fünf Tage.«

»Kein Problem. Ich nehme jetzt den Umschlag mit dem Geld aus der Tasche, okay?«

Sie trat auf ihn zu.

Als Erstes betrachtete Ludwig das Gewehr: ein CZ 452, das mit Tarnband umwickelt und mit einem Schalldämpfer versehen war. Wenn die Waffe mit .22 lr-Munition für Pistolen geladen war, wovon Ludwig ausging, dann war sie fast vollkommen lautlos. Die effektive Reichweite betrug zwar nur hundert Meter, aber auf diesen Abstand war sie beinahe chirurgisch genau, was das geringe Kaliber mehr als ausglich. Ein perfektes Gewehr für jemanden, der unbemerkt wildern wollte. Beispielsweise.

Marcela, eine Südamerikanerin mit indianischen Wurzeln, war relativ klein, aber robust und muskulös. Ihr langes schwarzes Haar hatte sie unter ihrem militärgrünen Basecap zu einem Pferdeschwanz zusammengebunden. Sie trug einen Khakioverall mit abgeschnittenen Ärmeln und gummiverstärkte, hellgraue Stiefel.

Ihre dunklen Augen musterten Ludwig mit einer gewissen Erleichterung, was unter den Umständen durchaus nachvollziehbar war. Das Gewehr schien etwas groß für sie zu sein, doch offenbar konnte sie damit umgehen: Den Riemen hatte sie um die Linke gewickelt, um es ruhiger halten zu können. Jetzt hängte sie sich die schlanke, leichte Waffe über die Schulter. Dann trat sie ein paar Schritte vor und musterte ihrerseits Ludwig. Aufs Händeschütteln wurde verzichtet.

»Das Geld.«

Ludwig zählte fünfundzwanzig Hundertdollarscheine aus dem Umschlag ab und reichte sie ihr.

»Hast du Hunger?«

»Ja«, erwiderte Ludwig. »Ein Bier wäre auch nicht schlecht.«

»Ich halte nichts von Alkohol.«

»Wie bitte?«

»Ich halte nichts von Alkohol. Ich habe was anderes.«

Ludwig starrte sie an. Sie wich seinem Blick nicht aus. »Beeindruckend«, sagte er geknickt.

»Ich hab dich damals in Pennsylvania gesehen«, sagte Marcela. »Meine Kameras haben dich keine Sekunde aus den Augen gelassen.«

Ludwig schluckte eine gewisse Beschämung herunter und sah sie trotzig an. »Dann weißt du ja, dass ich tue, was nötig ist. Ich hoffe, das trifft auch auf dich zu.«

»Das hoffe ich auch.«

Die Sekunden vergingen. Irgendwo in der Nähe erhob sich ein großer Raubvogel aus einem Baumwipfel und flog in die Abenddämmerung.

Marcela räusperte sich, wandte den Blick ab und sagte:

»Dann gehen wir jetzt zu mir.«

United Street
Key West, Florida, USA
Do., 12. Juni 2014
[20:25 EST]

Es gab keine einfachen Minuten mehr.

Der große Mann mit dem geröteten Gesicht und dem Vollbart war Anfang siebzig, durchtrainiert und schlecht gelaunt. Er saß vor einem einstöckigen olivgrünen Holzhaus aus den sechziger Jahren. Das weitgehend mit großen Obstbäumen bewachsene Seegrundstück lag auf der Südseite von Key West direkt unterhalb des Zentrums.

Finster schaute er auf das Meer, das ihn von der großen Obsession seines Lebens trennte. Havanna lag nur hundertzwanzig Kilometer entfernt. Manchmal bildete er sich ein, die Silhouette der Stadt und die Brandung an ihren Ufern sehen zu können.

Die Sonne ging als langsame lilafarbene Explosion am türkisen karibischen Horizont unter. Auch der Mond war dort draußen zu sehen, eine unreife, grüngelbe Zitrone, deren Leuchtkraft mit der Dunkelheit zunahm. Und genau so sah er sich, seine Mission und seine alte Mannschaft, ja, ihre gemeinsame, undankbare Lebensleistung: Je mehr die Schatten die Welt vereinnahmten, desto heller mussten sie brennen.

Große Gewitterwolken zogen vorbei und wurden von neuen ersetzt, die so aussahen, als hätte eine himmlische Schneekanone sie abgefeuert. Aber noch war es nicht so weit. Der Regen wartete. Alles wartete. Er wartete.

Dann klingelte sein Telefon zum dritten Mal im Laufe einer halben Stunde. Dieselbe Washingtoner Nummer. Er wartete fünf Klingeltöne, dann hob er ab.

»Brent?«, ließ sich Fran Bowdens Stimme vernehmen.

»Hallo, Fran.«

»Ich … wie geht es dir? Ich habe diesen Anruf etwas vor mir hergeschoben.«

»Mich kannst du immer anrufen, Fran. Ich habe inzwischen sehr viel freie Zeit.«

Pause.

»Du ahnst sicher«, sagte Fran Bowden langsam, »was ich auf dem Herzen habe.«

»Ehrlich gesagt, nein.«

Ihre Stimme bebte vor unterdrückter Wut. »Was ist eigentlich bei euch los, Brent?«

»Was soll denn *los sein?*«

»Ich missbillige diese Entwicklung *außerordentlich.*«

»So ist es im Leben oft.«

»Es wäre höchst unpassend, wenn sich … in einem späteren Stadium … herausstellen sollte, dass du dich in eine Situation manövriert hast, die uns zu Gegnern macht.«

Eine Warnung, die im Grunde eine Drohung war. Der Unterschied bestand höchstens in einem gewissen, äußerst unbedeutenden Mitgefühl. Doch auch auf dem Grab eines verhassten Menschen lagen Blumen.

»Das ist mir klar«, erwiderte er.

Erneute Pause.

»Kommst du demnächst mal wieder nach D.C.?«

»Momentan habe ich es nicht vor.«

»Wäre nett, sich mal wieder zu sehen.«

»Zweifellos.«

Die dritte und letzte Pause war die längste.

Endlich räusperte sich sein ehemaliger Schützling und sagte etwas matt: »Okay, Brent. Alles Gute. Bis bald.«

Er legte auf.

Und jetzt kam endlich der Regen.

Okaloacoochee Slough State Forest
Florida, USA
Fr., 13. Juni 2014
[7:05 EST]

Die Sonne, die zu so früher Stunde nur ein Viertel ihrer Kraft besaß, zeichnete auf die Erde unter den mächtigen Baumkronen ein Zebramuster. Ludwig rührte zwei Eier in eine Dose kalter weißer Bohnen. An Marcelas silbernes Wohnmobil gelehnt schaufelte er sein Frühstück in sich hinein, während sie ihn beobachtete, ohne selber etwas zu essen. Dafür trank sie umso mehr Kaffee.

»Möchtest du wirklich nicht?«, fragte sie und machte eine Kopfbewegung zu einer leeren Blechtasse auf dem Campingtisch. Ludwig hatte gesehen, wie sie einige Teelöffel eines weißen Pulvers in ihr Getränk gerührt hatte.

»Ohne Zusätze, bitte.« Bier wäre ihm lieber gewesen, aber was blieb ihm schon übrig?

»Kein Problem«, erwiderte Marcela und goss ihm aus einer orangen Thermosflasche ein.

»Lebt es sich gut so?« Er hatte auf einer Isomatte am Boden des Wohnmobils übernachtet, eingequetscht zwischen Wasserkanistern.

Marcela folgte einer Passagiermaschine mit dem Blick. »Ich habe auch noch was Dauerhaftes.«

»Wo?«

Sie ging in die Knie, um ihre Stiefel zuzuschnüren. Ludwig konnte nicht sehen, ob sie lächelte, als sie murmelte: »Geht dich nichts an.«

Er nickte, trank seinen Kaffee aus und sagte: »Sobald du hier fertig bist, können wir gehen. Wir nehmen meinen Wagen.«

»Wohin geht's?«

»Nach Fort Myers. Wie lange wird das dauern?«

»Vielleicht eine Stunde«, sagte Marcela und erhob sich. »Was wollen wir da?«

»Am besten ein paar wunderbare Kontakte knüpfen. Nimm was mit, was die Leute beeindruckt.«

»Den hier vielleicht?« Aus einer Tasche ihrer Militärhose zog sie einen schweren Revolver mit extrem kurzem Lauf.

»Und was soll das sein?«, fragte Ludwig und nahm ihn ihr aus der Hand.

Dann erkannte er ihn. Es war ein .454 Casull Ruger Super Redhawk mit schwarzem Griff. Er hatte zwar nur sechs Schuss, doch es genügt schon ein einziger, um einen Grizzlybären umzulegen.

»Das Alaska-Modell«, sagte Marcela stolz. »Kostet neu 1100 Dollar. Wenn man es bezahlen muss.«

Ludwig nickte. »Ich benutze neuerdings die hier«, sagte er und zog seine SIG P210 Neuhausen aus dem Holster.

»Sieht nicht so gefährlich aus.«

»Schau her.« Er deutete auf ein Seil, das in etwa dreißig Metern Entfernung von einem Ast hing.

»Unmöglich«, meinte Marcela.

Ludwig lud durch, zielte und schoss. Der Knall wurde auf eine seltsame Art von der Umgebung verschluckt, als hätte ihn der Sumpf aufgesogen. Das Seil riss entzwei.

»Wahnsinn«, meinte Marcela.

»Ein Meisterwerk. Die Schweizer haben es in sich. Von Waffenschmieden handgefertigt, viele von ihnen sind ehemalige

Uhrmacher. Die Pistolen sind so sorgfältig gearbeitet, dass die Einzelteile verschiedener Pistolen desselben Modells perfekt zusammenpassen, selbst wenn Jahrzehnte zwischen ihrer Herstellung liegen.«

»Aber die hat doch höchstens zehn Patronen, oder?«, gab sie zu bedenken.

»Acht.«

»Für eine Pistole ist das nicht viel.«

»In deiner Kanone hast du nur sechs«, meinte er und deutete auf ihren Revolver.

»Mehr brauche ich in der Regel nicht«, meinte sie und zielte auf das noch herabhängende Schnurende. »Den Baum würde ich immerhin treffen. Die Kugel dringt zehn Zentimeter in den Stamm ein. Das habe ich ausprobiert«, meinte sie, als Ludwig sie fragend ansah. »Man kann Baumsaft trinken, wenn einem das Wasser ausgeht. Außerdem enthält er Nährstoffe. Und an etwas Blei ist noch niemand gestorben.«

»Tage, an denen man nichts lernt, sind wahrhaftig vergeudet.«

Marcela steckte den Revolver wieder ein. »Worum geht's bei dem Auftrag eigentlich?«

»Das erzähl ich dir unterwegs.«

*

Eine Stunde später bogen sie von der Umgehungsstraße ab und gelangten nach Fort Myers. Das Viertel lag ein paar Kilometer südlich des Zentrums und war wenig attraktiv: einstöckige Häuser, deren einzige Aufgabe es zu sein schien, das Straßennetz auszufüllen, kaputte Ampeln an jeder dritten Kreuzung, unzählige Stripteaselokale und Massagesalons, zehnmal mehr Pfandleiher, Spirituosenläden und Autowerkstätten als Lebensmittelläden. Ludwigs Erfahrungen mit dem schwarzen Amerika waren recht begrenzt, aber er erkannte es, noch ehe er einen Menschen gesehen hatte.

Das Postfach befand sich in einem Waschsalon an der Kreuzung Fowler Street und Hanson Street, der von sieben Uhr bis Mitternacht geöffnet war. Gegenüber lag ein sensationell billiges Motel (wenn man der Werbung am Gebäude glauben wollte), vor dem Ludwig parkte. Es war halb neun.

»Wie sieht der Plan aus?«, fragte Marcela.

Ludwig musterte die Umgebung und ließ den Blick dann auf dem Waschsalon ruhen.

»Hier«, sagte Ludwig und drückte Marcela ein paar Hunderter in die Hand. »Kauf dir einen Stapel Klamotten. Ein paar Blocks weiter habe ich einen Target gesehen. Besorg dir einen Müllsack, leg die Kleider hinein und geh damit in den Waschsalon. Das Postfach hat die Nummer 371. Halte danach Ausschau, wenn du reinkommst. Dann setzt du dich irgendwo hin, von wo aus du es im Auge behalten kannst, und wartest ab. Ich parke direkt vor der Tür. Falls jemand das Postfach leeren sollte, verlässt du mit dieser Person den Waschsalon, dann weiß ich Bescheid. Nach drei Stunden lösen wir einander ab. So machen wir weiter, bis wir einen Treffer landen.«

Marcela kaute auf ihrem Kaugummi herum, als könnte es den Hunger stillen, den das Amphetamin unterdrückte. »Okay, okay«, sagte sie. »Alles klar.« Sie stieg aus. Ludwig sah ihr im Rückspiegel nach, wie sie den schadhaften Gehsteig entlanglief.

Selbst in einer Branche, in der Normalität nur als Verkleidung existierte, war sie eine seltsame Erscheinung. Ihr Misstrauen, das fast schon an Feindseligkeit grenzte, war nicht gegen ihn persönlich gerichtet – so viel war ihm klar. Diese Frau war ein Wrack und hatte vor irgendetwas Angst, die, wie er hoffte, unbegründet war.

Bestenfalls handelte es sich um politische Hyperparanoia, die durch langjährigen Amphetaminmissbrauch verstärkt war. Im Wohnmobil hatten unzählige Broschüren und ausgedruckte Newsletter über den nahenden Atomkrieg herumgelegen. Ludwig war schon des Öfteren Survivalisten und Preppern begegnet. Praktisch veranlagte Leute, ohne Illusionen, bescheiden – abgesehen von dem kleinen Detail, dass sie zu wissen glaubten, was die Zukunft für die Menschheit bereithielt.

Ein Krankenwagen brauste lärmend vorbei. Vom Dach des Waschsalons warfen sich zwanzig aufgeschreckte Tauben in die Luft. Eine schwangere Frau blieb stehen und hielt sich die Ohren zu.

Erst jetzt kam es Ludwig in den Sinn, dass GT Marcela möglicherweise auf seine Ankunft vorbereitet hatte. Je mehr er darüber nachdachte, desto wahrscheinlicher erschien es ihm. Schließlich hatte sie ihn im Sumpf gefunden und nicht umgekehrt. Außerdem wohnte sie nicht dort, sondern war mit ihrem Wohnmobil dorthin gefahren.

Früher oder später musste er GT anrufen und ihm entlocken, was eigentlich los war. Aber vorher wollte er Informationen sammeln. Seiner Stimme sollte zu entnehmen sein, dass er Fortschritte gemacht hatte, mit denen er dann GT erpressen wollte.

Diese verdammten Amerikaner. Manchmal bereute er es beinahe, nicht für die Russen zu arbeiten. Die wussten jedenfalls im Gegensatz zum Rest der Welt, was sie wollten.

Er stellte den Motor ab. Langsam verstrichen die Minuten, in denen nichts anderes geschah, als dass sich das Innere des Autos stetig erhitzte. Als er ausstieg, stellte er fest, dass auch der Wind keinerlei Kühlung brachte, sondern alles nur noch verschlimmerte. Er jagte ihn und verbrannte ihm die Haut wie ein Blasebalg in einer Sauna.

*

Während er auf Marcela wartete, nutzte er die Gelegenheit, im Motel einzuchecken. Das Zimmer mit Aussicht auf den Waschsalon besaß zwei große Betten. Selbst nachdem Ludwig die doppelten Gardinen geöffnet hatte, blieb es dunkel. Der Schimmelgeruch kämpfte tapfer gegen den Gestank der zehntausend Zigaretten an, die in dem Zimmer geraucht worden waren, während andernorts Weltgeschichte geschrieben wurde.

Er schleppte Marcelas schwere Sporttasche ins Zimmer und widerstand der Versuchung, sie zu öffnen. Nachdem er geduscht hatte, stellte er sich ans Fenster. Er trank eine Cola aus der Minibar, beobachtete den spärlichen Verkehr und lauschte den dröhnenden Autoradios. Die Ampel an der Kreuzung war außer Betrieb, und hier galt die unausgesprochene, aber knallharte amerikanische Verkehrsregel: Das größte Auto zuerst.

Zehn Minuten später erschien Marcela mit einem bläulich-transparenten Plastiksack. Dann verschwand sie im Waschsalon. Ludwig band sein Haar zu einem Pferdeschwanz zusammen, streifte das Holster und sein Leinenjackett über und verließ das Zimmer.

Wie versprochen setzte er sich vor dem Waschsalon in den Land Rover. Obwohl er alle vier Fenster öffnete und im Schatten parkte, war es wenig später unerträglich heiß. Aber immerhin verging die Zeit.

Parque Lenin
Lourdes, Kuba
Fr., 13. Juni 2014
[15:10 EST]

Seiner eigenen Einschätzung nach war der Chef der Spionageabwehr der Dirección de Inteligencia nicht gerade ein Genie. Viele fürchteten ihn, einige beneideten ihn, aber alle gingen davon aus, dass er im kubanischen Nachrichten- und Sicherheitsdienst nicht weiter aufsteigen konnte. Daher hatte der Oberst jahrelang auch recht ungestört arbeiten können. Seine große Begabung bestand darin, nirgends anzuecken, außer bei den Feinden der Revolution, deren Leben er zerstören wollte.

Dabei war er kein Idiot. Als er der Amerikanerin in die Augen schaute, dieser schlaksigen Frau mit ihrem langen, verächtlichen Gesicht, spürte er sofort, dass etwas nicht stimmte, doch was mochte es sein? Dass sie ihm gegenüber ein gewisses Unbehagen empfand, war kein Wunder. Schließlich war sie in einem Kulturkreis aufgewachsen, wo sie mit bürgerlichen Ideen über die heiligen Rechte der übersättigten Klassen überschwemmt worden war. Aber da war noch etwas anderes.

Sie saßen in einem fensterlosen, kahlen Zimmer eines kleinen Häuschens in einem waldähnlichen Park, der nach Lenin benannt war und bei Lourdes am südlichsten Stadtrand von Havanna lag.

Faye Morris trug ein weißes Leinenhemd und eine olivfarbene Hose, die sie in die Stiefel gesteckt hatte. Sie erinnerte den Oberst an diese wahnsinnige Frau, mit der Hemingway in den dreißiger Jahren eine Zeitlang herumgezogen war.

»Ich verstehe noch immer nicht, wie Sie Kuba helfen wollen«, sagte er bedächtig. »Vielleicht bin ich ja etwas schwer von Begriff.«

Morris beugte sich über den kleinen Metalltisch zu ihm herüber. »Wir brauchen Ihre Hilfe. Ich sagte nur, dass wir gerne zu einer Gegenleistung bereit sind.«

Der Oberst strich sich mit dem Zeigefinger über die Oberlippe. Bis vor einigen Monaten hatte er noch einen Schnurrbart getragen. »Und zwar was?«

»Ich bin mir Ihrer großen Verdienste hier auf der Insel sehr bewusst«, sagte Morris und legte ihre Hände auf die kühle Tischplatte. »Es gibt jedoch Bereiche, in denen Sie nicht recht Schritt gehalten haben. Glauben Sie mir, ich bin im Bilde. Hydraleaks kennt jede Schwäche.«

Der Oberst gab sich schockiert. Er sprang auf und ging aufgeregt um den Tisch herum. »Wenn Sie sich einbilden, dass Sie ausgerechnet mich erpressen können ...«

»Da haben Sie mich aber missverstanden. Ich will Ihnen doch nur helfen. Aber wenn Sie kein Interesse haben, können wir die Sache auch vergessen.«

»Señorita Morris.« Der Oberst blieb hinter ihrer Stuhllehne stehen. »Ich verstehe, dass Sie Ihrer Heimat überdrüssig sind. Wer wäre das nicht? Diese sogenannten Staatsmänner, die unermüdlich nur den Interessen des internationalen Kapitals dienen, jagen Sie und verfolgen Sie Ihrer Überzeugungen wegen. Weil Sie deren schmutzige Geschäfte publik machen.«

Dass er ihr nicht ins Gesicht sah, war ein alter Trick: Später, wenn das Verhör vorüber war, würde er sich das Video ansehen und ihre Miene studieren. Ob sie wohl die Augen verdrehte? Immer noch besser als ein neutraler Gesichtsausdruck, der darauf schließen ließ, dass sie zu gut vorbereitet war.

»Ich möchte Sie gern darauf hinweisen«, sagte die Frau jetzt, »dass wir für unsere Dienste ein Honorar erwarten.«

Wortlos kehrte der Oberst zu seinem Platz zurück. Ihr Bescheid war beruhigend. Oder aber ein teuflischer Trick.

Die Spionageabwehr! Die Torhüterin der Nation, die verdächtig gute Neuigkeiten entlarvte und als Sündenbock herhalten musste, wenn etwas schiefging. Wenn er sich wie so oft überlegte, warum er sich ausgerechnet für diese Abteilung beworben hatte, erschienen Bilder oder genauer gesagt Gesichter vor seinem inneren Auge. Er sah jeden einzelnen seiner bisherigen Kollegen vor sich und fand sie alle unzulänglich. Jedenfalls unzulänglicher als er selbst. Nur so vermochte er sich immer wieder aufs Neue von seiner eigenen Befähigung zu überzeugen. Jede alternative Besetzung wäre weniger geeignet.

Morris fuhr fort: »Das Honorar stellen wir uns in Form von Unterstützung in verschiedenster Hinsicht vor, beispielsweise durch kostenlos zur Verfügung gestellte Räumlichkeiten. Oder Sie zahlen uns etwas, damit wir diese Dinge selbst organisieren können. Die Entscheidung überlasse ich Ihnen. Viele Länder würden uns Asyl gewähren. Wir sind hier, weil wir angenommen hatten …« Jetzt setzte sie eine gekränkte Miene auf, »… dass man gut mit Ihnen zusammenarbeiten könnte.«

»Sie haben also Probleme mit der Finanzierung«, meinte der Oberst freundlich.

»Ja, aus erklärlichen Gründen. Wir sind von privaten Zuwendungen abhängig. Die amerikanische Regierung hat alles Erdenkliche unternommen, um diesen Geldfluss zu unterbinden.«

»Und welche Dienstleistungen … offerieren Sie?«

»Wir beherrschen unser Geschäft, Herr Oberst.«

Er betrachtete sie unverwandt mit fragendem Blick.

Morris änderte ihre Strategie. »Wir haben bislang noch jede

Firewall durchbrochen. Ihre beispielsweise taugt gar nichts. Wir könnten sie gemeinsam verbessern und mit einem Datenschutz ausstatten, den die USA nicht knacken können.«

Der Oberst betrachtete ihre Hände, die eben noch in der Luft herumgefuchtelt hatten und jetzt unter ihren verschränkten Armen verschwunden waren.

»Wenn wir Ihnen gestatten, Ihrer Tätigkeit in unserem Land nachzugehen«, sagte er schließlich, »dann müssen Sie uns an all Ihren Erkenntnissen teilhaben lassen. Ich bin mir aber nicht sicher, ob es so weit kommen wird. Unsere Beziehungen zu den Vereinigten Staaten sind in eine … neue Phase eingetreten, die von verschiedenen Arten der Rücksichtnahme geprägt ist. Nicht zuletzt nach dieser Wahnsinnstat in Miami, an der man uns, dem friedlichsten Volk auf Erden, die Schuld gibt! Es sind wirklich haarsträubende Zeiten.«

»Dafür habe ich größtes Verständnis. Und natürlich auch dafür, dass die finanziellen Möglichkeiten Ihres Landes begrenzt sind. Eigentlich benötige ich Ihre Hilfe auch nur in einer Angelegenheit.«

»Und die wäre?«

»Es geht um Ihre russischen Verbündeten. Für alle Beteiligten wäre es das Beste, wenn Sie mir eine direkte Kommunikation mit den hier ansässigen Russen ermöglichen könnten. Diese verfügen über die nötigen finanziellen Mittel, um uns beizustehen, und fürchten sich auch nicht vor diplomatischen Verwicklungen. So könnten Sie das Problem gewissermaßen weitergeben.«

»Wer hat gesagt, dass wir immer noch verbündet sind?«, erwiderte der Oberst kühl.

Morris erblasste, und der Oberst fand, dass sie damit zum ersten Mal eine menschliche Regung zeigte.

»Zufällig«, sagte sie grimmig, »verfüge ich über eine Liste amerikanischer Geheimdienstinformanten, die wichtige Stellungen in der russischen Verwaltung bekleiden.«

Der Oberst nahm seine Brille ab, räusperte sich und sah sie mit zusammengekniffenen Augen an.

»Spione, Herr Oberst. Russische Verräter. Ganz gleichgültig, ob Sie die Russen als Verbündete betrachten oder nicht, so bin ich mir doch ziemlich sicher, dass diese es zu schätzen wüssten, wenn sie mit Ihrer Hilfe Zugang zu dieser Information bekämen.«

Die Sekunden verstrichen in dem stickigen Zimmer, als hätten sie soeben den Felsen vor Christi Grab beiseite rollen hören. Jetzt war es der Oberst, der eine unnatürlich kalte Miene zur Schau trug, während Faye Morris sie entschlüsseln musste.

2451 Hanson Street
Fort Myers, Florida, USA
Sa., 14. Juni 2014
[0:20 EST]

Nachdem im Waschsalon endlich Feierabend war, verbrachten Ludwig und Marcela die Nacht im Motel auf unterschiedlichste Weise. Er schlief mit kleinen Unterbrechungen, während sie kaugummikauend in die Nacht starrte, mit Pupillen so groß wie Pistolenmündungen.

Beide wussten, dass Jäger ihre Kräfte bis zu dem Augenblick schonten, der alles blitzartig erhellte: Jene Sekunde, in der eine winzige Veränderung der Umgebung auf die Anwesenheit eines Beutetiers verwies.

*

Am Samstagmorgen bezogen sie wieder ihre Stellungen. Marcela übernahm die erste Schicht um sieben. Nach erledigter Arbeit schleppte sie den Kleidersack zum Auto und setzte sich ans Steuer, während sich Ludwig in den Waschsalon begab.

Als Ludwig eine Dreiviertelstunde später die vermutlich saubersten Kleider der Welt in den Wäschetrockner legen wollte, betrat eine Frau den Salon. Sie sah sich rasch um und ging dann zielstrebig auf die etwa hundert Postfächer neben der Kasse zu. Möglicherweise hätte Ludwig sie sogar übersehen, wenn es sich nicht um Vilma Esquivel gehandelt hätte.

Ihre blonden Haare kontrastierten mit ihrer olivfarbenen Haut und ihrer schwarzen Kleidung – einem ärmellosen Oberteil und engen Jeans. Sie trug Sandaletten und künstliche apricotfarbene Fingernägel. Weder ihre Haltung noch ihre Ausstrahlung ließen vermuten, dass sie ein Opfer ehelicher Gewalt sein könnte. Vermutlich war ihr Mann außerdem kleiner und dünner als sie. Mit dieser kubanischen Walküre hatte er wirklich nicht gerechnet.

Er griff zu seinem Satellitentelefon und wählte seine eigene Nummer. Sein Handy lag auf dem Beifahrersitz des Land Rovers. Er ließ es zwei Mal klingeln, damit Marcela wie verabredet den Motor anließ und dann den Sitz wechselte.

So weit Ludwig aus den Augenwinkeln erkennen konnte, nahm Vilma Esquivel zwei Umschläge aus dem Schließfach, ehe sie den Waschsalon verließ. Ludwig stopfte schnell die Kleider in den Müllsack und folgte ihr.

Der Motor lief wie bestellt, und der Fahrersitz war frei. Ludwig stieg ein, warf einen Blick auf den Parkplatz und sah die Frau wenige Sekunden später in einen Subaru Legacy steigen.

»Die da?«, fragte Marcela zweifelnd.

»Ganz genau. Könntest du die Karten-App meines Handys öffnen und die Adresse von Vilma Esquivel auf Sanibel Island heraussuchen?«

»Ich dachte, wir verfolgen sie einfach?«

»Schon, aber wenn ich weiß, wo sie wohnt, muss ich ihr nicht so dicht auf den Fersen bleiben.«

»Esquivel … wie dieser Exilkubaner in Coral Gables, von dem du erzählt hast?«

»Ja. Seine Frau. Beeil dich.«

»Jesus Esquivel besitzt ein Haus in der Rabbit Road 461 mitten auf der Insel. Wieso beschatten wir sie überhaupt?«

»Gib bitte die Adresse ein.«

Marcela kam seinem Wunsch nach und wiederholte ihre Frage: »Wieso beschatten wir sie?«

»Weil sie die Briefe vielleicht irgendwo abgibt«, antwortete Ludwig geduldig. »Müssen wir eigentlich eine Brückenmaut zahlen, oder wie funktioniert das?«

»Wir haben jede Menge 25-Cent-Münzen dabei«, meinte Marcela und klimperte mit ihrer Plastiktüte.

»Wieso fährt sie nicht los, verdammt noch mal?«, fragte Ludwig und starrte auf den roten Subaru.

»Vielleicht macht sie erst die Post auf.«

»Hoffentlich hat sie mich nicht erkannt. Vielleicht hat ihr Mann ihr beschrieben, wie ich aussehe.«

»Dann können wir nur hoffen, dass …«

Die Rücklichter des Subaru gingen an, dann setzte er aus der Parklücke zurück.

»Los geht's«, sagte Ludwig und schob den Hebel auf Drive. »Alles im grünen Bereich?«

»Ja, klar, alles im grünen Bereich.«

Ludwig warf ihr einen forschenden Blick zu. Sie sah tatsächlich so aus, als hätte sie die Lage im Griff. Ihr ewiges Kaugummigekaue trieb ihn beinahe in den Wahnsinn, aber ihre Hände wirkten ruhig und ihr Blick hellwach, zombiemäßig wach.

»Zudröhnen kommt nicht infrage, das ist dir doch hoffentlich klar?«

»Durchaus!«, fauchte Marcela. »Vielleicht solltest du stattdessen einmal darüber nachdenken, ob du alles im Griff hast.«

Ludwig nickte. Er folgte dem Subaru in die Hanson Street Richtung Westen.

*

Zehn Minuten später erreichten sie die Brücke. Im Südosten zeichnete sich Fort Myers Beach ab, wo sich die Collegestudenten im Laufe einer Woche drei Jahre älter tranken. Davor lag Sanibel Island für die ältere, wohlhabendere Klientel.

An der Mautstation zahlte Ludwig sechs Dollar in Münzen, was eine Weile in Anspruch nahm. Danach musste er ordentlich beschleunigen, um den roten Subaru einzuholen, der sich glücklicherweise an die Geschwindigkeitsvorschriften hielt.

Plötzlich glich die Welt einer riesigen Ansichtskarte. Die weiße Brücke stieg in steilem Bogen an, um den Segelbooten in dem grünen Wasser die Durchfahrt zu ermöglichen.

Ludwig hielt stets drei Fahrzeuge Abstand, was auf der Inselhauptstraße, keine große Mühe bereitete. Jedes zweite Fahrzeug war ein SUV von der Größe seines Land Rover. Sein Wagen fiel also nicht auf.

Ludwig dachte fieberhaft nach, um sich jedes Detail seiner Begegnung mit Jesus Esquivel in Erinnerung zu rufen. Zugleich versuchte er, in aller Eile eine Art Plan zu entwickeln. Dabei prüfte er immer wieder im Rückspiegel, ob sie nicht etwa verfolgt wurden. Zweifellos wäre dies die klassische Falle gewesen: die Ehefrau als Köder, die den Gegner aus der Deckung lockte.

Aber auch das hätte keine größere Rolle gespielt. Noch hatte er gegen keine Gesetze verstoßen. EXPLCO hatte ihn zwar gefeuert, das FBI aber nicht, und wenn er eine Zeugin im Rahmen einer Ermittlung vernehmen wollte, an der er weiterhin mitwirkte, war das vollkommen legitim.

Falls er sie wirklich vernehmen wollte.

»Hast du deine Kanone dabei?«, fragte er Marcela.

Sie klopfte auf ihre Hosentasche. »Aber sicher. Hast du einen Plan?«

»Der kristallisiert sich gerade heraus.«

»Was ist wichtiger? Die Braut oder die Post?«

»Das wissen wir erst, wenn wir den Inhalt kennen.«

»Ich könnte die Briefe klauen. Wenn du sie überholst und mich bei ihrem Haus absetzt, verstecke ich mich hinter einer Mülltonne oder so und entreiße ihr die Briefe. Dann renne ich davon und steige wieder bei dir ein.«

»Ich denke nach«, erwiderte Ludwig nur.

»Aber das könnte doch …«

»Nein. Wir wissen zu wenig. Wenn wir uns die Briefe unter den Nagel reißen, dann schrillt bei irgendwelchen Leuten die Alarmglocke. Vielleicht wäre es die Mühe wert, wenn wir wüssten, was wir da klauen, aber es könnte sich genauso gut um Reklame oder ein paar Rechnungen handeln.«

Marcela öffnete die Seitenscheibe, spuckte ihren Kaugummi aus und nahm sofort einen neuen aus der Tüte, die in einer Tasche ihrer Camouflage-Weste steckte. »Vielleicht sollten wir gleich zwei Fliegen mit einer Klappe schlagen?«

»Langsam glaube ich das auch«, erwiderte Ludwig.

Nach fünf Minuten erreichten sie eine Weggabelung an einem größeren Supermarkt. Der Subaru bog links ab und dann gleich wieder rechts auf die Island Inn Road, die diagonal in südwestlicher Richtung verlief. Sie gelangten nun in ein Viertel mit kleinen Einfamilienhäusern, die Ludwig an Wochenendhäuschen erinnerten. Der Verkehr hatte nachgelassen, und er musste den Abstand vergrößern, was aber nichts ausmachte, da inzwischen feststand, dass sie die Rabbit Road ansteuerten.

Die Straße machte einen Knick nach Süden und ging in den West Gulf Drive über. Hier bog der Subaru nach rechts ab. In der Straße lag ein Hotel neben dem anderen. Dazwischen war das türkis funkelnde Meer zu sehen. Einige Motorboote waren dort draußen unterwegs, vereinzelte Trawler, ein paar Jet-Skis.

»Was hast du eigentlich für einen beruflichen Hintergrund?«, fragte Ludwig, als er dem Subaru einen größeren Vorsprung gelassen, eine halbe Minute gewartet hatte und dann weitergefahren war. »Bist du etwa Drohnenpilotin?«

»Nicht wirklich. Ich bin Computertechnikerin und Kamerafrau. Die Flugkenntnisse habe ich mir selber angeeignet, um Drohnen und die beste Kameratechnik erproben zu können. Aber damit ist jetzt wohl Schluss. Haha.«

»Warum das?«

»Ich war high, als ich letzthin zwei Drohnen synchronisieren wollte, damit die eine rechtzeitig abhebt, während die andere zum Tanken zum Stützpunkt zurückkehren kann. Aber ich … öh … habe für die heimkehrende Drohne dieselbe Flugroute einprogrammiert.«

»Und?«

»Genau dieselbe, mit exakt derselben Flughöhe.«

»Ach so.«

»Das nahm ein böses Ende, könnte man sagen.«

»Die Dinger kosten vermutlich einiges.«

»In der Tat.« Marcela holte tief Luft. »Um es kurz zu machen. Die Air Force war mein Kunde. Ich hätte mich nie darauf einlassen sollen, für diesen verdammten Staat zu arbeiten. Ich hab ja geahnt, was mich erwartet. Ein Haufen Juristen, der Militärstaatsanwalt und was weiß ich wer noch machen mir das Leben schwer. Sie behaupten, dass ihre Versicherung nicht zahlt, weil ich ein bisschen bekifft war, als es passierte. Ich bin also erst einmal untergetaucht, wie du sicher bemerkt hast.«

»Um wie viel Geld geht es?«

Marcela lachte kurz auf. »Tja.«

Ludwig sah sie an. »Das tut mir leid. Du hast also keine Erfahrung mit Geheimdienstarbeit? Ich meine, aktiv?«

»Wie? Ich? Nein.«

Ludwig hielt an einem Zebrastreifen und ließ einer Familie den Vortritt.

»Du liebes bisschen«, sagte er. »Hast du überhaupt schon mal auf ein lebendes Ziel geschossen?«

»Ich habe eine Menge …«

»Ich spreche nicht von Wild, das du gejagt hast.«

»Ach so. Nein.« Sie lächelte ein nostalgisches Lächeln. »Dafür bin ich in Little Haiti aufgewachsen. Mit elf habe ich zum ersten Mal einen Taxifahrer überfallen. Das war noch vor diesen verdammten bargeldlosen Zeiten.«

»Du hast einen Taxifahrer überfallen?«

»Ich habe alle möglichen Leute überfallen. Und wenn es dich tröstet, wurde auch mehrmals auf mich geschossen. Hier, beispielsweise.« Sie deutete auf eine Narbe am Unterarm.

»Das war dir hoffentlich eine Lehre«, murmelte Ludwig. »Wie weit ist es noch bis zum Ziel?«

Marcela schaute auf ihr Handy. »Etwa einen Kilometer.«

Der Subaru war verschwunden. Ludwig verlangsamte und hielt an einer Bushaltestelle.

Es war kurz nach elf.

»Wir warten noch ein wenig«, meinte Ludwig. »Falls sich jemand telefonisch erkundigt, soll sie sagen, dass sie nicht verfolgt wurde.«

Einige Minuten schwiegen sie, dann tauchte ein Bus im Rückspiegel auf. Ludwig fuhr weiter. Parallel zur Straße verlief ein Fahrradweg, der zu zwei verschiedenen Naturreservaten auf der Insel führte. Ein paar Touristen mit Leihfahrrädern quälten sich durch die Hitze.

»Die nächste auf der rechten Seite ist die Rabbit Road«, sagte Marcela angespannt. »Dann ist es das dritte Haus auf der linken Seite.«

Ludwig fuhr an der Kreuzung vorbei. Ein paar hundert Meter weiter entdeckte er einen Rastplatz, auf den er einschwenkte.

Er stellte den Motor ab und verließ das Auto fluchtartig. Die Hitze musste von einem anderen Planeten stammen. Im Schatten der Palmen war es etwas angenehmer, aber nicht kühl genug, um für die verdammten Mücken zu entschädigen.

Ludwig sah sich um. Kein Mensch zu sehen. Er zog seine Pistole aus dem Holster, lud durch und überzeugte sich davon, dass sie gesichert war. In der Tasche seiner weißen Leinenhose lag das Reservemagazin.

Marcela prüfte ihren Revolver und schob ihn zurück in ihre Seitentasche. Sie lauschte. Keine Anzeichen menschlichen Lebens. Dafür lärmten Grillen, andere Insekten und Vögel in der dichten Vegetation.

»Wo wohnst du genau?« fragte Ludwig.

»Weiter südlich. Etwa zwanzig Minuten von Everglades City entfernt.«

»Wie lang dauert die Fahrt von hier aus?«

»Knappe zwei Stunden.«

»Und du bist mit allem ausgestattet? Lebensmitteln? Munition?«

Sie strahlte. »Da kannst du Gift drauf nehmen.«

Ludwig spürte das Gewicht seines Satellitentelefons in der Gesäßtasche. Am liebsten hätte er GT oder sogar Beth Hayeford angerufen. Aber was hätte das gebracht? Seine Fragen handelten von Dingen, mit denen sie nicht in Verbindung gebracht werden wollten. Und von Entscheidungen, die sie gezielt ihm überließen.

Zur Hölle mit ihnen. Ludwig Licht mochte zwar einige persönliche Probleme mit sich herumschleppen, aber an Intuition mangelte es ihm nicht. Zu viel Geduld konnte man ihm auch nicht vorwerfen.

Er ging um den Wagen herum und öffnete die Heckklappe. Dann warf er sein Jackett in den Kofferraum und zog eine dünne Kampfmittelweste mit unzähligen Taschen und Fächern an. Anschließend suchte er die passende Ausrüstung aus seiner Sporttasche hervor und steckte sie ein.

»Was nimmst du da eigentlich für ein Zeug?«, fragte er, knallte die Heckklappe zu und trat ein paar Schritte auf Marcela zu.

»Europäisches.«

»Und was soll das nun wieder bedeuten?«

»Tschechisches Amphetamin.«

Ludwig nickte langsam. »Dann lass mal was rüberwandern.«

Er schnupfte zwei Linien von der Motorhaube. Wie er glücklich feststellte, hatte das Zeug nicht zuletzt eine abkühlende Wirkung. Plötzlich zogen alle Zellen seines Körpers an einem Strang. Jeder Gedanke hatte eine eindeutige Richtung. Ihm war, als hätte ihn ein kalter Strudel an die Oberfläche geschleudert. Und jetzt ging es los.

461 Rabbit Road
Sanibel Island, Florida, USA
Sa., 14. Juni 2014
[11:30 EST]

Ludwig und Marcela kauerten im dichten Gebüsch hinter dem Haus der Familie Esquivel und warteten ab. Das Grundstück, das sie auf dem Weg dorthin überquert hatten, stand zum Verkauf, die übrigen kleinen Häuser des Viertels waren in der Nebensaison unbewohnt.

Es handelte sich um ein einstöckiges, hellrosa gestrichenes Holzhaus. Vilma Esquivels Silhouette erschien ab und zu in den hohen Fenstern auf der Rückseite. Sie hielt ein Weinglas in der Hand und las Zeitung. Gleichzeitig schien sie das Mittagessen zuzubereiten.

»Kameras«, flüsterte Marcela und deutete auf die Veranda.

»Ja. Vermutlich mit Bewegungsmelder.«

»Sollen wir sie kaputtschießen?«

»Nein. Das macht selbst mit Schalldämpfer zu viel Lärm. Die Sache ist die …« Er verstummte und schaute in den Himmel. Ein blaues, zweimotoriges Wasserflugzeug flog vorbei.

»Was?«

»Ich habe heute exhibitionistische Anwandlungen«, fuhr er fort.

»Und das heißt …?«

»Hier!« Er händigte Marcela die Autoschlüssel aus. »Fahr den Wagen vor.«

»Sofort?«

»Ja. Währenddessen gehe ich rein. Wenn ich rauskomme, befolgst du meine Anweisungen. Hast du irgendein Problem damit?«

Marcela sah ihn an, zuckte die Achseln und sagte: »Kein Problem.«

Dann trabte sie los.

Ludwig stand auf. Mit der Bescheinigung des FBI, dass er keinen Führerschein benötigte, überquerte er den Rasen und betrat die Veranda. Dort starrte er erst in die eine, dann in die andere Kamera. Anschließend klopfte er resolut an die Glastür. Vilma Esquivel zuckte zusammen und drehte sich hastig zu ihm um. Ludwig wedelte mit dem Papier und rief:

»FBI! Öffnen Sie bitte, Mrs. Esquivel!«

Die Frau starrte ihn an. Er drückte die Bescheinigung an die Scheibe und sagte noch einmal: »FBI!«

Langsam kam sie auf die Tür zu und starrte das Papier an. Ludwig ließ ihr genug Zeit, um das Behördensiegel zu erkennen. Dann breitete er ungeduldig die Arme aus, sodass das Dokument aus ihrem Blickfeld verschwand. Er wartete.

Sie zögerte fünf Sekunden, dann öffnete sie.

»Worum geht es?«, fragte sie mit leiser Stimme.

Ludwig trat ein.

»Ihr Mann hat uns gebeten, bei Ihnen vorbeizuschauen«, sagte Ludwig. »Sie wurden auf dem Weg hierher offenbar verfolgt, Mrs. Esquivel.«

»Verfolgt?« Sie stellte ihr Weinglas auf die Fensterbank.

Die Briefe, die sie aus dem Postfach genommen hatte, lagen ungeöffnet auf einem Barhocker neben dem Küchentisch, auf dem sich eine Holzschüssel, ein Schneidebrett, eine Flasche Salatdressing und ein langes Messer befanden. Auf der Spüle gegenüber neben dem Kühlschrank lagen ein Kopfsalat, einige Tomaten und ein halbes Brathähnchen.

»Ist Ihnen etwas Besonderes aufgefallen?«

»Nein. Dürfte ich jetzt bitte Ihren Ausweis sehen?«

»Natürlich«, erwiderte Ludwig.

Das Manöver dauerte keine drei Sekunden. Er schob seine Hand in seine Brusttasche, und die Frau entspannte sich gerade so viel, wie erforderlich war. Er zog jedoch keinen Ausweis aus der Tasche, sondern einen Kabelbinder. Esquivel blieb nicht einmal genug Zeit, um sich über den Zweck dieses Gegenstands Gedanken zu machen, da hatte Ludwig sie auch schon an den Schultern gepackt, umgedreht, sie nach vorne gedrückt und ihre Handgelenke aneinander gezurrt.

Erst dann begann sie zu schreien.

»Leise, verdammt«, murmelte Ludwig, zog mit der Linken seine Pistole hervor und hielt sie ihr vors Gesicht. Sie verstummte sofort.

»Oh Gott«, flüsterte sie nach ein paar Sekunden. »Ist es jetzt so weit?«

»Wovon reden Sie?«

»Hat er Sie geschickt, um …«

Mit einer gewissen Faszination ging Ludwig auf, dass sie vermutlich von ihrem Mann sprach. Es war also ratsam, diese nur halb ausgesprochene Frage nicht zu beantworten und sie im Zustand der Verwirrung zu belassen.

Er zog eine Rolle Klebeband aus einer Tasche, riss mit den Zähnen ein Stück ab und klebte es ihr auf den Mund. Sie leistete keinerlei Widerstand. Das beruhigte ihn. Einer der Gründe, warum er Marcelas Gift eingeworfen hatte, war, dass er nicht gerne Frauen schlug. Aber das schien ihm glücklicherweise erspart zu bleiben.

»Solange Sie meine Anweisungen befolgen, kann das alles noch ein glückliches Ende nehmen«, sagte er atemlos und schob sie auf einen Hocker. »Verstehen Sie?«

Sie nickte.

»Benötigen Sie etwas? Wir machen einen kleinen Ausflug. Irgendwelche Medikamente oder so?«

Sie schüttelte den Kopf.

»Wo haben Sie Ihr Handy?«

Sie drehte ihren gefesselten Körper ein wenig nach links und deutete mit dem Kopf auf ihr Handy, das gerade aufgeladen wurde. Ohne die Pistole von ihr abzuwenden holte Ludwig das Gerät, das er sogleich ausschaltete, sowie das Netzteil. Dann steckte er beides zusammen mit den Briefen in seine Jackentasche.

Er hörte den Land Rover in der Einfahrt.

Vielleicht war die Zeit knapp. Ludwig fixierte die Frau mit dem Blick.

»Befindet sich sonst noch etwas aus diesem Postfach hier im Haus?«

Erneut schüttelte sie den Kopf. Ihre Augenbewegungen ließen nicht darauf schließen, dass sie die Unwahrheit sagte. Die Frage schien sie aufrichtig zu wundern, und sie wich Ludwigs Blick nicht aus.

Er beschloss, ihr zu glauben und so schnell wie möglich zu verschwinden.

Rasch öffnete er den Kühlschrank und fand zu seiner großen Freude drei Sixpacks Budweiser. In einem geöffneten Schrank daneben stand eine halb volle Flasche Whisky.

»Die leih ich mir kurz aus«, sagte er und trug Bier und Whisky zum Auto.

*

»Interessante Vorgehensweise«, sagte Marcela, als Ludwig die Frau auf die Rückbank gesetzt und ihr den Sicherheitsgurt angeschnallt hatte. Dank der gefesselten Hände war jedes Entkommen unmöglich.

»Danke. Hast du was Beruhigendes?«

Wortlos zog Marcela eine Plastiktüte aus der Tasche. »Stets zu Diensten.« Sie reichte Ludwig zwei Tabletten.

Er beugte sich zu Esquivel nach hinten und riss das Klebeband ab. Anders als in Kinofilmen saß es ziemlich lose. Er zeigte ihr die Tabletten.

»Sie können es sich aussuchen«, sagte er gelassen. »Entweder Sie nehmen die, oder ich klebe Ihnen den Mund wieder zu.«

Die Frau nickte ergeben und öffnete den Mund. Ludwig legte ihr die Tabletten auf die Zunge und gab ihr dann Wasser aus einer Flasche.

Nachdem sie etwa eine halbe Stunde Richtung Süden gefahren waren, gelangten sie nach Naples. Alle schwiegen, und Ludwig konnte ungestört nachdenken. Das Amphetamin gab ihm das Gefühl, unbesiegbar zu sein. Er war ausgelassen, und seine Gedanken bewegten sich angeregt, aber immer im Kreis.

Als die Wirkung etwas nachzulassen begann, wusste er, dass es nur zwei Möglichkeiten gab. Entweder unterbrach er sofort den Trip, oder er machte weiter. Wenn er noch mehr von dem Gift schluckte, würde es ihn am Ende seiner Reise teuer zu stehen kommen. Aber dann wäre, wenn alles nach Plan ging, der Job ohnehin erledigt.

Vilma Esquivel döste auf der Rückbank vor sich hin. Marcela zog ein Papiertaschentuch aus der Tasche, schüttete etwas Pulver darauf, knüllte es zu einem Ball zusammen, den sie in den Mund schob und mit ein paar großen Schlucken Wasser herunterspülte. Das erleichterte Ludwig die Entscheidung.

»Mach mir auch so einen«, sagte er sachlich. »Und sei bloß nicht zu geizig mit dem Stoff.«

Nachdem Ludwig seine Portion geschluckt hatte, vergingen etwa fünfzehn Sekunden, dann spürte er die Wirkung. Die Substanz zischte nur so durch seine Adern, und es fiel ihm schwer, sich aufs Fahren zu konzentrieren. Also hielt er an einem Einkaufszentrum und blieb eine Weile mit geschlossenen Augen sitzen, um sich zu sammeln. Als er die Augen wieder öffnete, lag ein seliges Lächeln auf seinen trockenen Lippen.

»Der Plan steht«, flüsterte er Marcela zu. »Und ist im Großen und Ganzen unfehlbar.«

Marcela sah ihn skeptisch an. »Im Großen und Ganzen«, wiederholte sie.

»Es gibt verschiedene Jagdmethoden.« Ludwig räusperte sich und drehte sich um, weil er sich davon überzeugen wollte, dass die Frau auf dem Rücksitz immer noch bewusstlos war. Erst dann fuhr er fort: »Man kann herumschleichen und sehen, was einem vor die Flinte läuft. In einer sehr großen Welt mit unzähligen Verstecken und unendlich vielen Schatten. Oder man kann den Spieß umdrehen und den Prozess beschleunigen. Und zwar richtig.«

»Man lässt die Beute auf sich zukommen«, folgerte Marcela gelassen.

»Genau. Sofern man nur ordentlich vorbereitet ist.«

»Glaub mir, Herzchen«, sagte Marcela und schob sich ihr schweißnasses Haar aus der Stirn, »das einzig Positive, was ich über mein Leben sagen kann, ist, dass ich bestens vorbereitet bin.«

Sie fuhren weiter. Mit jedem Kilometer der Interstate 75, der an ihnen vorbeiwirbelte – einer beklemmenden, spärlichen Abfolge von Autohändlern, Fast-Food-Restaurants, Möbelläden, Jagdwaffengeschäften, Werkstätten, Outlets und Banken –, wuchs Ludwigs Überzeugung, den richtigen Beschluss gefasst zu haben. Jede zusätzliche Minute, die ihm den kalten Schweiß aus den Poren trieb, brachte neue Klarheit in seine Mission.

Jäger.

Beute.

Methode.

Siebenundfünfzig Jahre auf Erden. Vierzig davon im Dienst. Was hatte er gelernt? Was war aus ihm geworden?

Einer, der schummelte. Jeden Erfolg im Leben hatte er durch

Lüge, Diebstahl oder Mord erreicht. In seinen langen traumreichen Nächten sah er sich oft von außen wie durch die Augen eines Staatsanwalts, der zu Beginn des Prozesses mit eisiger Stimme die Anklage verlas. Er musste nie bis zur Urteilsverkündung warten, es genügte vollauf, dem Beweisantritt beizuwohnen. Alles, was er erreicht hatte, wurde in Form von Anklagepunkten vorgebracht. Alles, was er hatte erreichen wollen, klang nach Vorsatz. Schuldig. Schuld an allem. Schuld am Erfolg.

Ludwig konnte diese Leute nicht infiltrieren, diese Exilkubaner, deren Aussehen und Sprache er nicht teilte. Er konnte ihnen die Wahrheit nicht durch Befragung oder Manipulation entlocken. Vereint durch ihren Kampf hielten sie zusammen. Er konnte nur auf seine angeborenen Fähigkeiten zurückgreifen. Nie zuvor war ihm seine von der Schöpfung zugewiesene Rolle so ungeheuer klar erschienen.

Eine Falle stellen.

Abwarten.

Zuschlagen.

DIE VIELEN FEINDE DER REVOLUTION

Wald bei Lourdes
Havanna, Kuba
Sa., 14. Juni 2014
[22:05 EST]

Die Nacht brach früh herein, als hätte sie keine Geduld mehr gehabt. Die Luft wurde würziger und leichter, die glänzenden Palmwedel zitterten in der Abendbrise, und vereinzelte Sterne funkelten zwischen den bauschigen Himmelsgletschern.

In einem Wald bei Lourdes im Süden Havannas hielt ein weißer Lieferwagen vor den Toren eines eingezäunten Geländes. Zwei Männer stiegen aus und öffneten die Hecktüren. Aus dem Laderaum holten sie den einzigen Gegenstand, der sich dort befand: eine silberne, gepolsterte Reisetasche mit einem zwölfstelligen Zahlenschloss.

»Verdammte Mücken«, sagte der eine auf Russisch und klatschte sich mit der Hand aufs Genick.

Der andere zuckte mit den Achseln. »Du warst wohl noch nie in Irkutsk.«

Das Tor wurde geöffnet. Sie gingen auf ein Wachhäuschen zu und händigten zwei Landsleuten die Tasche aus.

*

Zehn Kilometer weiter nordöstlich stand Faye Morris im Hotel Inglaterra auf dem Balkon ihres Zimmers. Unterhalb warteten rostige Taxis und einige Prostituierte, die gerade ihre Schicht antraten. Über ihr und den Wolken kreisten die Satelliten, die ihr Bestes taten, um Leute wie Faye zu ersetzen, ohne dass es ihnen jemals geglückt wäre. Sie wurde in Havanna gebraucht. Selbst wenn sie jede Nacht durcharbeiten musste, würde sie alles tun, um die Erwartungen zu erfüllen, die an sie gestellt wurden.

Sie war einundvierzig Jahre alt und hatte bislang nichts Nennenswertes für sich, ihre Heimat und ihren Planeten vollbracht. Bei diesem Gedanken schauderte sie und kehrte in ihr Zimmer zurück, legte sich aufs Bett und vergrub das Gesicht im Kopfkissen.

Sie verabscheute es, für die CIA zu arbeiten, aber der Feind war weitaus schlimmer. Seit dem Überfall auf die Ukraine im Frühjahr stand außer Zweifel, dass Russland ein revanchistischer, faschistischer Unterdrückerstaat war. Die politische Linie Moskaus würde in Zukunft ganz auf aggressive Propaganda und Unterwanderung westlicher Stabilität bauen und früher oder später zu weiterer militärischer Expansion führen. Die Bedenken, die Faye gegen die amerikanische Außenpolitik hegte, und das waren nicht wenige, mussten beiseitegeschoben werden. Sie wollte Teil des Kampfes gegen diese fürchterliche Bedrohung sein, die schlimmste Bedrohung, der sich die Welt seit dem Zweiten Weltkrieg ausgesetzt sah.

Plötzlich fiel ihr auf, dass ihre Grübeleien auf Spanisch stattfanden. Die Kurse auf Island zeitigten offenbar Erfolg.

Eine halbe Minute später stand sie schon wieder auf dem Balkon und genehmigte sich eine weitere Zigarette.

*

Zehn Kilometer weiter nördlich machte sich das erste von zahlreichen nächtlichen Flößen auf den Weg. Es beförderte zehn Menschen, tausend Träume und ein ungewisses Schicksal. Der Wetterbericht hatte eine ruhige Nacht versprochen. Doch Prognosen wie diese erwiesen sich oft als falsch.

*

Weitere hundertzehn Kilometer weiter weg saß Brent Callaghan auf seiner Veranda und folgte den auslaufenden Trawlern mit dem Blick. Das Telefon hatte an diesem Abend nicht geklingelt, und der Blick des Alten war ruhiger, allerdings auch glasiger. Sein Glas enthielt dunklen Rum, Cola light und eine dicke Orangenscheibe. Ein schepperndes Geräusch schreckte ihn auf. Einen kurzen Moment glaubte er, seine Frau habe etwas im Haus fallen lassen. Dann schüttelte er den Kopf. Luisa Maria war seit acht Jahren tot und trotzdem noch Teil seines Alltags: Aus jahrzehntelanger Gewohnheit war und blieb sie seine ständige Begleiterin.

*

Die Mitternachtsstunde ging vorüber, und der Mond warf Schatten, die mit den Wolken weiterzogen. Weiter im Norden, dort wo die Everglades begannen, herrschten die Raubtiere über den siedenden Sumpf, den endlosen grünen Dschungel.

Cuhunga Creek Hill
Everglades, Florida, USA
So., 15. Juni 2014
[3:00 EST]

An Schlaf war nicht zu denken. In Gesellschaft lärmender Grillen verbrachte Ludwig die schwüle Nacht auf einem Campingstuhl mit Blick auf Marcelas Zuhause, einem mit Tarnmuster bemalten riesigen Wohnwagen.

Die auf dem Dach angebrachten acht Sonnenkollektoren speisten zehn große Autobatterien unter dem Trailer. Marcela hatte ihm stolz den selbst konstruierten Inverter vorgeführt, der Gleichstrom in Wechselstrom umwandelte. Diesen hatte sie in einen Schrank eingebaut, in dem sie auch die Life Straws aufbewahrte, Filter, die aus Flusswasser binnen Sekunden halbwegs passables Trinkwasser machten.

Der halb verrottete, nach Zigaretten stinkende, zwölf Meter lange und vier Meter breite Trailer enthielt darüber hinaus jede Menge Batterien, Munition, gefriergetrocknete Lebensmittel, Taschenlampen, einen Feuerstahl, Feuerzeuge, mit Petroleum getränkte und vakuumverpackte Baumwolllappen, Radios mit Dynamo und Taschenlampe sowie alubeschichtete Decken. Es war vielleicht nicht das gemütlichste Zuhause, aber als Stützpunkt beinahe perfekt.

Nicht zuletzt wegen seiner geografischen Lage. Eine Schlucht mit einem Bach umschloss die Lichtung. Die Seiten waren so steil, dass man sich anseilen musste, um sie zu überwinden. Das bedeutete, dass sich Besucher nur von einer Seite nähern konnten und noch dazu eine Steigung bewältigen mussten. Ludwig fühlte sich wie ein japanischer Offizier in Okinawa. Diese Stellung ließ sich in alle Ewigkeit verteidigen.

Als i-Tüpfelchen hatte Marcela einige Blendgranaten mit Stolperdrähten im Wald unterhalb der Lichtung verteilt. Der Mechanismus war einfach und effektiv. Er bestand aus einer Signalpatrone für Schrotflinten, einer Feder und einem Nagel, der auf das Zündhütchen traf. Wer das Pech hatte, eine dieser Granaten auszulösen, wurde von einem fürchterlichen weißen Blitz geblendet.

Aber es gab keinen Grund, warum man mit Gesellschaft rechnen sollte. Es war an Ludwig, dem Feind Bescheid zu geben, wo er sich aufhielt, und damit hatte es keine Eile. Einstweilen steuerte er den Kahn noch durch vollkommene Dunkelheit.

Und auch die Nacht schritt gemächlich voran.

*

Es war halb acht, als Marcela aus dem Trailer kam und sich reckte. Offenbar hatte sie geschlafen, was Ludwig angesichts der eingenommenen Amphetamindosis erstaunte.

»Sie ist aufgewacht«, bemerkte sie.

Als sich Ludwig aus dem Klappstuhl erheben wollte, wäre er beinahe umgefallen, so steif fühlten sich seine Glieder an. Das Pulver hatte ihn unzählige Stunden in ein und derselben Stellung verharren lassen. Spinnenbeine tanzten vor seinen flimmernden Augen. Vermutlich hatte er unendlich lange auf einen Punkt gestarrt, ohne dass er sich daran erinnern konnte.

»Dann reden wir mal mit ihr«, sagte er und betrat den Wohnwagen.

Obwohl er in Ostberlin aufgewachsen war, hatte Ludwig noch nie eine so billige Wandverkleidung aus Teakimitat wie in diesem Gefährt gesehen. Wohnzimmer und Küche gingen ineinander über, dahinter führte eine Tür ins Schlafzimmer, wo sie Vilma Esquivel eingeschlossen hatten. Bevor er hineinging, holte Ludwig die beiden Umschläge. In dem einen lagen zehn gelbe Papierbögen. Auf einem davon stand: *H8Xt54579Nz31_6Ak821.*

Die übrigen Blätter untersuchte er fachmännisch und stellte fest, dass sie tatsächlich keinerlei Informationen enthielten. Sie dienten nur dazu, das Blatt mit der Zahlen- und Buchstabenfolge zu schützen.

Der andere Umschlag hatte nichts als einen USB-Stick enthalten. Bei ihrer Ankunft war Marcelas Computerakku vollkommen leer gewesen. Erst jetzt fiel Ludwig auf, dass die Stunden seit dem gestrigen Vormittag einfach verschwunden waren. Natürlich konnte er sich nicht daran erinnern, was er in der Zwischenzeit unternommen hatte – er hatte überhaupt nichts unternommen. Außer vor sich hin zu grübeln, was aber nichts gebracht hatte. Diese Droge, die manische Zustände herbeiführen sollte, war erstaunlich ineffektiv.

Jetzt saß Marcela mit ihrem Laptop und eingestecktem USB-Stick am Küchentisch.

»Und? Hast du was entdeckt?«, fragte Ludwig.

»Es handelt sich um eine passwortgeschützte pdf-Datei. Aber ich kann sie sicher knacken.«

»Versuch es damit«, meinte Ludwig und zeigte ihr die Buchstaben- und Ziffernfolge auf dem gelben Blatt. Im nächsten Moment ließ sich das Dokument öffnen.

»Da haben wir aber Zeit gespart«, murmelte sie.

Ludwig betrachtete die Poststempel. Die Briefe waren mit zwei Tagen Abstand in Washington, D.C., aufgegeben worden. Erst das Passwort, dann der USB-Stick.

Dann starrte er auf den Bildschirm. »Was soll das denn sein?«

»Keine Ahnung.« Sie scrollte weiter. Seitenweise dunkle Schatten und Feld. »Ich muss jede Seite in jpeg umwandeln und eventuell die Belichtung erhöhen. Vielleicht bringt das ja was.«

»Okay. Sag Bescheid, wenn du fertig bist.«

Ludwig klopfte zwei Mal an die Schlafzimmertür, schloss dann auf und trat ein.

Vilma Esquivel saß vollkommen angekleidet auf dem Bett. Sie sah verschwitzt aus, und ihr Haar war zerzaust. Ludwig stellte fest, dass der Deckenventilator nicht lief, und fluchte leise, weil Marcela sie die ganze Nacht über in dieser mörderischen Hitze hatte liegen lassen. Er schaltete den Ventilator ein, und die Rotorblätter aus verschimmeltem Rohrgeflecht setzten sich schwerfällig in Bewegung.

»Guten Morgen, Vilma. Haben Sie Hunger? Ich kann Ihnen Frühstück bringen.«

Sie schüttelte den Kopf.

»Wie wär's mit einem Kaffee?«

»Ja, bitte.«

Er verließ den Raum und ließ als vertrauensbildende Maßnahme die Tür offen. Möglicherweise hatte Vilma Esquivel gar nicht gemerkt, dass sie über Nacht eingesperrt worden war. Die Tabletten hatten sie vollkommen außer Gefecht gesetzt.

Wieder zurück schloss er die Tür hinter sich, stellte den Plastikbecher auf den Nachttisch und setzte sich auf einen Klappstuhl in der einen Zimmerecke. Auf einer Kommode stand ein kleiner Fernseher mit DVD-Player, daneben lagen vier Pornofilme, die Ludwig verschämt in einer der Schubladen verschwinden ließ.

»Warum haben wir Sie wohl hierhergebracht?«, fragte er freundlich.

»Ich weiß nicht.«

»Das nehme ich Ihnen nicht ab, Vilma.«

Sie setzte sich im Schneidersitz auf dem Bett zurecht, beugte sich vor und legte das Kinn in die Hände. Einige Sekunden sah sie aus, als müsse sie einen komplizierten Steuerbescheid aus einem fernen Land deuten. Dann sagte sie, während sie ihre nackten Füße betrachtete:

»Ich kann nur hoffen, dass Gott mir verzeiht. Machen Sie mit mir, was Sie wollen. Ich werde mich nicht mehr wehren.«

Ludwig verzog keine Miene und wartete einfach ab.

Noch mehr Zeit verstrich.

»Sie waren unsere *Freunde*«, sagte sie plötzlich. »Ich bin die Patin von Guevos Kindern!«

Guevo … Laziles. Einer der Ermordeten beim Versailles.

»Wenn mir die Bewegung nicht vergeben kann, weil ich sie warnen wollte, dann will ich nicht mehr dazugehören«, fauchte sie. Trotzig starrte sie Ludwig an, der weiterhin schwieg.

»Außerdem frage ich mich, ob Jesus nicht genau das von mir erwartete. Warum hätte er mir sonst erzählt, was sie vorhaben? Aber vielleicht überschätze ich ihn ja. Er ist ein Monster. Vielleicht wollte er mich auch nur auf die Probe stellen.«

Ludwig lagen etwa fünfzig Fragen auf der Zunge, doch er beschränkte sich auf eine:

»Warum haben Laziles und Rojas Ihre Warnung nicht beherzigt?«

»Weil sie Jesus mehr vertraut haben als mir.« Sie schnaubte verächtlich. »Man hält mich nicht immer für zurechnungsfähig. Haben Sie was Stärkeres?«

Ludwig reichte ihr seinen Flachmann und musste sich gar nicht erheben, weil Vilma Esquivel auf ihn zuschoss, ihm die Flasche aus der Hand riss und aufschraubte. Sie nahm ein paar gierige Schlucke. Ludwig wurde klar, dass er sich von seinem Whisky verabschieden konnte. Aber mit dem vielen Amphetamin im Körper hätte er ihn ohnehin nicht genießen können.

Sie setzte die Flasche ab, gab sie aber nicht aus der Hand.

»Ich vermute, Callaghan hat Sie geschickt? Jesus ist zu feige, um diesen Befehl selbst zu erteilen.«

Tausend Scheinwerfer gingen gleichzeitig in seinem Kopf an und blendeten ihn. Callaghan? Wer zum Teufel war Callaghan? Jedenfalls kein Kubaner.

Er beobachtete sie schweigend. »Wir besprechen eins nach dem anderen«, sagte er ausweichend. »Dürfen Sie immer das Postfach leeren?«

Lass sie weiterreden, es ist ihr ein Bedürfnis, dachte er.

»Nein, keineswegs. Wollen Sie Jesus auf die Probe stellen? Vertrauen Sie ihm etwa nicht mehr? Ich kann Ihnen versichern, dass ich es bis gestern nie leeren durfte. Nur dieses eine Mal, weil er glaubt, vom FBI überwacht zu werden, und sie nicht zum Schließfach führen wollte. Er hat mir angedroht, mich totzuschlagen, falls ich die Briefe öffne. Machen Sie sich keine Sorgen, mir verrät er nichts.«

»Er hat Ihnen aber anvertraut, dass Rojas und Laziles aus dem Weg geräumt werden sollten«, erwiderte Ludwig kalt.

»Nur, weil ich ihn überrascht habe, wie er in Tränen aufgelöst dagesessen hat. Ein kurzer Moment der Menschlichkeit. Äußerst vorübergehend.«

»Wann war das?«

»Ich glaube, vor zwei Wochen. Oder höchstens drei.«

Ludwig wartete auf eine Fortsetzung, die jedoch nicht kommen wollte.

Das hätte sie mir niemals erzählt, wenn sie geglaubt hätte, dass ich ein Bulle bin, dachte er. Solange sie glaubt, dass ich zur Bewegung gehöre, wird sie reden. Ich muss einfach abwarten.

Beschleunigen ließ sich rein gar nichts.

Die Anzeige wegen Körperverletzung, ihr großzügiger Umgang mit Alkohol …

»Ihre labile Ehe«, sagte Ludwig scharf, »gefährdet uns alle.«

Esquivel verdrehte die Augen und trank noch ein paar Schlucke Whisky. »Was Sie nicht sagen.«

»Gibt es eine Lösung für dieses Problem?«

»Ich könnte dauerhaft auf die Insel ziehen. Jesus verweigert mir die Scheidung, eine andere Möglichkeit fällt mir nicht ein.«

Sie zögerte kurz und meinte dann:

»Vorausgesetzt, Callaghan könnte meinen Mann dazu zwingen, das zu akzeptieren ...« Sie verstummte.

»Und?«, sagte Ludwig. »Fahren Sie fort.«

»Jesus ist nicht so loyal, wie Callaghan vielleicht glaubt. Er hat eine Menge auszusetzen. Wenn er sich ein Besäufnis genehmigt, tritt zutage, worüber er wochenlang gegrübelt hat. Seine bitteren Gefühle platzen dann förmlich aus ihm heraus. Er kann einfach nicht akzeptieren, dass Nichtkubaner die Fäden in der Hand halten. ›Sie glauben, dass wir Marionetten in ihrem Theater sind, aber eines schönen Tages werden wir die Rollen vertauschen‹, erklärt er mir. Und so weiter und so fort.«

Callaghan. Der Nichtkubaner.

Ludwig hatte den üblen Geruch bereits früher wahrgenommen, aber jetzt hing er so kompakt in der Luft, dass man fast daran erstickte. Der Gestank der fleißigen, einfältigen Schattenwesen einer gewaltbereiten Behörde. Der Gestank der CIA.

»Was unternimmt Callaghan wohl jetzt in dieser Sache?«, erkundigte sich Ludwig behutsam.

»Er sitzt in Key West und träumt von der Befreiung Kubas«, lautete die verächtliche Antwort.

»Ist daran was auszusetzen?«

»Immer dasselbe mit den Gringos und Amis. Sie nehmen sich ungeheuer wichtig. Wie viele von Callaghans Leuten sind überhaupt je auf Kuba gewesen?«

Ludwig machte sich bewusst, dass er die Lösung dieses Rätsels möglicherweise selbst herbeiführen konnte. Man hatte ihn von der EXPLCO freigestellt, um ihm freie Hand zu gewähren. Wie Laika in ihrer kalten Weltraumsonde war er ins Ungewisse entsandt worden.

Wie lange währte diese Operation bereits? Und wie lange war

Ludwig, ohne es selbst zu wissen, schon daran beteiligt? Er erinnerte sich an GTs Stimme in Washington vor anderthalb Jahren. »Du wirst Miami lieben«, hatte er gesagt.

Wie oft hatte er sich nicht schon vorgenommen, den Kontakt zu diesem verdammten Dreckskerl abzubrechen, und war dann doch nicht von ihm losgekommen.

Vilma Esquivel riss ihn aus seinen Gedanken. »Ich gebe zu, dass ich Guevo und Pablo gewarnt habe. Vielleicht war das ein Fehler. In diesem Fall bitte ich um Verzeihung. Wenn das nicht genügt, bin ich bereit, meine Strafe zu erdulden. Sie wirken nett. Sollte ich hingerichtet werden, dann hoffe ich, dass Sie das übernehmen, kurz und schmerzlos.«

Ludwig war sich nicht sicher, ob er seine Miene im Griff hatte.

Diese Leute!

Aber vermutlich waren sie trotzdem wie alle anderen. Eine Sekte blieb nun einmal eine Sekte. Melvin Klaces Neonazis in den Bergen Pennsylvanias, die Baader-Meinhof-Gruppe in den Hamburger Abbruchhäusern, die Provisorische IRA in irgendwelchen Kellerlöchern, Al-Qaida in einem Lagerhaus auf der Arabischen Halbinsel, die russische Mafia im Hinterzimmer eines Clubs in Vilnius … Und jetzt diese Leute. Sie rechneten damit, jederzeit abgeholt, verhört und verurteilt zu werden. Auf ihrem Planeten existierten nur eine Jurisdiktion und nur eine dunkle Sonne, um die alles kreiste.

Callaghan. Key West.

Wie viele Leute konnte er wohl mobilisieren? Gehörte er zur CIA, oder war er ein irrer Einzelgänger?

Und für wen arbeite ich? Dieser Gedanke suchte ihn immer wieder aufs Neue heim.

Für wen?

»Licht?« Marcelas Stimme war durch die Tür zu hören.

Ludwig erhob sich. Ehe er das Zimmer verließ, sagte er: »Ich verspreche, dass ich ein gutes Wort für Sie einlege. Wenn Sie weiterhin so aufrichtig sind, besteht durchaus Grund zur Hoffnung. Okay?«

Die Frau nickte und warf ihm einen Blick zu, der so sehr vom Stockholm-Syndrom geprägt war, dass sich Ludwig beinahe schämte. Dann schloss sie die Augen und nahm noch einen Schluck aus der Flasche.

Ludwig zog die Tür hinter sich zu und gesellte sich zu Marcela. Erfreulicherweise hatte sie bereits ein neues Amphetaminbällchen für ihn vorbereitet. Er schluckte es wortlos und spülte es mit Wasser herunter.

Sie drehte den Laptop in seine Richtung, damit er alles sehen konnte. Mit besserer Belichtung ließ sich das Dokument mühelos lesen. Das Deckblatt war alles andere als bescheiden.

STRENG GEHEIM
– SAP:LIBERTAD15/PGHW –
STRENG GEHEIM

DIE UNERLAUBTE VERBREITUNG DIESES DOKUMENTS, DAS OHNE VORBEHALTE UND EINSCHRÄNKUNGEN IM BESITZ DER REGIERUNG DER VEREINIGTEN STAATEN IST UND HÖCHSTER GEHEIMHALTUNG UNTERLIEGT, WIRD MIT EINER FREIHEITSSTRAFE VON BIS ZU 50 JAHREN GEAHNDET.

BEIM GERINGSTEN ZWEIFEL AN DER ZUGANGSBERECHTIGUNG, BITTE NEHMEN SIE FOLGENDEN SAP-CODE ZUR HILFE:

STRENG GEHEIM
– SAP:LIBERTAD15/PGHW –
STRENG GEHEIM

Auf dem nächsten Blatt standen nur folgende Worte:

ENTWURF EINES GEHEIMEN ZUSATZPROTOKOLLS ZUM VERTRAG VOM 20. AUGUST 2014 ZWISCHEN DER KUBANISCHEN REPUBLIK UND DEN VEREINIGTEN STAATEN

Marcela scrollte weiter. Ludwig spürte, wie sich das Gift in seinem Blutkreislauf ausbreitete. Nachdem er sich einige Sekunden lang schwankend auf den Füßen gehalten hatte, nahm er neben Marcela Platz, leerte die Wasserflasche in einem Zug und begann zu lesen.

Universidad de las Ciencias Informáticas
Lourdes, Kuba
So., 15. Juni 2014
[11:10 EST]

Geschlagene zehn Minuten saß Faye allein im Auto vor dem Universitätskomplex, während ihr Betreuer und Oberst der Spionageabwehr der Dirección de Inteligencia auf dem Gehsteig herumtigerte und telefonierte. Als er wieder neben ihr Platz nahm, war er bester Laune.

»Gute Neuigkeiten, Señorita Morris. Ich hatte schon befürchtet, dass wir uns mit einer Vorbesprechung begnügen müssten, aber jetzt dürfen wir direkt zum Stützpunkt fahren.«

Faye atmete auf. Während des morgendlichen Gezerres hatte es eine Weile den Anschein gehabt, als würde der Auftrag in die Binsen gehen und wie ein kleines Schiff an den rauen Klippen kubanischer und russischer Paranoia zerschellen.

»Sehr gut«, sagte sie nur.

»Aber damit trennen sich unsere Wege noch lange nicht. Nächste Woche habe ich ein Treffen mit unseren Internetspezialisten und meinem obersten Chef vereinbart. Ich hoffe wirklich, dass Sie uns den Dienst, den ich Ihnen jetzt erweise, vergelten werden.«

»Sie können auf mich zählen, Herr Oberst.«

Dieser nickte, wendete und fuhr Richtung Süden. Wenig später holperten sie über einen Waldweg und erreichten nach fünfhundert Metern den ersten Kontrollposten.

Der Oberst hielt vor dem Wachhäuschen, und drei kubanische Soldaten mit Maschinenpistolen begannen, das alte tschechische Auto langsam zu umkreisen, auf das der Oberst ungemein stolz war. Er kurbelte die Seitenscheibe herunter, hielt der Frau im Häuschen seinen Ausweis hin und wartete.

»Es ist uns eine Ehre, Sie hier willkommen zu heißen«, sagte die Frau, nachdem sie seinen Ausweis gründlich geprüft hatte. Ihr Lächeln strahlte kurz auf wie ein Blitzlicht und verschwand ebenso schnell.

Der Oberst nickte. Die Soldaten traten beiseite, der gelbe Schlagbaum öffnete sich, und sie fuhren weiter.

Nach einer Biegung war der Weg auf einmal asphaltiert. Derartige Überraschungen hatte Faye auf dieser Insel schon des Öfteren erlebt. Die Kubaner hatten vermutlich beim Stützpunkt mit dem Asphaltieren begonnen, und dann war ihnen das Geld ausgegangen. Vielleicht hatte der unscheinbare Weg auch nur zur Tarnung des Stützpunkts gedient. Die Wahrscheinlichkeit, dass irgendjemand einem Waldweg auf gut Glück ins Nichts folgte, war relativ gering.

Sie passierten eine weitere Sperre, die aus zehn Soldaten und zwei Schlagbäumen bestand. Der Offizier im Wachhäuschen begrüßte den Oberst freundlich auf Spanisch, aber sonst deutete nichts darauf hin, dass sie sich in Kuba befanden. Die hellhäutigen, kräftigen Soldaten, die hellblaue Baskenmützen und dunkle Kampfanzüge trugen, waren Mitglieder der GRU Speznas, des Eliteverbands innerhalb des russischen militärischen Nachrichtendienstes.

Sie wurden durchgewinkt, und jetzt war es den Satellitenfotos nach nur noch ein knapper Kilometer bis zum Tor.

»Wie Sie sehen, hat unsere Gastfreundschaft im Laufe der Jahre an nichts eingebüßt«, meinte der Oberst grinsend. »Obwohl die

Russen im Augenblick offenbar vom rechten sozialistischen Weg abgekommen sind. Vielleicht hilft ihnen unsere Zusammenarbeit, zu ihm zurückzufinden.«

Ein Jeep mit vier Speznas-Mitgliedern, der am Wegesrand gewartet hatte, folgte ihnen bis zum Tor, wo sie von einem ganzen Zug Soldaten empfangen wurden. Der Oberst musste keine Papiere vorweisen, das Tor stand bereits offen, und er fuhr auf den Stützpunkt.

Offiziell handelte es sich dabei um einen Flugplatz: ein Gebäude mit Flachdach, zwei größere Hangars, einige Kasernen. Nur die beiden auf Kettenfahrzeugen montierten, riesigen Satellitenschüsseln verrieten den eigentlichen Zweck. Sie wurden durch verschiedene scheinbar willkürlich platzierte Masten und Antennen ergänzt, die natürlich auf den bestmöglichen Empfang ausgerichtet waren.

Der Oberst ließ sich von dem Jeep einen Parkplatz zuweisen, hielt an und wartete. Zwei Soldaten öffneten die Türen, woraufhin er und Faye ausstiegen.

Ein Mann Mitte vierzig in Zivil kam auf sie zu. Ein paar Meter vor dem Kubaner blieb er stehen und salutierte.

»Willkommen. Ich bin Major Galinov und habe die Ehre, an diesem schönen Vormittag Ihr Guide zu sein.« Er sprach ausgezeichnetes Englisch. Einige Sekunden lang betrachtete er Faye neugierig und sagte dann: »Miss Morris, es ist mir ein Vergnügen.«

Der Oberst salutierte ebenfalls. Faye nickte.

Sie gingen auf eine kleine, unansehnliche Baracke mit Rolltor zu, in der an den Längswänden je fünf Soldaten im Halbdunkel warteten. Faye entdeckte sie erst, als sie bei Eintritt ihres Vorgesetzten Haltung annahmen, und sie erschrak, als wäre sie in einer ägyptischen Pyramide plötzlich auf eine lebendige Ehrenwache gestoßen. Plötzlich stellte sie mit einem gewissen Unbehagen fest, dass sie in dieser stickigen Halle die einzige Frau war.

Der russische Geheimdienstoffizier ging bis ans andere Ende

der Baracke. Dort zog er eine Schlüsselkarte durch ein Lesegerät und drückte auf einen Schalter, woraufhin sich eine stählerne Doppeltür öffnete, hinter der ein Fahrstuhl aus Plexiglas zum Vorschein kam.

Sie betraten den erleuchteten Lift, der mindestens sieben Personen fasste. Der Major drückte auf einen Knopf, und die Metalltür glitt wieder zu. Lautlos setzte sich der Lift in Bewegung. Fasziniert betrachtete Faye den zerkratzten, durchsichtigen Fußboden und das von weit unten heraufdringende Licht.

Nach etwa fünfzehn Sekunden waren sie fünfzehn Meter tiefer an ihrem unterirdischen Ziel angekommen.

Der Fahrstuhl führte in einen quadratischen Saal, der einem Großraumbüro glich. An etwa hundert Tischen saßen junge Männer und einige wenige Frauen an Computern. Faye hatte sich erklären lassen, dass hier Rohdaten gesiebt, bearbeitet und analysiert wurden. Hier entstanden die Algorithmen, die Zeit sparten und die Genauigkeit erhöhten. Von hier aus wurde die riesige Kühlanlage gesteuert, die benötigt wurde, um die komplizierte Technik bei Laune zu halten. Wenn überhaupt gesprochen wurde, dann nur flüsternd, als sei dies ein heiliger Ort.

Sie begannen ihren Rundgang. Der Major sagte kaum etwas, war aber offensichtlich zufrieden mit seiner Schöpfung. Ab und zu erhellte sich seine Miene, wenn er auf etwas besonders Bedeutungsvolles wie die digitale Lüftungssteuerung oder einen Spezialrouter zeigte.

Die Anlage erweckte einen geradezu kommerziellen Eindruck und erinnerte beinahe an ein Einkaufszentrum. Nach einer Weile wurde Faye klar, woran das lag: Alles war vollkommen neu. Alle Monitore, alle Bürostühle und alle Schreibtische waren identisch. Der Zahn der Zeit würde diese Einrichtung natürlich mit der typischen deprimierenden Patina aller öffentlichen Gebäude versehen. Einstweilen glänzte jedoch alles wie der Lack eines Autos im Schaufenster eines Autohändlers. Familienfotos, Poster oder andere persönliche Habseligkeiten waren noch nicht vorhanden. Selbst Stifte und Kaffeetassen waren identisch. Persönlicher wird es hier vermutlich nie werden, dachte Faye fasziniert. Die Schlachtfelder unserer Zeit sehen aus wie Tagungshotels.

»Damit müssen wir uns leider begnügen«, sagte der Major, nachdem sie eine Runde gedreht hatten und wieder vor dem Fahrstuhl standen. »Ich würde Ihnen gerne mehr zeigen, aber Sie werden verstehen, dass das unmöglich ist.«

Der kubanische Oberst, der ungeduldig wirkte, weil er möglicherweise an Klaustrophobie litt, nickte eifrig. »Das war wirklich sehr interessant«, sagte er und schaute hoch, als ließe sich ein Blick auf den Himmel erhaschen.

Faye schwieg, während sie in den Fahrstuhl stiegen und nach oben fuhren.

»Jetzt gehen wir in mein Büro«, sagte der Major, als sie wieder in der Sonne standen.

Einer der Hangars wies eine Tür auf, durch die sie ins Innere traten. Galinovs Büro war zehn Quadratmeter groß und enthielt nur einen kleinen Schreibtisch ohne Computer, zwei Stühle und ein niedriges Regal mit unbeschrifteten Ordnern. Eine Pritsche war an die Wand geklappt.

»Nehmen Sie doch Platz«, sagte der Major, wobei er sich an Faye, nicht aber an den kubanischen Oberst wandte. An diesem heißen Tag hatte die Höflichkeit Vorrang vor der militärischen Hierarchie. Faye setzte sich.

»Ehe ich Fragen beantworte«, sagte der Major, »sollten Sie mir vielleicht die vereinbarten Informationen aushändigen.«

Faye deutete auf ihre Schläfe. »Alles hier drin«, sagte sie lächelnd. »Haben Sie einen Stift und ein Blatt Papier?«

Der Major nahm das Gewünschte aus einer Schublade seines Schreibtisches und schob es mit einer gewissen Feierlichkeit auf Faye zu.

Diese machte sich ans Werk.

Mit der Schreibung des ersten Namens hatte sie am meisten Mühe, dann fiel es ihr zusehends leichter.

Insgesamt sieben Informanten listete sie auf. Die CIA nahm an, dass fünf davon den Russen bereits bekannt waren, denn sie wurden vom Sicherheitsdienst FSB überwacht. Außerdem durften sie kein brisantes Material mehr einsehen. Diese fünf Spione (drei an russischen Botschaften im Westen, zwei in einem Ministerium in Moskau) saßen nur deswegen noch nicht im Gefängnis, weil der FSB auch noch ihre Verbindungsleute enttarnen wollte. Dass Faye ihre Namen preisgab, würde also keinerlei Schaden anrichten, mal abgesehen davon, dass der FSB sie vielleicht festnahm und verhörte.

Das war kein angenehmer Gedanke, aber trotzdem nichts im Vergleich zu den beiden letzten Namen. Diese beiden hatten die Russen nämlich offenbar noch nicht entdeckt. Sie waren nur deswegen auf die Liste geraten, um Fayes Glaubwürdigkeit zu stärken. Warum gerade diese beiden, wusste Faye nicht. Vielleicht waren sie nur noch von geringem Nutzen. Oder sie waren in der Tat so wertvoll, dass es die Amerikaner ein wenig schmerzte, sie opfern zu müssen. Was natürlich zur Kenntnis genommen wurde. Dem Bratengeruch war schließlich zu entnehmen, was in der Pfanne lag.

»Fertig«, sagte sie und schob dem Major mit grimmiger Miene die Liste zu.

Dieser warf einen raschen Blick darauf.

»Woher haben Sie diese Informationen?«

»Wir verfügen über ein zuverlässiges Netzwerk von Kontaktleuten bei der CIA und der DIA. Diese Namen, von denen ich annahm, dass sie für Sie von Interesse sein könnten, habe ich nur auf die Schnelle in Erfahrung gebracht. Sollte unsere Zusammenarbeit weiter gedeihen, kann ich bedeutend mehr Informationen beschaffen.«

»Immerhin stelle ich fest«, sagte der Major mit einem kalten Lächeln, »dass weder ich noch Personen aus meinem Bekanntenkreis auf dieser Liste stehen. Das ist eine Erleichterung. Einige dieser Herren haben meines Wissens bereits ein gewisses Misstrauen erweckt. Das fügt sich natürlich glücklich.«

Faye setzte eine gespielt ratlose Miene auf.

»Das heißt«, erklärte der Major geduldig, »dass Sie den Qualitätstest bestanden haben. Hätten Sie uns nur Dinge verraten, die wir schon wissen, dann hätte unsere Zusammenarbeit hier und jetzt ein Ende genommen.«

»Ich verstehe«, erwiderte Faye. Sie schluckte.

Einige dieser Herren ... Was mochte er gemeint haben?

»Ist alles in Ordnung, Miss Morris? Möchten Sie etwas trinken?«

Sie nickte. Der Major öffnete einen kleinen Kühlschrank und goss Mineralwasser in drei Plastikbecher.

Wieder an seinem Schreibtisch faltete er das Papier zusammen, schob es in einen Umschlag und legte diesen in die oberste Schublade.

»Das ist wirklich keine angenehme Beschäftigung«, sagte er nachdenklich. »Wie wünschenswert wäre es doch, dass sich alle Leute einfach an die Regeln hielten, statt aus reiner Überheblichkeit voreilige Beschlüsse zu fassen, die reine Tragödien zur Folge haben.«

»Wie wahr«, murmelte der kubanische Oberst, der an der Wand des kleinen Büros lehnte.

Faye schwieg. Sie erinnerte sich an Fran Bowdens Worte auf Island: »Wenn Sie die Namen aushändigen, muss Ihnen Ihr Unbehagen deutlich anzumerken sein.« Das war vermutlich der überflüssigste Ratschlag, dachte Faye angewidert, den ich je erhalten habe. Sie holte tief Luft. Zeit, das Thema zu wechseln.

»Wie funktioniert das eigentlich?«, erkundigte sie sich. »Die ganzen Daten, die Sie sammeln ... Wie übertragen Sie die eigentlich sicher nach Moskau? CIA und NSA kennen diesen Stützpunkt, das ist Ihnen sicher klar. Mit Sicherheit lassen sie nichts unversucht, um herauszufinden, was Sie aufgeschnappt haben.«

Sie genoss es, endlich wieder die reine Wahrheit sagen zu können. Zu unterstreichen, dass den USA die Existenz des Stützpunktes bekannt war, war ihre eigene Idee gewesen und nicht die Fran Bowdens. Und ihre Bemerkung hatte die erhoffte Wirkung. Alle Anwesenden entspannten sich sichtlich.

Die Miene des Majors erhellte sich. »Wir verwenden die beste Verschlüsselungsmethode, die es je gab, Miss Morris. Sie müssen sich also keine Sorgen zu machen.«

»Ein XOR-System?«

»Genau. Binäre Einwegschlüssel.«

Der kubanische Oberst stöhnte leise.

»Ich erkläre es Ihnen«, sagte der Russe mit leuchtendem Blick. Er schien gern über Dinge zu reden, die er vollkommen beherrschte. »Einmal pro Woche erhalten wir eine Lieferung Festplatten aus Moskau. Diese enthalten den Codeschlüssel. Jede dieser Festplatten ist zwei Terabyte groß, und da wir immer alles zu hundert Prozent verschlüsseln, heißt das, wir können genau diese Datenmenge pro Festplatte nach Hause schicken. Mit anderen Worten: Der Schlüssel muss ebenso groß sein wie die zu kryptierende Mitteilung. Und in … sagen wir einmal … Moskau, obwohl das streng genommen nicht ganz korrekt ist, sitzen Leute mit exakten Kopien dieser Schlüssel und können entschlüsseln, was wir ganz offen über das normale Internet übertragen. Wenn unsere amerikanischen Freunde diesen Datenverkehr abhören, vernehmen sie nichts als Rauschen. Rein technisch ist es unmöglich, diese Informationen zu entschlüsseln. Nicht einmal die riesigen Rechner der NSA können die mathematischen Gesetze des Kosmos überlisten.«

Der Kubaner sah sich verzweifelt um, als könnte ihm eine konkrete Offenbarung das Verständnis erleichtern. Doch diese Offenbarung schien sich nicht einfinden zu wollen.

»Und was geschieht anschließend mit diesen Festplatten?«, fragte Faye.

»Die werden natürlich zerstört. Kommen Sie, ich zeige es Ihnen.

Ich finde es äußerst erfrischend, bei zivilen Ansprechpartnern auf so viel Verständnis für unsere Tätigkeit zu stoßen, Miss Morris.«

Er erhob sich und öffnete eine Tür, die in einen Korridor des Hangars führte, der mit seiner gewölbten Decke an das Innere eines U-Bootes erinnerte. Am anderen Ende links befand sich eine Tür, die der Major öffnete.

Sie betraten einen länglichen Raum, an dessen Wand zwei Vorschlaghammer lehnten. Daneben stand ein Feuerlöscher. In einer Feuergrube lagen zermalmte Reste teurer Elektronik: die Festplatten.

»Die Zerstörung überwache ich persönlich«, sagte der Major andächtig. »Wie Sie sehen: Die Schlüssel werden pulverisiert.«

Faye nickte. »Dann sind meine Informationen falsch. Wir haben eine Mail abgefangen, in der ein CIA-Angestellter sich damit gebrüstet hat, Ihren Code bald geknackt zu haben.«

»Ein Wichtigtuer.« Der Major zuckte mit den Achseln. »Davon gibt es bei jedem Geheimdienst eine stattliche Anzahl.«

»Offensichtlich. Vielleicht bezog sich die Mitteilung ja auf ein früheres Stadium, ehe Sie das neue System implementiert hatten. Jedenfalls entschuldige ich mich, so viel von Ihrer Zeit in Anspruch genommen zu haben, Herr Major.«

Dabei war Zeit genau das, was sie gewinnen musste. Der Abfall befand sich an Ort und Stelle, jetzt konnte sie nur noch abwarten. Laut dem CIA-Spionagesatelliten traf jeden Tag um dreizehn Uhr ein Lieferwagen ein. Bis dahin waren es noch einige Minuten.

Der Major legte ihr eine Hand auf die Schulter. »Keine Ursache! Ich bin froh, dass ich Ihre Bedenken zerstreuen konnte.«

Ein Rumpeln ertönte, und das Rolltor glitt nach oben. Faye schloss die Augen, um nicht geblendet zu werden, als der Raum plötzlich in gleißendes Licht getaucht wurde. Da stand er, der graue VW-Transporter. Zwei kubanische Männer in gelben Overalls stiegen aus und betraten den Raum. Sie nickten dem Major zu, gingen zur Vertiefung im Fußboden, nahmen jeder einen Besen und ein Kehrblech und verfrachteten die Trümmer in einen schwarzen Müllbeutel. Währenddessen trat Faye in die Sonne hinaus und prägte sich das Kennzeichen des Lieferwagens ein. Dem amerikanischen Satelliten war es bislang nicht gelungen, das verbeulte und nach unten gebogene Nummernschild zu entziffern.

Sie sagte sich die Nummer immer wieder vor und brannte sie gewissermaßen unauslöschlich in ihren inneren Datenträger ein.

Das schwierigste Problem der Operation war nun gelöst, ein an sich eher lächerliches Hindernis, das im Lauf der Monate aber immer unüberwindbarer gewirkt hatte und der eigentliche Grund für ihren Aufenthalt in Kuba darstellte.

Jetzt musste sie dieses Kennzeichen nur dem ersten Glied in der CIA-Kommunikationskette übermitteln und weiterhin mit Major Galinov in herzlicher Verbindung bleiben, um sicherzustellen, dass die Russen nicht merkten, was eigentlich los war. Und dafür sorgen, dass sie selbst überlebte.

Cuhunga Creek Hill
Everglades, Florida, USA
So., 15. Juni 2014
[13:20 EST]

Gerade noch rechtzeitig entdeckte Ludwig den Stolperdraht einer Blendgranate und hielt abrupt inne. Mit dem Rücken zum Wohnwagen bewegte er sich Richtung Süden zu seinem Land Rover, der unter einem Tarnnetz auf einer Lichtung stand. Er nahm das Satellitentelefon aus dem Handschuhfach und nutzte die Gelegenheit, sich ordentlich mit Mückenmittel einzureiben. Marcela besaß keines, da sie behauptete, nicht »allergisch« zu sein.

Gegen halb zwei Uhr nachmittags lehnte er sich schließlich an die Heckklappe seines Wagens, um GT anzurufen. Der erste Versuch blieb ohne Erfolg. Ludwig fluchte, wartete genau zwei Minuten und probierte es noch einmal.

»Einen Augenblick«, meldete sich GT. Ein diskretes Klicken verriet, dass er die Verschlüsselung seines Satellitentelefons eingeschaltet hatte. Auch Ludwig hatte jetzt drei Sekunden Zeit, um ein abhörsicheres Gespräch zu gewährleisten. »Okay.«

»Was weißt du über die Verhandlungen zwischen den USA und Kuba?«, fragte Ludwig ohne weitere Umschweife.

»Nicht viel. Ich habe unlängst mit unserem alten, etwas zurückgebliebenen Freund Harriman gesprochen. Er gehört tatsächlich dem Committee on Foreign Affairs des Repräsentantenhauses an, kannst du dir das vorstellen?«

»Und? Kommen sie voran?«

»Ja, ich denke schon. Einmal pro Jahrzehnt darf auch die Vernunft siegen.«

»Und was zum Teufel hat Faye Morris auf Kuba zu suchen?«

»Das weiß ich nicht.«

»Clive …«

»Wirklich nicht! Es herrscht ein heilloses Durcheinander. Keine Ahnung, was da los ist.«

»Ich habe gerade das geheime Zusatzprotokoll des Abkommens gelesen«, sagte Ludwig.

GT schwieg einige Sekunden, dann sagte er: »Wie bitte?«

»Das geheime Zusatzprotokoll des Abkommens, das in Kürze zwischen Kuba und diesem wunderbaren, freiheitsliebenden Land abgeschlossen wird, dem wir alle gerne dienen.«

Ein paar Sekunden vergingen.

»Wo steckst du überhaupt, Ludwig?«

»Wenn es dich wirklich interessieren würde, dann würde ich es dir vermutlich erzählen.«

»Schon gut. Was für ein Zusatzprotokoll? Was steht da drin?«

»Eine ganze Menge. Ich werde mich auf einige Highlights beschränken.« Ludwig klemmte eine glühend heiße Wasserflasche zwischen seine Knie und schraubte sie mit der Rechten auf. Er trank ein paar große Schlucke und fuhr dann fort: »Die USA versprechen, das Handelsembargo spätestens zwei Jahre nach Wiederaufnahme der diplomatischen Verbindungen aufzuheben.«

»Das war zu erwarten«, meinte GT. »Wird nicht ganz einfach, das durch den Kongress zu bringen.«

»Kuba verspricht, alle politischen Gefangenen freizulassen und nach Aufhebung des Embargos ein Mehrparteiensystem und freie Wahlen zuzulassen.«

GT stieß einen Pfiff aus.

»Außerdem versprechen die Kubaner, die Russen in spätestens zwei Jahren aus der Abhöranlage zu werfen, die sie Anfang dieses Jahres in Betrieb genommen haben«, fuhr Ludwig fort.

»In Lourdes?«

»Genau.«

»Und jetzt kommt das meiner Meinung nach wirklich Sensationelle.« Ludwig legte eine großzügige Kunstpause ein. »Die USA verpflichten sich, alles in ihrer Macht Stehende zu tun, um Kuba einen Versöhnungsprozess nach südafrikanischem Modell zu ermöglichen.«

Am anderen Ende blieb es still. Ludwig wartete.

GT räusperte sich. »Aber was du da sagst, bedeutet doch …«

»Ich sage«, fiel ihm Ludwig ins Wort, »dass die USA eine Amnestie für das alte Regime akzeptieren. Und nicht nur das. Sie wollen sich sogar dafür einsetzen. Vor einer Wahrheitsfindungskommission vergießen alle ein paar Tränen, und dann ist das Ganze vergeben und vergessen.«

Erneute Stille.

»Du kannst dir ja denken«, fuhr Ludwig fort, »wie das zum Beispiel bei den militanten Exilkubanern ankommt.«

»Durchaus«, murmelte GT. »Ist … deutet etwas darauf hin, dass sie von diesem Zusatzprotokoll wissen?«

»Der Umstand, dass ich es aus einem ihrer Postfächer geklaut habe, lässt darauf schließen. Vor allem Callaghan kennt es.«

»Was zum Teufel hat der damit zu tun?«

Schau an. Ludwig hatte den Namen beiläufig erwähnt, um GTs Reaktion zu überprüfen. Sie war eindeutig.

»Du kennst ihn also?«

»Kennen ist zu viel gesagt.«

»Allmählich bin ich es leid, Clive. Du musst mir schon ein wenig auf die Sprünge helfen. Wer ist Callaghan?«

»Callaghan war der Chef unserer Kuba-Abteilung. Bei der CIA, meine ich.«

Zur Abwechslung verschlug es jetzt Ludwig die Sprache.

»Scheiße«, murmelte er dann.

»Vor ein paar Jahren ist er in Rente gegangen und wohnt jetzt in Florida.«

»Wie gut kennst du ihn?«

»Nicht sonderlich gut. Er war Abteilungsleiter in Langley, als ich in Berlin stationiert war. Wir haben nie zusammengearbeitet. Er genießt … einen gewissen Ruf.«

»Und zwar?«

»Ein Workaholic und in der Kubafrage vollkommen fanatisch. Er hat vergeblich versucht, bei George W. eine Verschärfung der Isolationspolitik durchzusetzen. Ich habe mir sagen lassen, dass er auch Cheney damit in den Ohren gelegen hat, das verdammte Mongoose-Programm wieder zum Leben zu erwecken. Peinlich, das alles. Mithilfe der Operation Mongoose wollten die Kennedy-Brüder das Castro-Regime stürzen, notfalls mithilfe von Meuchelmördern.«

Ludwig lehnte sich zurück, schloss die Augen und spürte, wie ihm der Schweiß über die Lider floss. Mit der Hand fuhr er sich durch seine langen, tropfnassen Haare.

»Vermutlich hat er sich nie ganz auf ein Rentnerdasein eingelassen, Clive.«

GT schwieg.

»Ich hätte da gewisse Möglichkeiten«, fuhr Ludwig fort. »Wenn ich grünes Licht kriege.«

»Mach, was du willst«, erwiderte GT kühl.

Jetzt riss Ludwig der Geduldsfaden. »Soll ich etwa Callaghans Leute aus dem Weg räumen?«, fragte er ungehalten. »Wenn das so ist, könnte ich ihnen eine empfindliche Niederlage beibringen.«

»Was immer sich so im Zuge deiner Ermittlung ergibt.«

»Nicht zu fassen. Ich habe nicht die Absicht, mich mit der CIA anzulegen.«

»Keine Sorge. Denk doch mal nach.« Lange Stille, dann mit leiserer Stimme: »Okay, okay. Egal. Du arbeitest für die CIA, Ludwig. Nicht für den Feind.«

»Es wäre nett gewesen, das vorher zu erfahren.«

»Jetzt weißt du es.«

»Wenn ich diese Sache durchziehe«, sagte Ludwig langsam, »benötige ich anschließend eine Putzkolonne.«

»Das lässt sich bestimmt regeln.«

»Ich will mich nicht in eine Lage hineinmanövrieren, in der mir nur noch die Wahl zwischen dem elektrischen Stuhl und der Giftspritze bleibt.«

»Natürlich nicht.«

»Ich will, dass du mir eine Putzkolonne versprichst.«

»In Ordnung. Ruf an, wenn alles erledigt ist.«

Dann legte der Dreckskerl auf.

United Street
Key West, Florida, USA
So., 15. Juni 2014
[14:30 EST]

Brent Callaghans Begeisterung für Überraschungsbesuche hatte mit den Jahren nicht unbedingt zugenommen.

Er zögerte lange, ehe er die Tür öffnete und, ohne Esquivel eines Blickes zu würdigen, ins Wohnzimmer zurückmarschierte, als hätte er eben eine Katze ins Haus gelassen.

»Tut mir leid«, rief Esquivel hinter ihm her, »aber ich konnte ja schlecht anrufen, Brent!«

Schweigend trat Callaghan auf die Veranda. Die Hitze fiel wie ein Gruß aus der Hölle über ihn her. Eine Wasserkaraffe, in der die Eiswürfel längst geschmolzen waren, stand auf einem Servierwagen. Callaghan füllte zwei Gläser. Als ihn der Jüngere eingeholt hatte, drehte er sich um, reichte ihm das eine Glas und sagte:

»Du bist zum letzten Mal in meinem Haus.«

Esquivel nickte und trank. »Ich bin den ganzen Tag gefahren, erst nach Sanibel heute früh und dann den weiten Weg hierher. Du hast nicht zufällig einen Kaffee für mich?«

»Nein. Die Haushälterin hat frei. Was willst du?«

»Vilma ist weg.«

Callaghan zuckte mit den Achseln. »Das ist nichts Neues.«

»Nein, nein. Nicht so. Sie haben sie entführt.«

»Wer ist ›sie‹?«

»Das FBI oder … ich weiß nicht. Ein verrückter Deutscher. Er heißt Ludwig Licht und war bei meiner Vernehmung anwesend.«

»Woher willst du wissen, dass er Vilma entführt hat?«

»Seit gestern geht sie nicht mehr ans Telefon. Also bin ich hingefahren, um nach dem Rechten zu sehen. Auf dem Überwachungsvideo ist zu sehen, wie Licht anklopft und sie ihn reinlässt. Zehn Minuten später verlassen sie es gemeinsam, sie mit gefesselten Händen. Er schiebt sie auf den Rücksitz seines SUV und fährt weg.«

»Warum passiert das ausgerechnet jetzt? Scheiße!«, rief Callaghan ungehalten. »Hast du ihn etwa provoziert?«

»Nein! Er ist einfach total verrückt! Als die Bullen bei mir in Gables auftauchten, hat er mir mein Handy geklaut. Nach einer Viertelstunde hat er es zurückgebracht und behauptet, es verwechselt zu haben. Der Typ ist mir nicht geheuer.«

Callaghan warf einen Blick auf seine Patek Philippe. »Das Letzte, was wir jetzt brauchen können, ist, dass deine versoffene Frau überall …«

»Sie hat nichts getan, sage ich doch!«

Sie starrten sich an. Callaghan wäre am liebsten tätlich geworden. Stattdessen zündete er sich eine Zigarette an, schaute aufs Meer und beruhigte sich wieder.

»Wie viel weiß sie, Jesus?«

Die Frage hallte wie ein Pistolenschuss in einem langen finsteren Tunnel wider.

Nach einem längeren Schweigen antwortete Esquivel: »Zu viel.«

Grimmig schüttelte Callaghan den Kopf. »Der Teufel soll dich holen. Was hast du ihr erzählt? *Was hast du ihr erzählt?*«

»Vilma ist doch nicht dumm. Sie reimt sich selbst so einiges zusammen und …«

»Halt den Mund, ich muss nachdenken. In der Küche steht eine Kaffeemaschine, falls du immer noch einen willst.«

Esquivel ging ins Haus.

Am Horizont zog ein Kreuzfahrtschiff entlang. Einen Augenblick lang wünschte sich Callaghan dorthin. Dann erinnerte er sich wieder an seine Verpflichtungen und Ziele.

Nur etwas Sand im Getriebe, das war alles.

Er trat ins Haus und begab sich in die Küche. Esquivel stand vor der Kaffeemaschine, als müsste er sie mit seinem Leben bewachen.

»Lag der Brief noch im Haus?«, fragte Callaghan.

»Nein. Ich habe natürlich gleich im Postfach nachgesehen. Es war leer.«

Callaghan spürte seinen Puls in den Schläfen. Er holte tief Luft und starrte an die Decke. Esquivel hielt es für das Klügste, ihn nicht zu stören.

Nachdem sich Callaghan wieder gefangen hatte, wusste er, wie die Schachpartie ausgehen würde: Das Resultat blieb gleich, nur die Züge mussten geändert werden.

»Ja, ja«, sagte er und schnipste zweimal mit den Fingern, was einem Achselzucken gleichkam. »Wir wissen ja, was in dem Dokument steht, müssen es aber den Leuten unter die Nase halten können, wenn es so weit ist. Vielleicht müssen wir es ja von deinem Deutschen zurückholen.«

»Glaub mir«, sagte Esquivel mit dieser hochmütigen Miene, die Callaghan immer auf die Palme brachte, »wenn die Leute von der Amnestie erfahren, bricht die Hölle los.«

»Und Vilmas Handy?«

Esquivel stieg von seinem hohen Ross und kehrte in die niederschmetternde Wirklichkeit zurück. Einige Augenblicke lang hatte er offenbar die Entführung seiner Ehefrau vergessen. »Ebenfalls weg.«

»Endlich eine gute Neuigkeit. Gibst du mir die Nummer?«

Esquivel zog sein Handy aus der Tasche, klickte auf die Nummer und zeigte sie Callaghan. Dieser zog sein eigenes Handy aus der Tasche und kehrte auf die Veranda zurück.

Einige Minuten lang überlegte Callaghan, was er als Nächstes tun sollte. Er ging im Schatten auf und ab und lauschte seinen eigenen Gedanken, als wären es die Aussagen eines Verdächtigen.

Dieses verdammte Weibsbild zu orten barg keinerlei Risiko. Erst dann musste der wirklich schwierige Beschluss gefasst werden.

Einstweilen gab es nur eines zu tun. Er rief seinen zweiten Mann an. »Ich bin es«, sagte er. »Schalte die Verschlüsselung ein.«

»Erledigt.«

»Ich gebe dir jetzt eine Nummer, die geortet werden muss.« Er diktierte ihm die Zahlen.

»Ausgezeichnet«, flüsterte sein Untergebener, der offenbar nicht allein war. »Ich melde mich, sobald ich etwas weiß.«

»Könntest du noch etwas anderes überprüfen?«, meinte Callaghan. »Einen gewissen Ludwig Licht. Deutscher Staatsbürger. Berater oder Freelancer. Scheint Ärger zu machen.«

»Alles klar. Noch etwas?«

Callaghan warf einen langen Blick auf das Kreuzfahrtschiff.

Sein Verhältnis zu Schiffen war das eines Irak-Veteranen zu Fahrzeugen: Er wusste, dass sie zu einer lebensgefährlichen Bedrohung werden konnten. Mit fünfundzwanzig war er 1968 als Sergeant der Marine-Infanterie nach Vietnam geschickt und im Laufe seiner sechs Jahre dort zum Leutnant befördert worden. Hunderte von Soldaten waren unter seinem Befehl gefallen, und er hatte miterleben müssen, wie seine Heimat ihren ersten Krieg verlor. Anschließend hatte er sich bei der CIA beworben, um herauszufinden, ob die unzulängliche Arbeit dieser Behörde für ihr Scheitern verantwortlich war. In dieser Schattenwelt, die dem Kommunismus so dienlich gewesen war, wollte er sich nützlich machen.

Diesen Beschluss hatte er nie bereut, obwohl dazu durchaus Veranlassung bestanden hätte.

Sein Blick wanderte weiter zu einem Flugzeug, das in nördlicher Richtung am Himmel vorbeizog. »Ja«, sagte er ins Telefon. »Unsere Jungs in Miami sollen sich auf einen Ausflug vorbereiten.«

Café Marrero
Havanna, Kuba
So., 15. Juni 2014
[15:05 EST]

Faye Morris und zwei männliche Gäste saßen auf einer Caféterrasse an der Calle 42 einen Kilometer westlich von Rio Almendares. Sie war die einzige Frau. Die zahlreichen Kellner umschwirrten sie auf äußerst irritierende Weise. Sie bestellte einen weiteren Café con leche. Als er gebracht wurde, nutzte sie die Gelegenheit zum Zahlen. Dann rauchte sie die letzte Zigarette der Schachtel und entnahm ihrer Handtasche eine neue Packung.

Kurz nach vier erhob sie sich und machte sich auf den Weg in ihr Hotel. Sie überquerte die stark befahrene Avenida 41, an der die Calle 42 einen Knick machte. Zwei Häuserblocks weiter entdeckte sie an einem Laternenpfahl den Abfalleimer. Sie nahm die leere Zigarettenschachtel aus ihrer Tasche, warf sie weg, griff dann zur vollen, zündete sich eine Zigarette an und ging weiter.

Jetzt musste sie das Ablenkungsmanöver einleiten. Wie eine dumme Touristin schaute sie zu den Dächern hoch, ohne stehen zu bleiben, und ging dabei auf die dunklen Umrisse eines ihr entgegenkommenden Passanten zu. Trotz der eher harmlosen Kollision ließ sie sich nach hinten fallen und schrie auf. Verzweifelt half ihr der Mann, mit dem sie zusammengestoßen war, auf die Beine und entschuldigte sich, obwohl ihn keinerlei Schuld traf. Gestikulierend und fluchend fand sie ihr Gleichgewicht wieder. Einige Passanten blieben stehen und betrachteten das Spektakel. Eine verrückte Ausländerin, die offenbar zu lange in der Sonne gesessen und Rum getrunken hatte. Ihr armer Kontrahent hob ergeben die Arme und entfernte sich kopfschüttelnd.

In der Zwischenzeit war aus einem fünfzig Meter entfernten Abfalleimer eine leere Zigarettenschachtel verschwunden.

*

Carl Lagerholm begab sich so unauffällig wie möglich zur schwedischen Botschaft, seinem Arbeitsplatz. Die Zigarettenschachtel, die er, ohne auch nur eine Sekunde innezuhalten, aus dem fast vollen Mülleimer geklaubt hatte, steckte in der linken Brusttasche seines durchgeschwitzten grünen Hemds. Dies war der kritische Augenblick seines Auftrags. Falls ihn die kubanische Sicherheitspolizei beobachtet hatte, würde es jetzt zum Zugriff kommen.

Zwei Häuserblocks weiter befühlte er die Zigarettenschachtel, fand den Zettel, steckte ihn in die Hosentasche und warf die Schachtel in den nächsten Mülleimer. Nach weiteren hundert Metern nahm er, ohne innezuhalten, den Zettel aus der Hosentasche, prägte sich die Zahl ein, knüllte ihn zusammen und schluckte ihn hinunter.

Bis zur Botschaft waren es nur noch zweihundert Meter.

Hundertfünfzig.

Ein Einsatzwagen raste mit heulenden Sirenen vorbei, und obwohl Lagerholm hörte, dass es nicht die Polizei war, rutschte dem dreiundsechzigjährigen Diplomaten beinahe das Herz in die Hose.

Als er das schmiedeeiserne Tor der zweistöckigen Backsteinvilla erreichte, war er so durchgeschwitzt, dass er sich richtiggehend schämte. In seinem Büro im ersten Stock schrieb er die Zahl auf ein Blatt Papier, das er in einen Umschlag schob. Für den eigenen

Gebrauch wäre das allerdings nicht nötig gewesen, denn er würde sich für den Rest seines Lebens an die Zahl erinnern.

*

Eine Stunde später nahm Lagerholm ein Taxi nach Hause. Derselbe Fahrer wie immer wartete vor dem Tor. Während der Fahrt sprachen sie nicht miteinander.

Vor einem kornblumenblauen Bungalow in der Avenida 20 stieg Lagerholm aus. Den Umschlag ließ er vor dem Rücksitz auf dem Boden liegen.

Der Fahrer wendete und fuhr in südwestlicher Richtung auf das Slumgebiet El Fanguito zu. Den Inhalt des Umschlags sah er sich nicht an, sondern legte einfach nur fünf amerikanische Zwanzigdollarscheine dazu. Falls man ihn festnahm, würde er selbst unter Folter nicht viel verraten können.

Drei Minuten nach dem vereinbarten Zeitpunkt stieg ein zehnjähriger schwarzer Junge ins Taxi. Der Fahrer reichte ihm den Umschlag.

Der Junge öffnete ihn, zählte das Geld, grinste, knüllte den Umschlag in eine Tasche seiner Jeans und stieg wieder aus. Eine Sekunde später war er zwischen Dealern, Huren, Hundezüchtern, Ganoven, Veranstaltern von Hahnenkämpfen und Taschendieben verschwunden.

Im Großen und Ganzen ein guter Nachmittag für die internationale Zusammenarbeit und Eintracht.

Arlington National Cemetery
Virginia, USA
So., 15. Juni 2014
[18:45 EST]

Sie standen vor dem Grab John F. Kennedys auf dem Arlingtoner Friedhof. Das ewige Licht brannte. Am gegenüberliegenden Ufer des Potomac Rivers funkelte das Lincoln Memorial rosa in der Abendsonne. Eine milde Brise strich über die weißen Kreuze und Davidsterne hunderttausender Gefallener.

GT wäre lieber auf und ab gegangen, aber da Fran Bowden wie angewurzelt dastand und den vierten Grabstein ganz rechts mit der Aufschrift »Daughter – 23. August 1956« betrachtete, blieb er mit auf dem Rücken verschränkten Händen stehen.

Die vierundfünfzigjährige Schwarze, die früher die CIA-Einsätze in Europa koordiniert hatte und inzwischen zur kommissarischen Leiterin der Behörde aufgestiegen war, hatte abgenommen. An diesem Abend trug sie einen senfgelben Hosenanzug und schwarze Pumps und hatte eine Sporttasche dabei, da sie sich offensichtlich auf dem Weg vom oder zum Training befand.

»Jackies tot geborene Tochter«, sagte sie und deutete auf das Grab. »Das nimmt mich jedes Mal mit.«

GT wagte nicht, dieses Thema zu vertiefen, sondern sagte:

»Nett, Sie mal wieder zu sehen, Fran. Ich möchte die Gelegenheit nutzen, um Ihnen zu gratulieren.«

Um die Freiheit zu demonstrieren, die ihm die freie Wirtschaft gewährte, trug er weder Jackett noch Schlips. Mit seinen hochgekrempelten Hemdärmeln fühlte er sich neben der imposanten Bowden allerdings eher wie ein subalterner Bankangestellter.

Es war ihre erste Begegnung, seit sie vor drei Jahren nach Berlin gekommen war, um nach der Katastrophe mit Lucien Gell und der syrischen Botschaft Ordnung zu schaffen und ihn zu feuern. Vor anderthalb Jahren hatten sie noch einmal telefoniert, das war alles. Es war ein merkwürdiges, beklemmendes Gespräch gewesen.

»Gratulieren können Sie mir, wenn die Ernennung offiziell ist«, sagte Bowden. »Momentan bin ich nur eine Stewardess, die das Steuer übernehmen durfte, weil der besoffene Pilot im Cockpit eingenickt ist.«

Sie wirkte angespannt, und die Schlaflosigkeit stand ihr ins Gesicht geschrieben. GT vermutete, dass daran nicht die bevorstehende Kongressbefragung schuld war.

»Vielen Dank jedenfalls, dass Sie sich die Zeit genommen haben.«

»Worüber wollten Sie mit mir sprechen, Clive?«

Ihr Blick brachte ihn aus dem Konzept. Sie hatte noch nie die geringste Schwäche gezeigt.

»Offenbar hat der alte Brent Callaghan in Florida irgendeine Sauerei angerichtet«, sagte er dann ruhig.

Sofort verschränkte Fran Bowden die Arme.

»Als Sie uns mit der Ermittlung betraut haben«, fuhr GT fort, »muss Ihnen doch bewusst gewesen sein, dass …«

»Das ist anderthalb Jahre her, und ich war nicht sonderlich gut orientiert.«

»Aber ganz offensichtlich war Ihnen klar, dass Sie jemanden in Miami brauchen würden.«

»Damals ging es um einen anderen Fall, zumindest bin ich davon ausgegangen. Wir wollten ein paar von Laziles' und Rojas' Kubanern anwerben und mit falschen Papieren nach Havanna schicken. Dann kamen wir auf die Idee, Faye Morris einzusetzen.«

Das waren sehr viele Informationen auf einen Schlag. GT lagen eine Menge Fragen auf der Zunge, und er wusste nicht recht, an welchem Ende er beginnen sollte.

Bowden deutete seine ausdruckslose Miene falsch. »Was wollen Sie eigentlich von mir?«, erkundigte sie sich irritiert. »Was verlangen Sie?«

»Nichts, meine Wünsche sind ohne Belang. Mich interessiert, was *Sie* wollen. Damit ich weiß, wie wir weitermachen sollen.«

Sie drehte sich um und ging die wenigen Treppenstufen auf einen größeren, gepflasterten Platz hinunter, auf dem sieben Granitblöcke mit Kennedy-Zitaten aufragten. GT folgte ihr, dann hielten sie beide inne und betrachteten das Herz des Imperiums auf der anderen Seite des Flusses. Der Obelisk des Washington-Denkmals dominierte durch seine rücksichtslose Schlichtheit den Anblick und erinnerte GT an einen startbereiten Marschflugkörper.

»Ich will«, sagte Fran nach einer halben Ewigkeit, »dass unsere Operation vor Callaghan und seinen Leuten beschützt wird.«

»welche Operation meinen Sie?«

Gewohnheitsmäßig vergewisserte sich Bowden, dass wirklich niemand in Hörweite war. Mit gedämpfter Stimme fuhr sie fort:

»Während des Kalten Krieges unterhielten die Russen eine große Abhöranlage mit dreitausend Angestellten. Sie lag in Lourdes bei Havanna und wurde 2002 stillgelegt. Vor einem halben Jahr haben sie in unmittelbarer Nähe eine neue errichtet. Die Kubaner willigten ein, um sich russische Unterstützung bei der Offshore-Gasförderung zu sichern.«

»Davon habe ich gehört. Aber ich dachte, das läge auf Eis?«

»Reines Ablenkungsmanöver.«

»Ach?«

»Die Russen würden am liebsten uns abhören«, sagte Bowden,

und ihre Augen leuchteten plötzlich auf. »Aber wir werden sie abhören.«

»Abhören?«

»Vielleicht ist das nicht der richtige Ausdruck. Sagen wir einmal so: Wir verschaffen uns momentan Zugang zu allen Informationen, die sie in ihre Heimat zurückschicken.«

»Und zwar wie?«

»Die NSA hat eine neue, geheime Speichertechnik mittels holografischer Festplatten entwickelt.«

GT sah aus wie ein übergewichtiges Fragezeichen.

»Diese Speicher sind sehr klein«, fuhr Bowden fort. »Winzig klein. Wir haben einen Verbindungsmann in der Firma, die die Festplatten herstellt, die von den Russen zur Verschlüsselung verwendet werden. Auf jeder russischen Festplatte befindet sich also eine weitere, kaum stecknadelkopfgroße, die praktisch unverwüstlich ist. Diese kleine holografische Festplatte kopiert den gesamten Inhalt der großen Festplatte. Wenn alles nach Plan läuft, werden diese kleinen Dinger auf einer Müllkippe in Havanna geborgen und mit Diplomatenpost an uns gesandt.«

»Das begreife ich nicht.«

»Die Russen in Lourdes schicken ihre Informationen zwar offen, aber so gut verschlüsselt übers Internet nach Moskau, dass wir nichts verstehen. Aber das wird sich ändern, wenn wir exakte Kopien des Schlüssels erhalten.«

»Und darum kümmert sich Faye Morris?«, fragte GT und nickte andächtig. »Sehr, sehr elegant.«

Bowden schenkte ihm ein düsteres Lächeln.

»Zu irgendwas muss sie schließlich gut sein. Ich kann nicht behaupten, dass sie uns in den letzten Jahren sehr von Nutzen gewesen wäre, und ich traue ihr immer noch nicht so recht über den Weg.«

»Und welche Funktion hat Callaghan?«

»Das weiß ich nicht und will es auch gar nicht wissen.«

»Wir haben den Eindruck, dass er in dieses Versailles-Attentat verwickelt ist«, meinte GT vorsichtig.

»Schon möglich. Mit meiner Operation hat er jedenfalls nichts zu tun.«

»Aber als Sie uns diesen Auftrag erteilten …«

»Das kann doch nicht so schwierig sein, Clive. Stutzt ihm einfach die Flügel.«

»Die Flügel …«

»Eliminiert sein Fußvolk, damit er endlich seine seltsamen Alleingänge beendet.«

»Sie wissen über die Verhandlungen zwischen den USA und Kuba Bescheid?«

»Natürlich.«

»Auch über das geheime Zusatzprotokoll?«

»Ja. Dazu soll ich mich in Kürze äußern.«

»Licht hat soeben eine Kopie ergattert. Geplant ist eine Amnestie für das Regime und seine Handlanger.«

Bowden nickte. »Stimmt.«

»Ihnen ist doch sicherlich bewusst«, sagte GT, »dass jemand wie Callaghan diese Entwicklung nicht tolerieren wird.«

»Natürlich. Aber er ist siebzig, Clive. Sein ganzes Leben hat er unserem Land gedient. Es wäre verdammt traurig, wenn sein Leben ein gewaltsames Ende nähme … Diesen Gedanken ertrage ich nicht. So einfach ist das. Ich ertrage es einfach nicht.«

GT holte tief Luft. »Hören Sie zu. Mich stimmt diese Sache auch nachdenklich. Ich bin keineswegs der Meinung, dass ein kommunistisches Regime einfach abtreten darf, um bis an sein Lebensende am Strand Drinks zu schlürfen. Ich benötige also moralischen Rückhalt. Ich muss wissen, wie mein Ziel aussieht.«

»Sie sollen meine Operation in Kuba vor Callaghans Gorillas und den verrückten Exilkubanern schützen.«

»Klingt vernünftig. Im Zusatzprotokoll steht auch, dass die Kubaner die Russen aus dem Stützpunkt werfen sollen.«

»Das ist egal, denn zu dem Zeitpunkt haben wir das System bereits erprobt, was uns einen großartigen Vorsprung gibt. Verstehen Sie? Das könnte ein größerer Erfolg werden als Bletchley Park und Enigma in den vierziger Jahren. Die Bedeutung geht weit über die Kubafrage hinaus. Es geht um unsere Fähigkeit, den Russen auf der ganzen Welt, nicht zuletzt in Osteuropa, eine Nasenlänge voraus zu sein. Diese Operation ist ein Testlauf, ein Prototyp.«

GT erblickte in ihren Augen die Glut des wahren Genies. Vielleicht war es aber auch ein verzweifelter und durch Schlaflosigkeit verstärkter Größenwahn. Im Laufe seiner Karriere hatte er diesen im Spiegel hin und wieder bei sich selbst bemerkt, was nie ein gutes Zeichen gewesen und immer schlecht ausgegangen war.

Aber er verstand sie. Fran Bowden war bereit, für den Erfolg alles zu opfern: Faye, Ludwig, ihn, vielleicht sogar sich selbst und ihre Chancen auf den Posten der FBI-Direktorin. Nur um mit dieser Sache in die Weltgeschichte einzugehen.

Wer in einem vor sich hin köchelnden Konflikt über Jahrzehnte hinweg immer wieder auf dieselben Hindernisse stieß, gelangte als ehrgeiziger Mensch früher oder später an diesen Punkt. Fran und er waren dressierte Kampfhunde. Das forderte seinen Preis und führte immer dann zu wirklichen Problemen, wenn die Zeche jemand anderem aufgebürdet wurde.

Er schüttelte sein Unbehagen ab und versuchte zum Thema zurückzukehren. »Okay. Wir haben also freie Hand, sofern wir Callaghan kein Haar krümmen.«

»Was ja auch wirklich nicht nötig ist«, fauchte sie. »Eliminieren Sie sein Fußvolk, dann ergibt sich alles andere von selbst.«

»Sind Sie sich da ganz sicher?«

»Eliminieren …«

»Schon gut, wir eliminieren«, erwiderte GT sarkastisch. »Klingt aber fast so, als würde man in einem Abbruchhaus die Wände streichen, Fran.«

»Glauben Sie doch, was Sie wollen.« Sie schüttelte den Kopf, drehte sich um und begann, die linke der beiden geschwungenen Rampen hinunterzugehen.

»Fran!« GT war ihr gefolgt und fuhr fort: »Das Versailles-Attentat war der Startschuss einer Aktion. Was hat Callaghan vor?«

»Ich weiß es nicht.«

Sie ging weiter, aber GT heftete sich an ihre Fersen.

»Manchmal genügt es«, sagte er atemlos, »jemandem, der mit einer Pistole fuchtelt, in den Arm zu schießen.«

»Sage ich doch!«

»Manchmal aber auch nicht.«

»Versuchen Sie es doch erst mal mit dem Arm.« Sie blieb stehen und sah ihn an. »Versprechen Sie mir das.«

GT breitete resigniert die Arme aus. »Meinetwegen.«

Cuhunga Creek Hill
Everglades, Florida, USA
So., 15. Juni 2014
[20:40 EST]

Ludwigs Satellitentelefon piepste zwei Mal kurz. GTs Mitteilung war branchenüblich knapp:

»Alle okay, außer C.«

Es war zwanzig vor neun Uhr abends. Vom Sumpf ertönten Geräusche, die an Probeaufnahmen eines Horrorfilms erinnerten.

Ludwig löschte die SMS, stand auf und betrat den Trailer. Marcela lag im Wohnzimmer auf dem Fußboden, starrte auf den Deckenventilator und kaute ganz langsam Kaugummi. Sie hatte die Amphetamindosis erhöht und hatte nun das perfekte Gleichgewicht von Hypomanie und Apathie erlangt. Bislang hatte sich Ludwig eine gewisse Selbstbeherrschung auferlegt und den ganzen Tag noch nichts geschluckt, aber jetzt verspürte er einen gewissen Nachfüllbedarf. Andernfalls musste er zu einem Zeitpunkt aufhören, der keine Entzugserscheinungen duldete.

Zuoberst auf einem Bücherregal lag Vilma Esquivels Handy. Er nahm das Gerät mitsamt dem Netzteil an sich und ging damit ins Schlafzimmer. Vilma Esquivel hatte dem Whisky inzwischen großzügig zugesprochen und wirkte nicht sonderlich besorgt. Schließlich konnte sie hier ungestört ihrer Lieblingsbeschäftigung nachgehen, was im Kreis ihrer Familie nicht möglich war. Wahrscheinlich gehörte sie zu jener Sorte Alkoholikern, die das Selbstmitleid ganz besonders genossen.

»Wie lautet Ihr Handycode?«, fragte Ludwig, schaltete das Gerät ein und schloss es ans Netzteil an.

»7447.«

Er gab die Zahlen ein. Dann suchte er im Netz nach einer umfangreichen Videodatei und klickte auf Download. Doch das würde vermutlich nicht reichen, um das Handy zu orten. Sendemasten waren hier draußen nur spärlich vorhanden, und Callaghans Männer würden tagelang suchen müssen.

Also ergriff er eine Maßnahme, die allem, was ihn seine lebenslange Schattenkriegführung gelehrt hatte, aufs Äußerste zuwiderlief. Er öffnete die Karten-App, die ihn dazu aufforderte, die Ortung zu aktivieren. Dann klickte er Vilmas Facebook-App an und aktivierte das Foto-Geotagging – normalerweise ein Datenschutz-Fauxpas der schlimmsten Sorte, denn er verriet ganz genau, wo ein Foto aufgenommen worden war. Als Krönung fotografierte Ludwig ein paar Bäume und postete das Bild kommentarlos.

Jedem, der nach Vilma Esquivel suchte, musste das als verzweifelter Notruf erscheinen. Ludwig hatte in der undurchdringlichen, kompakten Nacht eine Art Leuchtsignal gezündet.

Blieb nur noch die Vorbereitung des Schlachtfeldes.

RUSSISCHE PUPPEN

Friedrichshain
Berlin, DDR
Fr., 22. November 1963
[20:25 WEZ]

Der blonde, fast achtjährige Junge war für sein Alter groß und kräftig. Als er den Innenhof zwischen den kahlen, schmutzig-weißen Hochhäusern verließ, die einen Großteil seiner Welt ausmachten, hätten ihn die wenigen Leute, die ihn sahen, vermutlich für zwölf gehalten und vielleicht für einen Klavierschüler von Herrn Märscher oder einen Jungen, der Zigaretten für seine Eltern holte.

Tatsache war jedoch, dass sich seine Mutter im Schlafzimmer eingeschlossen hatte und sein Vater betrunken vor dem Fernseher eingeschlafen war. In den Nachrichten waren Bilder aus Dallas zu sehen gewesen. Ein Staatsmann namens Kennedy war in einem großen ungewöhnlichen Auto erschossen worden. Ludwig wären dazu viele Fragen eingefallen, aber er hatte klugerweise den Mund gehalten. In den Nachrichten war von einem Bürgerkrieg die Rede gewesen. Vielleicht handelte es sich ja um einen Coup der kapitalistischen Generäle und Kriegstreiber?

Zwischen den Hochhäusern zog es fürchterlich. Ludwig ging zur nahe gelegenen Spree hinunter. Der Fluss stellte eine Mauerverstärkung dar, ein zusätzliches Niemandsland unerschütterlicher Gleichgültigkeit. Für Ludwig gehörten Fluss und Mauer zusammen. Bei Errichtung der Barriere war er fünf gewesen und konnte sich nicht mehr an die Zeiten erinnern, als die Menschen hier noch schwimmen durften.

Was Ludwig am meisten interessierte, war die Frage, ob die Irren im Westen die Gelegenheit zu einem bewaffneten Angriff nutzen würden. In der Schule hatte er gelernt, dass die Mauer die Imperialisten davon abhielt, die friedliebenden Massen im Osten mit nackter Gewalt zu unterdrücken. Noch vor dem Wort »Gewehr« konnte Ludwig fehlerfrei »antifaschistischer Schutzwall« buchstabieren.

Die Böschung führte auf eine mehrspurige Straße mit äußerst spärlichem Verkehr. In einiger Entfernung dann die Mauer: stahlgrau und von Scheinwerfern angestrahlt. Wie immer patrouillierten die Silhouetten der Volkspolizisten auf und ab. Bei ihren Kollegen im Westen jenseits des Flusses war nichts Ungewöhnliches zu erkennen. Ähnliche Silhouetten, die sich aber weniger bewegten. In den Wohnhäusern brannte mehr und helleres Licht als im Osten. Alles war so, wie es immer gewesen war.

Der Junge blieb einige Minuten nachdenklich stehen. Dann schlug er den Kragen seiner warmen Jacke hoch und machte sich mit einem vagen Gefühl der Enttäuschung auf den Heimweg. Zum ersten, aber keinesfalls zum letzten Mal in seinem Leben verspürte er ansatzweise das schlechte Gewissen des Verrats.

*

Sechsundzwanzig Jahre später stand er auf der Friedrichstraße und starrte wieder auf die Mauer und auf die wogenden Menschenmassen, die der Schock über die zahllosen Möglichkeiten in Bewegung gesetzt hatte. Ein anderer Achtjähriger hielt seine Hand. Walter glich eher seiner Mutter. An diesem Tag hatte er dieselbe besorgte Miene wie sein Vater aufgesetzt und grübelte wie dieser über die möglichen negativen Konsequenzen dieser Situation nach.

»Werden sie die Mauer wirklich abreißen?«, fragte der Junge und ließ die Hand seines Vaters los.

»Bestimmt.«

»Warst du dabei? Hast du sie gebaut?«

»Nein, damals war ich noch ein kleiner Rotzbengel«, sagte Ludwig und fuhr dem Jungen durchs Haar, bis er das Gesicht verzog. Sie drückten sich an eine Häuserwand, um nicht von den Leuten, die an der Weltgeschichte teilhaben wollten, überrannt zu werden.

»Wird das jetzt alles ein einziges Land?«, fragte Walter mit seltsam bebender Stimme.

Ludwig konnte ihn verstehen: Bald würde die Welt des Jungen um das Vierfache anschwellen, ohne dass er sich darauf hatte vorbereiten können. Ludwig fiel es leichter, das Geschehen aus der Perspektive des Kindes zu verarbeiten. Außerdem sann er darüber nach, ob man ihn wegen seiner Stasitätigkeit vor Gericht stellen würde. Würde er in diesem Fall preisgeben, dass er für die Amerikaner gearbeitet hatte? Oder seinem Instinkt gehorchen und schweigen?

Schweigen wie ein Grab.

»Vermutlich ja«, beantwortete er die Frage seines Sohnes.

»Freust du dich darüber?«

»Mal sehen, Walter.«

»Ich will in den Zoo. Den anderen. Darf ich? Bitte!«

»Ja, natürlich. Das schaffen wir auch zu Fuß.«

»Ist das nicht zu weit?«

»Je weiter, desto besser. Du willst doch deine neue Heimat kennenlernen.«

»Wollen wir eine Telefonzelle suchen und Mama anrufen?«

»Mama«, sagte Ludwig und nahm die Hand des Jungen, »feiert mit ihren Freunden.«

»Okay. Gibt es da auch Elefanten?«

»Im Zoo? Keine Ahnung. Ich war noch nie dort, Walter.«

Das Terrarium beeindruckte den Jungen am meisten. Krokodile, Schlangen, Alligatoren und Spinnen von der Größe eines Eichhörnchens. Der Junge schrie immer wieder entzückt und entsetzt auf.

Fünfundzwanzig Jahre später saß Ludwig schwitzend auf einem Campingstuhl und hing seinen Erinnerungen nach. Der Sumpf hätte seinem Sohn vermutlich gefallen, dieser dunkle, siedende Urwald, in dem die Zeit wie ein donnernder Basston aus dem kalten Keller des Weltalls aufstieg.

El Bote de 100
Avenida Cujae, Havanna, Kuba
Mo., 16. Juni 2014
[8:40 EST]

In Havanna fand sich die Morgendämmerung nur ganz allmählich ein. Der Nebel vermischte sich mit dem Rauch der Feuer, die noch vom Vorabend vor sich hin glommen. Wie immer hatten die Slumbewohner, die wenigstens ein Dach über dem Kopf hatten, ihren Abfall auf den Gassen verbrannt.

Die Allerärmsten hingegen hatten keine derartigen Gepflogenheiten. Vier etwa zehnjährige Jungen saßen auf ein paar alten Lastwagenreifen und betrachteten eine andere Art Abfallverwertung, die staatliche, die nur Menschen bestimmter Klassen zugutekam.

Die Müllkippe in der Nähe der Technischen Hochschule hieß El bote de 100. Sie war riesig und ließ die Kinder wie kleine Insekten erscheinen. Die Wachen des staatlichen Entsorgungsunternehmens UERMP kümmerten sich nicht um sie, solange sie nicht irgendetwas Wertvolles wie einen Fernseher oder Computer mitnahmen. Sofern sie sich nur unauffällig genug verhielten, durften sie sich nach Herzenslust bedienen und wurden so Teil des Recycling-Programms.

Sie mussten bis halb zwei warten. Dann kam der Lieferwagen

und hielt vor einem Elektroschrottcontainer. Zwei Männer in Overalls stiegen aus und warfen zwei schwarze Müllsäcke mit unschätzbarem Müll hinein.

Die Jungen brauchten zwei Stunden, um die beiden Säcke zu einem kornblumenblauen Haus in der Avenida 20 zu schleppen.

*

Gegen sieben aß Brent Callaghan allein in seinem Lieblingsrestaurant Nine One Five in der Duval Street in Key West zu Abend. Er saß auf der Veranda im ersten Stock des alten blauen Holzhauses. Die Hälfte der Passanten auf der Straße unter ihm waren Touristen. Ihre Zahl blieb relativ konstant. Seit Ende der siebziger Jahre frequentierte Callaghan die Insel, die damals der wichtigste Marihuana-Umschlagplatz gewesen war. Mit den Schmugglern hatte er sehr gut zusammengearbeitet, aber im Lauf der Jahrzehnte war es in Key West immer unerträglicher geworden. Trotzdem liebte er diesen Ort noch immer und konnte sich nicht vorstellen, ihn je zu verlassen.

Den ganzen Tag schon rang er mit sich. Sein zweiter Mann im Norden hatte ihm die Koordinaten geschickt, und die Gruppe in Miami war bereit. Er musste nur noch den Befehl erteilen. Trotzdem zögerte er.

Mit einer Stoffserviette tupfte er sich die Lippen ab, zündete sich eine Zigarette an und dachte über die Fragen nach, die ihn quälten, seit ihn Jesus Esquivel am Vortag aufgesucht hatte. Die Entführung seiner Frau war ganz offenbar eine Provokation oder eine Botschaft. Aber von wem?

Das wenige, was sich über Ludwig Licht in Erfahrung bringen ließ, wusste Callaghan inzwischen. Der Deutsche hatte hin und wieder für die CIA gearbeitet und 2012 offenbar eine Neonazibande auffliegen lassen, die in Washington, D.C., eine schmutzige Bombe zünden wollte. Diese Operation hatte er in Zusammenarbeit mit der großen privaten Sicherheitsfirma EXPLCO und dem FBI durchgeführt.

Callaghan ging davon aus, dass Licht immer noch irgendwie für die CIA tätig war, denn das galt für alle, die jemals für diese Behörde gearbeitet hatten. Die Verbindung wurde nie gänzlich gekappt.

Also war es nicht ganz ungefährlich, gegen ihn vorzugehen. Andererseits hatten sich die Gegner offenbar so bedrängt gefühlt, dass sie am helllichten Tag eine Frau entführt hatten, nur um eine Reaktion zu provozieren.

Er wollte aber nicht reagieren.

Oder vielleicht doch? Schließlich würde er sich nicht selbst in den Sumpf begeben. Zwar kannte er die Männer, die auf Abruf bereitstanden, seit einigen Jahren, aber niemand würde ihm nachweisen können, dass er den Befehl erteilt hatte. Er brauchte einfach noch ein wenig Zeit. Im Übrigen stand sein Plan.

Zehn Sekunden lang starrte er finster das Satellitentelefon auf seinem Tisch an. Dann nahm er es in die Hand, wählte eine Nummer und aktivierte die Verschlüsselung.

»Alles vorbereitet?«

»Sie sind jetzt in Everglades City«, flüsterte der Mann am anderen Ende. »Bis in den Sumpf brauchen sie weniger als eine Stunde.«

»Gut. Sie können loslegen. Und noch was.«

»Ja?«

»Keine Gefangenen, keine Rettungsaktion.«

»Und die Frau?«

»Wie gesagt.«

»Das könnte problematisch werden, Sir. Esquivel ist offenbar auch dabei. Soll er zu Hause bleiben?«

»Nein, nicht nötig.«

Cuhunga Creek Hill
Everglades, Florida, USA
Mo., 16. Juni 2014
[20:10 EST]

Der Tag, der von hypnotischem Müßiggang, Kindheitserinnerungen und albtraumartigen Wachträumen erfüllt gewesen war, zog sich in die Länge. Dass Ludwig dem Amphetamin tapfer entsagte, machte es leider nicht besser. Dank Marcelas Schlaftabletten hatte er ganze fünf Stunden schlafen können. Ein Drogenbällchen lag bereit, das er schlucken wollte, wenn es so weit war. In der Zwischenzeit nahm er Dosenananas und reichlich mit Salz und Zucker vermischtes Wasser zu sich. Dehydration war letzten Endes doch schlimmer als Langeweile.

Gelegentlich fragte er sich, ob sie überhaupt kommen würden. Dann erinnerte er sich an die goldene Regel seiner Branche: Vergeltung um jeden Preis. Callaghan und Esquivel würden seine Provokation nicht klaglos hinnehmen.

Sie würden im Schutz der Dunkelheit kommen. Er war bereit.

Er hatte den Land Rover etwa fünf Kilometer entfernt geparkt und Marcelas Blendgranaten mit größter Mühe umplatziert, damit der Feind erst einmal nichts von dem ausgeklügelten Verteidigungssystem ahnte. Er durfte sich keinesfalls neu formieren oder zurückziehen. Ludwig hatte Marcelas Waffen inspiziert, geladen und verteilt. Außerdem hatte er für alle Fälle eine Rückzugsmöglichkeit vorbereitet.

Die Spinne hatte ihr Netz gesponnen. Fragte sich nur, wie stabil es war.

*

Gegen zwei Uhr nachts leuchtete einer der drei Bewegungsmelder auf, die nur größere Lebewesen wie Pumas, Alligatoren oder Menschen registrierten. Sofort kletterte Ludwig auf die Kiefer, die fünfzig Meter unterhalb der Anhöhe stand.

Er trug schwarze Kleidung und hatte sich das Gesicht dunkelgrün angemalt. Den Klebestreifen mit Tarnmuster an Marcelas Gewehr hatte er durch ein Tape in mattschwarzer Ausführung ersetzt und ein hochqualitatives Nachtsichtzielfernrohr aufgesteckt. Er saß auf einem dicken Ast und lehnte seinen Rücken an den Stamm. Der Blick auf den Pfad war ausgezeichnet.

Erst jetzt schluckte er das Amphetamin. Keine Minute später löste eine animalische Sehnsucht seine quälende Unruhe ab: Er wollte jagen, kämpfen, Menschenleben auslöschen. Wenn er seine Tage noch einmal hätte durchleben dürfen, würde er Soldat werden. Davon war er in diesem Moment fest überzeugt.

Er sah den Mann, noch ehe er ihn hörte.

Ein ziemlicher Koloss und fast zwei Meter groß. Durchtrainiert, geschmeidig. In Tarnkleidung. Automatischer Karabiner mit kurzem Lauf und Schalldämpfer, eine amerikanische Ausführung des MP 5. Sein Kevlarhelm mit Nachtsichtbrille verlieh ihm das Aussehen eines Roboters.

Ludwig sah ihn durchs Zielfernrohr. Seine Waffe war durchgeladen. Auf einen Abstand von fünfundsiebzig Metern würde er den Mann mit fünfundneunzigprozentiger Wahrscheinlichkeit am Hals treffen. Die fünf Prozent Unsicherheit ergaben sich aus einer denkbaren plötzlichen Bewegung der Zielperson.

Inzwischen war der Abzugsbügel schweißnass. Ludwig holte tief Luft, hielt den Atem an, schoss aber noch nicht.

Der Mann hielt inne, legte den linken Zeigefinger ans Ohr und flüsterte in sein Headset. Jetzt erst bemerkte Ludwig das Spiralkabel, das zu einem Funkgerät in seiner linken Brusttasche führte.

Egal, wie gut man vorbereitet war, musste man früher oder später Entscheidungen treffen, deren Konsequenzen nicht abzusehen waren.

Der Mann benutzte ein Funkgerät, also waren die anderen Eindringlinge weit entfernt, denn sonst hätten sie sich mit Handzeichen verständigt. Das besagte zumindest die Theorie. Nun war der Zeitpunkt gekommen, diese auf ihre Brauchbarkeit zu prüfen.

Der Mann im Zielfernrohr ließ sich über Funk Anweisungen erteilen, was Ludwig daran erkannte, dass er erneut stehen geblieben war und die Umgebung mit dem Blick absuchte. Dann nickte er.

Jetzt.

Ludwig zielte und drückte den Abzug mit einer weichen Bewegung durch. Der Knall, der an sein rechtes Ohr drang, war nicht lauter als das Geräusch beim Aufschlagen eines Eis. Der Rückstoß seiner Waffe entsprach einer schwachen Brise. Im Nachtsichtgerät wirkte das Blut, das dem Mann aus dem Hals schoss, nicht rot, sondern grün, fast schwarz. Einer der vielen Vorzüge dieses perfekten Treffers war, dass er dem Opfer die Stimmbänder zerrissen hatte. Der Schrei, den der Zwei-Meter-Mann ausstoßen wollte, drang nicht einmal bis zu Ludwig vor. Das Opfer sackte binnen weniger Sekunden in sich zusammen und verblutete.

Vorsichtshalber zielte Ludwig auf sein Gesicht und schoss ein weiteres Mal. Jetzt war alles vorbei.

Hastig ließ er sich vom Baum gleiten. Er trug fingerlose, gepolsterte Handschuhe, die er im Fitnessstudio in Little Havana in seiner ersten, optimistischen Zeit in Florida gekauft hatte.

Seine Augen mussten sich erst wieder aufeinander abstimmen. Das rechte hatte zu lang in das hellgrüne Geflimmer des Nachtsichtgerätes gestarrt und hielt nicht mit dem linken mit. Bis auf Weiteres musste er es zudrücken und sich mit dem linken behelfen.

Der Tote lag auf der Seite. Ludwig zog ihm das Funkgerät aus der Tasche und befestigte das Headset am Ohr. Dann packte er den schweren Mann am Hemdkragen, drehte ihn auf den Rücken und schleifte ihn Richtung Wohnwagen.

Auf halber Höhe hielt er schweißtriefend vor dem Brunnen inne. Mit dem Gewehr des Toten stemmte er den mindestens fünfundsiebzig Kilo schweren Deckel auf. Die Öffnung besaß einen Durchmesser von fast einem Meter. Glücklicherweise hatte die Leichenstarre noch nicht eingesetzt. Ludwig wuchtete den Oberkörper des Mannes über die Kante und hob mit einer letzten Kraftanstrengung die Füße an, die Schwerkraft erledigte den Rest. Aus der Tiefe war ein Platschen zu hören, als der Tote auf die Wasseroberfläche traf.

Was den Wert von Marcelas Immobilie nicht gerade erhöhen und ihr Trinkwasser sicher nicht schmackhafter machen würde. Da konnte sie es noch so aufwendig filtern.

Ludwig schob den Deckel wieder über die Öffnung und kehrte zu dem Platz zurück, an dem der Mann verblutet war.

Dort überdeckte er die Blutlache, so gut es ging, mit Erde und Laub. Dann entfernte er sich zwanzig Meter und betrachtete sein Werk durch sein Nachtsichtgerät. Nichts war zu sehen. Der Gegner war wie vom Erdboden verschluckt.

Ludwig setzte sich rasch Richtung Trailer in Bewegung. Der zweite Baum, den er sich ausgesucht hatte, war ebenfalls eine Art Kiefer, allerdings niedriger. Er kletterte hinauf, setzte sich wie gehabt zurecht und wartete. Und wartete. Und …

»Bulldog?«

Der Empfang war ausgezeichnet. Ludwig schluckte.

»Bulldog? Status? Over.«

Glücklicherweise sprachen sie Englisch.

»Zielperson geortet«, antwortete er mit undeutlicher Stimme. »Ihr könnt kommen. Over.«

»Verstanden. Over and out.«

Nach mehrtägigen Amphetaminstürmen grenzte es an ein Wunder, dass Ludwigs Körper noch Adrenalin zu produzieren vermochte. Eine Welle nach der anderen brandete durch seine Adern. Seinen Puls hatte er gerade noch im Griff, weil er darauf achtete, gleichmäßig zu atmen.

Erst als er das Platschen aus dem Brunnen gehört hatte, war Ludwig richtig bewusst geworden, dass der Mann tot war. Und in dem Moment, als der Deckel wieder an seinem Platz lag, hatte er sich so gefühlt, als hätte er eine Belohnung bekommen. Ein gefallener Feind – ein Punkt.

Er wusste genau, wie es den anderen erging. Sie teilten seine Leidenschaft und verspürten ein zunehmendes Hungergefühl. Sie hatten die Witterung aufgenommen und fieberten demselben Gefühl entgegen, das er selbst soeben empfunden hatte.

Ob es sie unvorsichtiger machen oder ihre Konzentration erhöhen würde? Das hing natürlich einzig und allein vom Grad ihrer Professionalität ab.

Ludwig hatte jedes Handbuch des Guerillakampfes gelesen, das die Branche zu bieten hatte. Egal, wie die Nacht verlief, hatte er geografisch wie taktisch immer noch die Oberhand.

Mit wie vielen Gegnern hatte er es zu tun? Verfügten sie über die gleiche Ausrüstung wie der Tote im Brunnen? Wie lauteten ihre Befehle? Welche Verluste musste er ihnen zufügen, um sie in die Flucht zu schlagen? Hatten sie den Auftrag zu töten oder Gefangene zu machen? Ludwigs Auftrag war denkbar einfach: Pures Überleben.

Er warf einen Blick nach rechts und sah Marcela bäuchlings mit einem AR-15-Sturmgewehr im Anschlag auf dem Trailerdach liegen. Es handelte sich um die nicht-militärische Ausführung eines M 4, halb automatisch, mit einem Magazin für dreißig Schuss und einer Feuergeschwindigkeit von annähernd drei Schuss pro Sekunde. Marcela hatte sich das Gesicht genauso geschminkt wie Ludwig, und jedes Mal, wenn sie ihren kaugummikauenden Mund öffnete, blitzten ihre weißen Zähne in der Nacht auf. Sie war bereit.

*

Vier Mann nebeneinander. Drei trugen die gleichen Uniformen wie ihr Kollege, den Ludwig ins Jenseits befördert hatte. Der Mann links außen schien sich soeben den Fuß verstaucht zu haben und hinkte stark. Die Person außen rechts in schwarzen Jeans und grauem T-Shirt war Jesus Esquivel. Er bewegte sich mit gezogener Waffe voran. Die nach oben gerichtete Mündung schwebte auf Ohrenhöhe in der Luft, eine Pose, die er sich in schlechten Fernsehserien abgeschaut haben musste – und ein untrügliches Indiz dafür, dass er noch nie auf einen Menschen geschossen hatte. Wenn er stolperte, würde er sich das Gehirn rauspusten oder mit etwas Glück bis an sein Lebensende taub bleiben.

Ludwig ging davon aus, dass die beiden mittleren Personen am gefährlichsten waren und somit die wichtigsten Zielscheiben darstellten.

Der Trupp hielt auf halber Höhe inne. Das Funkgerät rauschte.

»Bulldog, wo bist du? Over.«

Ludwig musste sein Gewehr sinken lassen, während er mit dem Zeigefinger der Linken die Sendetaste betätigte. »Im Wohnwagen«, flüsterte er. »Niemand hier. Over.«

»Wieso bist du schon drin? Over.«

Ludwig ließ das Headset los und hob sein Gewehr wieder an.

»Bulldog, verdammt! Was machst du dort?«

Durchs Zielfernrohr sah er den Hinkenden ins Funkgerät sprechen. Fünf Sekunden vergingen. Dann rückte die Gruppe vor. Der Befehlshaber und einer seiner Männer vollführten einen Schwenk nach links, während der dritte Soldat zusammen mit Esquivel nach rechts auswich. Auf der schmalen Auffahrt trennten sie nur wenige Meter.

Sie näherten sich dem Brunnendeckel. Jetzt befanden sie sich genau auf der richtigen Höhe.

Ludwig packte das vorbereitete Seil, drehte den Kopf weg, schloss die Augen und zog fest.

Vier Blendgranaten explodierten. Mit einem gigantischen Knall verwandelte sich die Nacht in eine blitzend-weiße Supernova. Für die Gegner mit einer lichtverstärkenden Ausrüstung musste der Schock besonders quälend sein. Erst nach mehreren Minuten würden sie wieder etwas sehen können.

Jetzt schied sich die Spreu vom Weizen. Die beiden unverletzten Uniformierten warfen sich routiniert zu Boden, während Esquivel wie ein kopfloses Huhn panisch hin und her rannte.

Der hinkende Anführer hingegen kippte zur Seite und stützte sich instinktiv mit einer Hand ab. Ludwig feuerte zwei Schüsse in rascher Folge ab, ein Treffer in der Schulter, der andere seitlich, wo ihn vermutlich eine Weste schützte. Luft holen. Durchladen. Waffe stabilisieren.

Der dritte Schuss traf ins Genick und führte zum sofortigen Tod.

Ludwig konnte Marcela zwar nicht sehen, hörte aber umso deutlicher ihre rasche Schussfolge. Als er sein Zielfernrohr auf Esquivel richtete, sah er gerade noch, wie dessen Brust von mindestens fünf Schüssen zerfetzt wurde. Kaum eine halbe Minute war ihm noch vergönnt.

Ludwig ging davon aus, dass die beiden anderen Männer eine Weile lang nichts sehen würden. Von seiner Position aus konnte er nur ihre schusssicheren Helme treffen. Er musste also die Zeit nutzen, bis sie wieder einsatzbereit waren. Ludwig rutschte schnell von seinem Baum hinunter und lief – sicherheitshalber im Zickzack – zum Wohnwagen, auf dessen Rückseite er sich zu Marcela gesellte.

Sie sah aus wie eine Irre und atmete, als stünde sie kurz vor dem Erstickungstod.

»Alles okay mit dir?«, fragte er atemlos.

»Klar doch.«

»Sicher?«

»Ich bin total entspannt.«

Sie tauschten Waffen und Munition. Ludwig nahm ihr AR-15 und versah es mit einem neuen, am frühen Abend vorbereiteten Magazin. Das halb leere steckte er in die Tasche.

»Na, dann mal los.«

Während Marcela an dem Seil hinunterkletterte, das sie am Rand des Abgrunds befestigt hatten, ging Ludwig in die Hocke und richtete seinen Karabiner auf den Wohnwagen. Als er Marcelas Pfiff hörte, hängte er sich die Waffe über die Schulter, drehte sich um und begann ebenfalls nach unten zu klettern.

Ohne Seil wäre das insbesondere jetzt im Dunkeln unmöglich gewesen. An mehreren Stellen, an denen er mit den Füßen Halt suchte, gab die poröse Felswand nach, und es regnete Steine und Felssplitter. Dann erreichte er den halbmeterbreiten Uferstreifen unten in der Schlucht. Er sprang über den Bach, packte das dort wartende Seil und kletterte wieder nach oben.

Marcela verfügte jetzt über das Gewehr mit dem Nachtsichtzielfernrohr. Sie würde nur im äußersten Notfall davon Gebrauch machen, beispielsweise wenn die beiden Gegner Ludwig im Visier hatten. Einstweilen hörte Ludwig keine Schüsse, sondern nur seine eigenen schweren Atemzüge.

Der Aufstieg kostete ihn größte Mühe, und er fragte sich, ob er es ohne Amphetamin überhaupt geschafft hätte. Nachdem er sich über die Kante gehievt hatte, musste er eine halbe Minute liegen bleiben und verschnaufen. Dann kroch er zu dem vorbereiteten Versteck.

Nicht einmal Ludwig, der immerhin wusste, wo er suchen musste, fand es auf Anhieb. Das Versteck bestand aus drei hochkant stehenden Palletten, die sie mit einem Netz umwickelt und dann mit Zweigen getarnt hatten. Marcela lag auf dem Bauch und zielte auf die Schlucht und den Wohnwagen auf der anderen Seite. Ludwig ließ sich neben ihr auf die Knie sinken.

»Wo zum Teufel steckt Vilma?«, flüsterte er.

»Weg.«

»Verdammt. Ich habe ihr doch gesagt, dass sie hier warten soll.«

»Glaubst du wirklich, sie versuchen rüberzukommen?«

»Eigentlich müssten sie nach Beurteilung der Lage abziehen. Aber ehemalige Elitesoldaten, die bislang nur gegen jugendliche Selbstmordattentäter im Irak und in Afghanistan gekämpft haben, treten ungerne den Rückzug an. Rachsucht ist die allergefährlichste Form des Stolzes.«

Marcela schwieg eine Weile und sagte dann:

»Der Mann, den ich erschossen habe …«

»Ja?«

»Kannst du mir versichern, dass er ein Dreckskerl war?«

»Er hat seine Frau verprügelt. Reicht das?«

»War das Vilmas Mann?«

»Ja.«

»Mir wäre es lieber, wenn es sich nicht um einen Katholiken gehandelt hätte. Ist das nicht seltsam?«

»Ziemlich«, antwortete Ludwig und strich sich sein verschwitztes Haar aus der Stirn. »Schau mal da drüben.«

Hinter den vorgezogenen Gardinen des Trailers war der Lichtkegel einer Taschenlampe zu sehen.

»Also haben sie nicht das Weite gesucht«, murmelte Marcela.

»Wie lange brauchen sie, um die Schlucht zu umgehen?«

»Mindestens eine Stunde. Achtung, jetzt kommt einer.«

Ludwig konnte nichts erkennen.

»Wo?«

Dann sah er den Mann zum Rand des Abgrunds robben.

»Soll ich versuchen, ihn abzuknallen?«, flüsterte Marcela.

»Nein, warte. Wir müssen beide gleichzeitig erwischen, sonst flüchtet der Übriggebliebene.«

»Ich habe jetzt den Abgrund erreicht«, ließ sich die Stimme des Mannes über Funk zu vernehmen. »Komm raus und gib mir Deckung.«

»Verstanden«, lautete die Antwort. »Over.«

Im Wohnwagen erlosch das Licht. Wenig später kam auch der andere angerobbt.

»Jetzt?«, fragte Marcela.

»Nein«, antwortete Ludwig. »Das Kaliber ist für Kevlarhelme ungeeignet. Warte.«

Die beiden Männer sprachen unhörbar miteinander. Der eine klappte sein Nachtsichtgerät hoch und zog einen Feldstecher aus der Tasche.

»Zieh den Lauf ein«, zischte Ludwig. »Schnell.«

Marcela kam seiner Aufforderung nach.

Sie warteten. Nichts geschah.

Plötzlich ein Lichtschein: Vermutlich betrachtete der zweite Soldat die Landkarte auf seinem Handy.

Sie schienen sich zu beratschlagen.

»Hoffentlich«, sagte Ludwig, »kommen sie zu dem Schluss, dass es zu lange dauert, die Schlucht zu umgehen. Sie haben die Sache bereits gründlich versiebt und schwere Verluste erlitten. Uns jetzt auch noch entkommen zu lassen wäre eine Katastrophe. Schließlich bemisst sich ihr Honorar nach ihrer Leistung.«

Der eine von ihnen wagte sich ganz bis zum Rand und zum Seil vor. Der andere klappte die Nachtsichtbrille herunter, griff zu seinem Karabiner und zielte auf die gegenüberliegende Kante.

Im nächsten Augenblick kletterte sein Kamerad das Seil hinunter.

Marcela schob den Gewehrlauf vor. »Ich habe ihn perfekt im Fadenkreuz«, flüsterte sie.

»Nein! Nicht der! Ziel auf den Mann, der ihm Deckung gibt. Geht das?«

Sie änderte die Ausrichtung der Waffe. »Ich glaub schon.«

»Na, dann leg los.«

»Das wäre dann direkt ins Gesicht?«

»Soll ich …?«

Aber da feuerte sie den schallgedämpften Schuss schon ab. Ob er unten in der Schlucht zu hören war?

Schwer zu sagen. Ludwig sah, wie der Späher erstarrte und seine Silhouette mit dem Untergrund verschmolz, als seine Ellbogen nachgaben.

Marcelas Atemzüge erreichten eine beängstigende Frequenz. Ludwig legte ihr die Hand auf die Schulter. »Ausgezeichnet. Ganz ruhig jetzt. Ich kümmere mich um den Rest.«

Sie nickte grimmig.

Der Mann am Seil war bereits zu weit unten, als dass er noch zu sehen gewesen wäre. Ludwig verließ das Versteck und schlich mit schussbereitem Karabiner gebückt zur Kante, was viel Zeit in Anspruch nahm, weil er sich halbwegs lautlos bewegen wollte.

Zu viel Zeit.

Als er die Schlucht erreichte, fehlte von dem Soldaten jede Spur. Hatte er den Schuss gehört? Oder hatte er die richtigen Schlüsse gezogen, als er seinen Kollegen, der ihm Deckung geben sollte, nicht mehr über Funk erreichen konnte? Nein, das hätte Ludwig gehört. Es sei denn, sie hatten vor der Trennung die Frequenz gewechselt.

Seine Fragen wurden durch einen schrillen Schrei aus der Tiefe beantwortet. Vilma? Ludwig nutzte die Gelegenheit, um sich abzuseilen.

Als er wieder festen Boden unter den Füßen hatte, hörte er aus etwa fünfzig Metern Entfernung eine schallgedämpfte Gewehrsalve. Da die Schlucht an dieser Stelle einen Knick machte, konnte er nichts sehen.

Die schlechte Neuigkeit lautete, dass Vilma Esquivel vermutlich durch sein Verschulden ihr Leben gelassen hatte. Die gute Nachricht war, dass die Soldaten im Auftrag eines Schurken arbeiteten und daher durchaus verdienten, was Ludwig und Marcela ihnen angetan hatten.

Er durfte jetzt bloß nicht innehalten. Hastig sah er sich um und entdeckte eine Spalte in der Felswand, in der er sich verstecken konnte.

Vollkommene Funkstille würde dem letzten Gegner verraten, dass sein Kumpan nicht mehr am Leben war. Ludwig beschloss also, alles auf eine Karte zu setzen. Er drückte auf die Sendetaste und sagte:

»Status? Over.«

Die Antwort erfolgte erst nach ein paar Sekunden, entweder weil der Soldat hörte, dass es die falsche Stimme war, oder, was wahrscheinlicher war, weil ihm seine jüngste Tat zusetzte.

»Die Frau. Sie … ich habe die Anweisung durchgeführt. Over.«

»Gut. Weiter so. Ende.«

Die schweren Wolken rissen auf. Der Mond war zu zwei Dritteln voll, und Ludwig konnte trotz der Dunkelheit etwas mehr sehen. Diese Nacht wurde von monochromen Tönen beherrscht: Erst das Grün und Schwarz des Nachtsichtgerätes, jetzt Grau und dunkles Blau. Selbst in diesen gottverlassenen Abgrund drang der durchdringende Lärm der Grillen hinab.

Ludwig hörte den Mann, noch ehe er zu sehen war, und zwang sich zur Geduld. Wenn er jetzt schoss, standen ihm dafür nur wenige Millisekunden zur Verfügung. Viel klüger war es abzuwarten, bis ihn der Gegner passiert hatte.

Jetzt.

Ludwig trat aus seinem Versteck. Der Mann hörte ihn, warf sich herum und wurde von einer dichten Folge glühend heißer 5,56-Dumdumgeschosse empfangen. Im Mündungsfeuer erblickte Ludwig Todesangst und plötzliche Ergebenheit. Gute fünf Sekunden vergingen, bis die Seele den Körper verließ, der in dem seichten Bach lag.

Ludwig musterte den Toten eingehend. Die Augen des erstarrten Gesichts schienen in die Sterne zu blicken, die verzerrt durch die karibische Hitze durch die Lichtjahre strahlten – schimmernde, zitternde Flecken, zarte Erinnerungen im schwarzen Meer des Vergessens.

*

Gut und gerne fünf Minuten verharrte er wie gelähmt an Ort und Stelle, sei es, weil sich sein Gehirn bemühte, das durch Rauschgift verzerrte Missverhältnis seiner Signalsubstanzen auszutarieren, sei es aus reiner Erschöpfung nach dem Kampf. Plötzlich erwachte er wieder zum Leben wie ein Träumender, der die Nacht mit Schlafwandeln verbracht hat.

Und er setzte seinen Weg fort.

Dreißig Meter weiter lag Vilma Esquivel mit angezogenen Beinen auf der Erde. Als Ludwig auf sie zutrat, stieß sie ein kurzes Jammern aus, als hätte sie friedlich in ihrem Bett gelegen und wäre geweckt worden. Erinnerungsbilder seiner Ehe stürmten auf Ludwig ein und versetzten ihn beinahe in Panik. Er schüttelte den Kopf, holte tief Luft und beugte sich über die Frau.

Da schlug sie die Augen auf. Ludwig sah, dass sie stark aus einer Bauchwunde blutete. Das rubinrote Blut vermischte sich mit dem Wasser des seichten Baches. Ihr blieb höchstens noch eine halbe Stunde. Eine fürchterliche halbe Stunde.

»Haben Sie einen Krankenwagen gerufen?«, flüsterte sie.

Ludwig sah sich um, als könne er in der Umgebung eine unanfechtbare Erklärung finden. Er schluckte.

»Nein«, murmelte er. »Tut mir leid. Das ist leider unmöglich.«

»Ich verstehe.« Sie schloss wieder die Augen und atmete stoßweise. Ludwig sah ihr an, dass sie große Schmerzen hatte.

Aus dem Achselholster nahm Ludwig seine SIG, lud durch und entsicherte sie. Vilma betrachtete ihn wie einen Arzt, von dem sie sich mehr erhofft hätte.

»Hier«, sagte Ludwig und drückte ihr die Waffe in die Hand. »Es tut nicht weh. Sie spüren überhaupt nichts.«

»Und wie oft haben Sie das schon ausprobiert?«, fragte Vilma mit einem Lächeln, das den holländischen Meistern würdig gewesen wäre.

Ludwig lächelte zurück, drehte sich dann um und lief davon. Selten hatte er sich so unfähig gefühlt und die Verachtung Gottes als derart angemessen empfunden.

Als er das Seil erreichte, hielt er inne.

Und wartete. Ein Abschnitt aus einem alten Text hallte in seinem Kopf wider:

»Die größte Schwäche des Feindes besteht in seiner zahlenmäßigen und technischen Überlegenheit, denn sie verleitet ihn zu Übermut und Nachlässigkeit. Wer gut vorbereitet ist und dem Feind mit einem ebenso klaren wie flexiblen Plan begegnet, kann in einem scheinbar hoffnungslosen Kampf siegen. Der Vorteil minimaler Verbände ist ihre enorme Beweglichkeit und ihre Fähigkeit, sich zu verstecken. Das Überraschungsmoment ist und bleibt die gefährlichste Waffe der Untergrundkämpfer.«

Ludwig erinnerte sich wortwörtlich an jede Silbe dieses verlogen optimistischen und gleichzeitig wahrheitsgemäßen Gewäschs, wusste aber nicht, wo er es gelesen hatte. Che Guevara, Baader-Meinhof, Rote Brigaden, Al-Qaida?

Dann fiel es ihm wieder ein. Der Entwurf eines geheimen Stasihandbuchs, das im Falle eines Angriffs der imperialistischen Hunde aus dem Westen auf den antifaschistischen Schutzwall und die friedliebenden, sozialistischen Massen der Deutschen Demokratischen Republik zum Einsatz hätte kommen sollen. Er selbst hatte diesen Text verfasst.

Als Ludwig wieder in die Gegenwart zurückfand, wurde ihm bewusst, dass der letzte Schuss in dieser Nacht noch nicht gefallen war. Er schüttelte den Kopf, gab sich einen Ruck und kehrte schweren Herzens zu Vilma Esquivel zurück.

»Ich schaffe es nicht«, klagte sie leise.

Behutsam nahm ihr Ludwig die Pistole aus der Hand. »Wollen Sie, dass ich …?«

Sie nickte.

Er hatte sie aus ihrem Zuhause entführt. Er war für sie verantwortlich wie für ein Reh, das er aus dummer Unachtsamkeit angefahren hatte.

So musste er die Sache betrachten.

Der Schuss. Wie der Schlag des Richterhammers nach einem langen, fürchterlichen Prozess hallte er in der Schlucht wider.

Schuldig.

Er ertrug es nicht, noch länger an diesem Ort zu verweilen, sondern kehrte wieder zu dem Seil zurück.

Erschöpft ließ er sich in die Hocke sinken und riss sich das Headset vom Kopf, nahm den Karabiner von der Schulter und schüttete sich einige Hände voll Wasser ins Gesicht. Dann legte er den Kopf in den Nacken und betrachtete das Himmelsgewölbe mit finsterer Miene. Er schloss die Augen und entfernte sich aus seinem Körper. Als er sie wieder öffnete, war leider alles wie zuvor.

Die Schlacht war gewonnen. Aber der Krieg?

Der Krieg hatte es nicht eilig.

Cuhunga Creek Hill
Everglades, Florida, USA
Di., 17. Juni 2014
[4:10 EST]

Der Lieferwagen traf ungefähr eine Stunde nach Ludwigs Nachricht ein und hielt direkt unterhalb der Anhöhe. Zwei große bleiche Männer mit düsterer Miene stiegen aus.

Schweigend betrachteten sie Ludwig, der sie zu den verschiedenen Schauplätzen führte, damit sie sich ein Bild machen konnten. Als sie am Brunnendeckel vorbeikamen, erklärte Ludwig: »Da unten liegt auch einer. Ich habe eine Seilwinde an meinem Land Rover, falls Sie die brauchen.«

»Keine fremde Ausrüstung«, erwiderte der eine.

»Wie Sie wünschen«, meinte Ludwig und ging den Hügel hinauf. Er blieb bei Jesus Esquivel und dem Hinkenden stehen, die einige Meter voneinander entfernt auf der Erde lagen. »Hinter dem Wohnwagen am Abgrund liegt ein vierter, und zwei weitere sind unten in der Schlucht. Insgesamt sechs. Geht das?«

»Es muss.«

Ludwig nickte und legte das letzte Stück Weg zum Wohnwagen zurück. Seit einer halben Stunde lag Marcela auf dem Fußboden und starrte den kreisenden Deckenventilator an. Die Neonröhre über der Spüle verbreitete ein schwaches Licht.

»Geht es dir besser?«, fragte Ludwig.

»Ja, ja.«

Ludwig holte eine Flasche Wasser aus dem Kühlschrank, stellte sie neben Marcela und forderte sie zum Trinken auf.

»Was ist jetzt?«, erkundigte sie sich nach ein paar Schlucken und stützte sich mit einem Ellbogen auf dem Teppichboden ab.

»Jetzt warten wir ab. Neunzig Prozent des Jobs wird mit Warten verbracht. Wie dir vielleicht schon aufgefallen ist.«

»Die sind mir jedenfalls lieber als die restlichen zehn.«

»Das kann ich mir denken.«

Eigentlich hätte Ludwig ein schlechtes Gewissen haben müssen, weil er sie in diese Sache reingezogen hatte, aber angesichts ihrer Lebensführung konnte er sich nicht vorstellen, ihre Situation nennenswert verschlimmert zu haben. Sie war schon vorher ganz schön fertig gewesen, und er hatte ihr immerhin die Gelegenheit gegeben, sich nützlich zu machen.

Jedenfalls versuchte er sich das einzureden. Was natürlich nur funktionierte, weil ihm Vilma Esquivels Schicksal noch mehr zu schaffen machte.

In dem verdammten Wohnwagen gab es keinen einzigen Tropfen Alkohol mehr. Ludwig stiefelte geradewegs ins Badezimmer und schluckte in der Hoffnung, die Wirkung des Amphetamins etwas abmildern zu können, ein paar Schlaftabletten. Bei dieser Gelegenheit beseitigte er auch gleich alle Spuren, die Vilma Esquivel hinterlassen haben könnte.

Dann fiel ihm ein, was er vergessen hatte.

»Das Auto«, sagte er halblaut. »Ich muss ihr Auto finden.«

Er holte eine starke Taschenlampe, ein Paar Spülhandschuhe, das Jagdgewehr und eine Wasserflasche. Ein weiteres Mal begab er sich in die schwüle Nacht.

*

Sumpf. Jeder Atemzug schmeckte nach verrottendem Fisch oder verbranntem Torf. Es dauerte eine halbe Stunde, bis er den schwarzen Mitsubishi-SUV gefunden hatte. In dieser Zeit gingen ihm erstaunlich viele Gedanken durch den Kopf, die ihn erstaunlich wenig weiterbrachten.

Er streifte die Plastikhandschuhe über und schloss den Wagen mit dem Autoschlüssel auf, den er dem Hinkenden aus der Tasche gezogen hatte. Dann nahm er auf dem Beifahrersitz Platz. Das Auto stank immer noch nach Schweiß und Adrenalin. Fünf Männer hatten sich vermutlich auf der ganzen Strecke von Miami gegenseitig angefeuert und in ihrer Unbesiegbarkeit bestärkt.

Bis auf ein paar Colaflaschen und Pappbecher vor dem Rücksitz war der SUV sehr aufgeräumt. Ludwig öffnete das Handschuhfach. Zulassung, Tankstellenquittungen und eine Packung Pfeifenreiniger. Ganz zuunterst ein Kontoauszug.

Auf ein Konto der Drexler Goose Bank auf den Cayman Islands waren hundertfünfzigtausend Dollar in bar eingezahlt worden.

Ludwig sah die Szene vor seinem inneren Auge. Der Hinkende, der laut Zulassung Matthew Hendersen hieß, war in eine Bank der berüchtigten Steueroase einige Dutzend Meilen vor der Küste Floridas spaziert und hatte hundertfünfzigtausend Dollar auf ein anonymes Nummernkonto eingezahlt.

Natürlich hatte er die Quittung aufgehoben, um sie seinem Chef Callaghan zu zeigen. Schließlich handelte es sich um sehr viel Geld. Die Transaktion war vor drei Wochen erfolgt. Offenbar hatte er Callaghan in der Zwischenzeit nicht getroffen, sonst hätte er diesem das Papier sicherlich ausgehändigt.

War es das Honorar der Versailles-Attentäter? Nein, Ludwigs Instinkt sagte ihm, dass eben die Männer in dieser Nacht getötet worden waren. Natürlich konnte es sich um Hendersens eigenes Konto handeln. Nun, diese Frage musste Marcela klären.

Er setzte die Durchsuchung des Fahrzeugs fort. Einige Schachteln Munition, zwei Schrotflinten, ein Kasten Mineralwasser und ein paar Decken im Kofferraum. Ansonsten nichts von Bedeutung. Er trat den Rückweg an.

Auf halber Strecke durch den lärmenden Dschungel traf ihn plötzlich eine Erkenntnis. Er hatte getan, was von ihm erwartet wurde, aber wenn Callaghan das eigentliche Ziel war, dann würde dieser Showdown die Chance erheblich verringern, an ihn heranzukommen. Jetzt war er auf sich selbst gestellt und frei von belastenden Kontakten und Zeugen. Der Tod der Handlanger hatte nicht nur den Anführer geschädigt, sondern schlimmstenfalls auch sämtliche Beweise gegen ihn beseitigt.

Um es anders auszudrücken: Ludwigs Auftraggeber wussten nicht unbedingt, was gut für sie war. Er quittierte diese Einsicht mit einem winzigen heiseren Lachen.

Gegen so viel Inkompetenz war man einfach machtlos. Blieb ihm also nur, weiterhin unbeirrbar den Idioten zu spielen.

*

Als Ludwig zurückkehrte, fand er den Lieferwagen mit laufendem Motor und geöffneten Türen vor. Einer der Männer stand vor einem Behälter im Laderaum, der von der Größe her drei aufeinandergestapelten Särgen entsprach, und betrachtete die Temperaturanzeige.

Ludwig kannte solche Kästen, wenn auch in kleinerer Ausführung. Es handelte sich um einen übergroßen Dampfkochtopf, der mit Kaliumhydroxid, Natriumhydroxid oder einer entsprechenden Lauge gefüllt war. Bei etwa hundertfünfzig Grad lösten sich Leichen innerhalb weniger Stunden vollkommen auf.

Ludwig schluckte, reichte dem Mann die Autoschlüssel und sagte: »Ein schwarzer Mitsubishi Outlander etwa fünf Kilometer südlich.«

Aus dem Behälter erklangen seltsame Geräusche. Gewebe löste sich auf, Skeletteile wurden getrennt.

Die mexikanischen Drogenkartelle nannten dieses Verfahren Pozole, Eintopf.

Der Gedanke, dass Vilma Esquivel zusammen mit ihrem Mann und den anderen dort drinnen kochte, überwältigte Ludwig für einen kurzen Moment. Er taumelte ein paar Schritte zurück und wäre beinahe umgefallen. Dann aber besann er sich auf den Kontoauszug und seinen Auftrag und gewann seine Fassung wieder.

Mit jedem Schritt distanzierte er sich immer mehr von den jüngsten Ereignissen. Eigentlich konnte die Zukunft kaum noch Schlimmeres bereithalten, obwohl er sich in dieser Hinsicht schon oft getäuscht hatte.

Und genau genommen wurde nicht die Zukunft schlimmer, sondern er selbst abgebrühter.

CIA-Hauptquartier
Langley, Mclean, Virginia, USA
Di., 17. Juni 2014
[10:10 EST]

Elf Mitarbeiter arbeiteten an diesem Vormittag im Kuba-Büro des CIA-Hauptquartiers. Als stellvertretender Abteilungsleiter verfügte Tim Coyle über einen eigenen Raum am Ende eines kurzen Korridors. Das Kabuff war im selben in die Jahre gekommenen Reisebürostil wie das benachbarte Großraumbüro eingerichtet: weiße Wände, grauer Teppichboden, Schreibtisch mit Eichenfurnier und schwarzer Kunstlederbürostuhl. Eine lächerlich große Palme stand in einem schwarzen Kübel auf dem Boden, ein Geschenk seines Partners. Auf dem Schreibtisch stand ein sieben Jahre alter HP, der zum Starten zwanzig Minuten benötigte.

Der dunkelhaarige achtunddreißigjährige Brillenträger hatte unendlich viele Probleme zu bewältigen, aber eines schrie lauter als alle anderen. Er starrte auf den vor zwanzig Minuten eingetroffenen Bericht der NSA. Mit größtem Unbehagen hatte er zur Kenntnis genommen, dass die Abhörspezialisten in Fort Meade bereits wussten, dass etwas fehlte, und zwar auf der winzigen Festplatte, die sie am Abend zuvor in der schwedischen Botschaft in Washington, D.C., abgeholt hatten.

Aus dem trockenen Text ging hervor, dass auf der Festplatte zwei

Gigabyte Daten fehlten, also zwei Tausendstel der Gesamtmenge. Nun war eine Ermittlung eingeleitet worden, ob dies einem »äußeren Trauma« oder einer »internen Infektion« zuzuschreiben sei – die kurzsichtigen NSA-Affen liebten medizinische Ausdrücke.

Des Weiteren setzte Coyle zu, dass seit Mitternacht jeglicher Bericht von der Gruppe in Miami fehlte, was Schlimmes erahnen ließ. Über Ursachen konnte Coyle nur Vermutungen anstellen.

Hatte Callaghan womöglich mit dieser Entwicklung gerechnet? Nicht zum ersten Mal hätte sich damit eine seiner Fehlkalkulationen als Geniestreich erwiesen.

Man konnte nie wissen. In diesem verdammten Gewerbe war alles möglich.

Coyle tröstete sich damit, dass ihm im vergangenen halben Jahr immerhin folgender Balanceakt geglückt war: Er hatte alle Aufgaben ausgeführt, die ihm Fran Bowden und Brent Callaghan übertragen hatten. Außerdem hatte er veranlasst, dass CIA-Agenten einen Angestellten der Festplattenfabrik anheuerten, der die amerikanischen Minifestplatten in den russischen Festplatten verstecken sollte. Zudem hatte er insgeheim Bowdens Exemplar des geheimen Zusatzprotokolls fotokopiert, gescannt und Esquivel zugeschickt. Und als wäre das noch nicht genug, hatte er persönlich dafür gesorgt, dass ...

Es klopfte, und noch ehe Coyle reagieren konnte, ging die Tür auf. Fran Bowden nickte ihm zu, schloss die Tür hinter sich und nahm Platz.

»Wie ist das zu deuten?«, fragte sie und zeigte auf den NSA-Bericht. »Ich habe vorhin eine Zusammenfassung erhalten.«

Coyle legte den Kopf schräg. »Vermutlich genau so, wie es da steht. Ein gewisser Schwund muss einfach hingenommen werden. Schließlich bleibt von größeren Festplatten überhaupt nichts übrig.«

»Diese neuen Datenspeicher wurden uns als vollkommen unverwüstlich angepriesen, Tim.«

Sie warf Coyle einen enttäuschten Blick zu, als hätte er diese Technik persönlich entwickelt, was diesem überhaupt nicht recht war. Trotzdem hielt er den Mund.

»Wo befindet sich diese Lücke?«, fragte Bowden. »Am Anfang, am Ende oder in der Mitte?«

»Das geht aus dem Rapport nicht hervor, Sir.«

Wie den meisten anderen fiel es auch Coyle schwer, eine Frau mit »Sir« anzureden, aber es hatte schon lange niemand gewagt, Fran Bowden mit »Ma'am« anzusprechen.

Unruhig trommelte sie mit den Fingern auf die Armlehne ihres Stuhles.

»Aufs Ganze gesehen«, meinte Coyle, »handelt es sich um einen enormen Fortschritt. Wir dürfen nicht …«

Bowden wedelte seine Worte wie eine störende Fliege weg. »Die Auswertung überlassen Sie bitte mir, und die erfolgt, wenn die Operation abgeschlossen ist.«

»Natürlich, Sir.«

»Muss ich den ganzen Bericht lesen, oder haben Sie die Sache im Griff?«

Coyle wusste, dass dies ein als Frage getarnter Befehl war. Mit entwaffnendem Lächeln erwiderte er: »Keine Sorge, alles ist unter Kontrolle. Ich bleibe dran, schließlich sind wir fast am Ziel.«

Sie starrte ihn an, als wollte sie ihre eigenen Worte nochmals unterstreichen, wechselte dann aber das Thema.

»Ich habe unlängst mit Brent Callaghan gesprochen.«

»Und? Wie geht es ihm?«

»Haben Sie noch Kontakt?«

»Nicht viel«, antwortete Coyle, um auf Nummer sicher zu gehen. Die Unterhaltung hatte eine überaus unangenehme Wendung genommen.

»An Ihrer Stelle würde ich mich vor ihm in Acht nehmen«, sagte Bowden mit Nachdruck.

Coyle nickte vage.

Von Ausbildungsfilmen für den internen Gebrauch, an denen er mitgewirkt hatte, wusste er, dass er selbst unter größtem Stress das perfekte Pokerface bewahrte. In diesem Augenblick war ihm das ein gewisser Trost.

»Wenn ich das Amt offiziell antrete«, sagte Bowden, »werde ich Sie zum Chef dieser Abteilung machen, vorausgesetzt, Sie sind interessiert.«

»Unbedingt.«

»Ausgezeichnet. In diesem Fall ist es wichtig, dass Sie zu jenem Zeitpunkt sämtliche Kontakte zu … Leuten und Methoden, mit denen wir nicht mehr in Verbindung gebracht werden dürfen, abgebrochen haben.«

»Natürlich, Sir. Es weht ein frischer Wind. Niemand will …«

»Mindestens ebenso wichtig ist es«, fügte Bowden mit einem breiten Lächeln hinzu, »im richtigen Moment den Mund halten zu können.«

Coyle schluckte und versuchte ihr Lächeln so herzlich wie möglich zu erwidern.

Meine Gespräche mit Callaghan können sie nicht abhören, dachte er, aber was ist, wenn sie mein Büro verwanzt haben?

Nicht zum ersten Mal erwog er, jegliche Zusammenarbeit mit Callaghan aufzukündigen. Aber er vergötterte diesen Mann und wusste, dass sie recht hatten und das Richtige taten. Schließlich konnte man nicht fünfzig Jahre Krieg führen, ohne Verluste zu erleiden. Undenkbar.

Falls ein Sieg ausgeschlossen war, mussten sie sich zumindest rächen. Darauf hatten Callaghan und er sich geeinigt, und er war nicht bereit, dieses Prinzip aufzugeben. Koste es, was es wolle.

Wenn ihr Plan erst einmal gelungen war, würde die Nation ihnen verzeihen, davon war Coyle überzeugt. Zumindest nach einiger Zeit. Die Geschichte, dieses selig machende Gespenst, das irgendwo in der Zukunft seinen Platz hatte, würde ihnen eines Tages vergeben.

Oder auch nicht. Nicht einmal die Geschichte behielt immer recht.

Bowden ging. Mehrere Minuten lang starrte Coyle wie gelähmt vor sich hin. Dann schloss er die oberste Schreibtischschublade auf, nahm ein Handy heraus und rief Callaghan an, um ihm ein paar vermutlich schlechte Neuigkeiten zu überbringen.

*

Eine halbe Stunde später saß Fran Bowden in einem schwarzen Geländewagen mit getönten, schusssicheren Scheiben. Der Fahrer und ihr Bodyguard unterhielten sich leise miteinander, sie selbst war in die denkbar düstersten Gedanken versunken.

Auf dem George Washington Memorial Parkway folgten sie dem Potomac River in südöstlicher Richtung. Sie befanden sich auf dem Weg zu einem Billighotel in der L Street, in dem Bowden sich mit dem Botschafter treffen würde, der nach Jordanien entsandt werden sollte. Anschließend musste sie eine Meute sentimental-liberaler Kongressabgeordneter davon überzeugen, dass sie ihre Ansicht geändert hatte, seit sie sich zuletzt über die Zulässigkeit der Folter geäußert hatte. In beiden Fällen würde sie sich verstellen müssen. Ein Paradoxon, mit dem sie sich zunehmend konfrontiert sah: Je mehr Macht sie besaß, desto eingeschränkter fühlte sie sich.

In ihrer Jacke brummte ihr privates Handy.

Unterdrückte Nummer. Wie immer in diesen Fällen meldete sie sich mit den Worten:

»Was ist denn jetzt schon wieder?«

»Fran? Hier ist Brent.«

Ihr Wagen war inzwischen bei der Theodore Roosevelt Memorial Bridge angelangt, die auf die gleichnamige Insel führte. Der Verkehr wurde dichter, und sie mussten das Tempo drosseln.

»Sieh mal einer an«, sagte Bowden.

»Wir müssen reden.«

»Dieser Zug ist leider abgefahren, Brent.«

»Ach.« Kurze Pause. »Sehr bedauerlich, muss ich sagen. Ich bitte dich wirklich, diese Einstellung noch einmal zu überdenken.«

Bowden dachte nach und sagte dann: »Es gibt da jemanden in Florida. Sprich mit ihm, wenn du etwas auf dem Herzen hast.«

»Der Deutsche?«

»Auf Details verzichten wir.«

»Schon gut. Und wo?«

»Du erhältst später einen Anruf.«

Sie legte auf, ging die Lage noch einmal unter verschiedenen Aspekten durch und beschloss, vorerst keine Entscheidung zu treffen.

Fünf Minuten verstrichen. Inzwischen waren sie im Zentrum angelangt. Um fünf nach elf rief sie diese verdammte Niete Clive Berner an, dessen Büro nur zwei Blocks weiter südlich lag.

Fünf Minuten später stieg GT in den Geländewagen, der ihn auf der K Street erwartete. Er nickte Bowden zu, und sie bat den Fahrer und den Bodyguard, sich einen Moment die Beine zu vertreten.

Clive Berner trug ein kurzärmeliges, kariertes Hemd und schwitzte, wie immer. Ein Schweißtropfen fiel von seiner Nasenspitze auf den Schlips. Seine kleinen, blinzelnden Augen blickten drein, als hätte man ihn soeben beim Ladendiebstahl erwischt.

»Gut, dass Sie sofort Zeit hatten«, sagte Bowden.

»Das ist doch selbstverständlich.«

»Callaghan wünscht ein Treffen. Ich will diesen Dreckskerl nicht mal mit der Zange anfassen.«

»Kluge Einstellung«, bemerkte GT.

»Vielleicht könnten Sie sich mit Licht darum kümmern?«

Gemäß ihrer jüngsten Verstellungstaktik tarnte sie ihre Befehle neuerdings als höfliche Fragen, zumindest Leuten gegenüber, die nicht mehr von ihr abhängig waren.

GT räusperte sich. »Das müsste gehen. Wir haben … es gab in Florida Ärger. Aber alles hat sich inzwischen in Wohlgefallen aufgelöst. Dieser Arm, von dem die Rede war … er wurde gewissermaßen vom Körper abgetrennt.«

Sie wusste zu schätzen, dass er sie nicht mit Details belästigte. »Bestens«, sagte sie kurz. »Die Operation in Kuba läuft also ohne größere Komplikationen weiter. Sie darf durch nichts gefährdet werden.«

GT wartete auf eine Fortsetzung, die nicht folgte.

»Natürlich«, meinte er schließlich.

»Aber vorher … tja, Sie verstehen schon. Vor der Beseitigung eventueller Probleme müssen diese erst einmal untersucht werden.«

Sie sahen sich an. GT nickte.

Nicht zum ersten und auch nicht zum letzten Mal in ihrem Berufsleben erzielten sie eine Einigung anhand von Nonsense-Aussagen.

The Rod & Gun Club
Everglades City, Florida, USA
Di., 17. Juni 2014
[20:00 EST]

Das weiße vierstöckige Hotel aus der Mitte des 19. Jahrhunderts war ganz aus Holz und lag direkt am Wasser des Flussdeltas. Um diese Jahreszeit war Everglades City eine eher verschlafene Angelegenheit, aber in der Hauptsaison kamen viele Touristen hierher, um propellerbetriebene Sumpfboote zu mieten und die Wildnis zu erforschen.

Das Hotel hieß The Rod & Gun Club. Hier waren schon Würdenträger wie die Präsidenten Roosevelt, John F. Kennedy und Richard Nixon sowie Ernest Hemingway und Frank Sinatra abgestiegen. Das Erdgeschoss war ein Gewirr aus Bars und Saloons im alten Stil. Die Dielen waren dunkelbraun und poliert, die Deckenventilatoren museal, die ausgestopften Tiere hohläugig, und die Besucher wähnten sich in einer anderen Zeit. Dieses Gefühl wurde durch Dreißiger-Jahre-Musik aus scheppernden Lautsprechern verstärkt.

So hätte es ausgesehen, dachte Ludwig fasziniert, wenn Deutschland den Krieg gewonnen und Göring sich ein Haus im Süden Floridas gebaut hätte.

Während der letzten Tage hatte er zwei gute und eine schlechte

Entscheidung getroffen. Er hatte fünf Schlaftabletten geschluckt und es damit immerhin auf ebenso viele Stunden Schlaf gebracht. Nach dem Erwachen hatte er die erste Mahlzeit seit mehreren Tagen zu sich genommen: eine Dose Birnen und Beef Jerky. Um nicht zu einem vollkommenen Wrack zu mutieren, hatte er entgegen Marcelas Ratschlag noch eine große Dosis Amphetamin eingeworfen.

Irgendwann musste er sich wieder zu den Normalsterblichen gesellen, aber vorzugsweise erst, wenn der Job abgeschlossen war. Als er gegen acht Uhr abends GT mit einem Rucksack in der Hand ins Entree schwabbeln sah, fragte er sich allerdings, ob es je so weit kommen würde.

»Wir gehen raus«, sagte der Amerikaner und deutete mit dem Kopf in Richtung Veranda.

Ludwig erhob sich aus seinem Sessel und trottete hinter ihm her.

Der Lärm der Grillen und eine Wand von heißer, feuchter Luft schlugen ihnen entgegen. Im Fluss einige Meter unterhalb einer Treppe trieben einige Alligatoren von Mücken- und Fliegenschwärmen begleitet vorbei.

Die Korbsessel knarrten, als die beiden Männer an einem niedrigen Glastisch Platz nahmen. Ein Kellner erschien, und sie bestellten zwei Flaschen Bier, ein Glas Bourbon und eine Tasse Kaffee für GT.

»Wie läuft es eigentlich mit dem Alkohol?«, fragte GT, als die Getränke gebracht wurden.

»In letzter Zeit sehr gut. Seit mindestens vierundzwanzig Stunden habe ich keinen Tropfen mehr angerührt.«

»Gut«, sagte GT und sah etwas verunsichert aus.

Ludwig betrachtete ihn eine Weile finster. »Und du?«

»Bestens. Acht Jahre bei den Anonymen Alkoholikern.«

»Keine Rückfälle?«

»Nicht wirklich.«

»Ich gratuliere«, sagte Ludwig und kippte seinen Bourbon.

»Vielen Dank. Du siehst ein wenig abgemagert aus. Willst du etwas essen?«

Ludwig hätte am liebsten etwas Gehässiges über die Auswirkung von GTs Gewohnheiten auf die Lebensmittelversorgung der Erde gesagt. Stattdessen beschränkte er sich mit dem Lächeln eines Schönheitschirurgen aus einem amerikanischen Werbespot auf die Feststellung:

»Mir ist es noch nie besser gegangen.«

GT legte den Kopf ein wenig schräg und presste kaum merkbar die Lippen zusammen. Dann schlürfte er seinen Kaffee.

Ludwig ärgerte sich maßlos.

Gleichzeitig wusste er aber auch, dass das kleine Schwein, das ihm gegenübersaß, keine Schuld an seinem Elend trug. Ludwig hatte schon immer Mist gebaut, und GT war nur der Katalysator gewesen, der ihm dabei half.

»Das freut mich«, sagte GT.

Ludwig starrte auf den Fluss. »Was machen wir hier eigentlich?«

»Callaghan kommt. Wir sollen seine Vorstellungen vom Rentnerdasein verändern.«

»Er ist wahrscheinlich ziemlich eingeschnappt. Die Toten, die kürzlich ...«

»Je weniger ich weiß, desto besser«, fiel ihm GT ins Wort. »Er schmollt bestimmt. Aber vielleicht begreift er ja, dass wir es ernst meinen.«

»Weißt du inzwischen, was Faye in Kuba vorhat?«

»Du scheinst dir ja richtiggehend Sorgen zu machen.«

»Ihr gegenüber empfinde ich eine gewisse Verantwortung. Damals habe ich sie davor gewarnt, sich mit Leuten wie dir einzulassen. Offenbar war sie zu jung, um die Tragweite zu erfassen.«

GT bemühte sich um ein entwaffnendes Lächeln und erzählte schließlich, was Fran Bowden über die laufende CIA-Operation berichtet hatte. Abschließend meinte er:

»Es handelt sich um eine Art Pilotprojekt, von dem Bowden geradezu besessen ist. Sie fürchtet, dass ihr Callaghan in die Quere kommen könnte.«

Ludwig strich sich sein verschwitztes Haar aus der Stirn. »Sie will also, dass wir ihn eliminieren.«

Zum zehnten Mal sah sich GT besorgt um und stellte erneut fest, dass sie sich ganz allein auf der Veranda befanden. »Wenn er nicht nachgibt, sieht es ganz danach aus. Einen entsprechenden Befehl erhalten wir, wenn überhaupt, im allerletzten Moment. Du weißt ja, wie das ist.«

»Durchaus«, stimmte ihm Ludwig mit düsterer Miene zu.

GT wurde mit einem Mal richtig wütend. »Wenn man bedenkt, was für ein wertvoller, effektiver Mitarbeiter du bist«, meinte er gehässig, »ist dein Gejammer schon sehr erstaunlich.«

Jetzt musste Ludwig lächeln. »Ja, hast du es denn immer noch nicht kapiert, Clive? Egal, wie viel wir streiten, bleiben wir trotzdem unzertrennlich. Unsere Bekannten fragen sich, wie wir das nur aushalten, aber wenn es hart auf hart kommt, wissen wir, dass wir sonst nichts haben. Ohne einander sind wir gar nichts. Ein erfolgloser Abteilungsleiter und ein erfolgloser Wirt, und beide haben versagt. Gemeinsam betreiben wir zumindest eine kleine Schlachterei.«

GT schüttelte den Kopf und schaute weg.

»Dein Nihilismus ist unerträglich«, sagte er versonnen.

»Hast du da drüben im Dschungel einen Scharfschützen postiert?«, fragte Ludwig und nickte zum gegenüberliegenden Flussufer hinüber.

»Natürlich. Callaghan ist ja lebensgefährlich.«

Ludwig trank sein zweites Bier. »Ich bin kein Nihilist, Clive, ich bin Europäer.«

»Und worin besteht der Unterschied?«

»Dass mir das, was wir tun, zu schaffen macht.«

GT beugte sich über den Tisch. »Bildest du dir etwa ein, mir erginge es anders?«

»Ich weiß nicht. Für einen so ineffektiven Mitarbeiter jammerst du erstaunlich wenig.«

Die Sekunden tickten. Als sich ihre Blicke schließlich voneinander lösten, hatte sich etwas verändert. Eine Verschiebung des Machtgefüges, eine … Begradigung. Ludwig bereute es nicht im Geringsten, seinem Ärger Luft gemacht zu haben, obwohl ihn die Ergebenheit des Älteren traurig stimmte. GT hatte zwar immer ein wenig Angst vor ihm gehabt, aber jetzt war es Ludwig erstmals gelungen, sich Respekt zu verschaffen.

Wenn er das doch nur schon viel früher getan hätte. Der größte Teil seines Lebens war ohnehin vorbei. Es war eine späte Genugtuung auf dem Weg ins Grab.

Ein Motorboot näherte sich von Westen her und verlangsamte am Kai vor der Veranda. Ein Mann Anfang siebzig sprang leichtfüßig an Land und vertäute das Fahrzeug.

»Callaghan«, sagte GT leise.

»Kommen Sie, wir drehen eine Runde«, rief der bärtige, sonnengebräunte Mann.

»Ausgeschlossen«, raunte GT Ludwig zu. »Dadurch würden wir alle taktischen Vorteile verlieren.«

»Wir sind doch beide bewaffnet? Außerdem wird er kaum einen führenden CIA-Mitarbeiter liquidieren wollen.«

Ratlos sah sich GT um.

»Er will uns in Sicherheit wiegen«, fuhr Ludwig fort. »Eine Art Kapitulation. Nichts wäre leichter, als ihn an Bord umzubringen. Unfall auf See ohne Zeugen.«

»Es gibt kaltes Bier«, rief Callaghan grinsend.

»Damit ist die Sache entschieden«, meinte Ludwig und erhob sich.

*

Eine Viertelstunde saßen sie schweigend im Cockpit, während das Boot langsam das mondschimmernde Wasser der Chokoloskee Bay durchpflügte. Dann stellte Callaghan den Motor ab, verließ das Ruderhaus und gesellte sich zu ihnen.

Ludwig öffnete eine weitere Dose Budweiser.

»Mein Eindruck ist«, sagte Callaghan und öffnete ebenfalls eine Dose, »dass wir es mit einem entsetzlichen Missverständnis zu tun haben.«

GT räusperte sich. »Irgendwie wage ich das zu bezweifeln.«

»Fünf meiner Freunde, oder wie immer wir sie nennen wollen, haben ihr Leben verloren.« Callaghan betrachtete schicksalsergeben Ludwigs ungerührte Miene. »Was reichlich überflüssig war. Aber ich bin bereit, darüber hinwegzusehen, sofern wir …«

»Ich bin nicht nach Miami geflogen und mit einem beschissenen französischen Mietwagen in einen verdammten Sumpf gefahren, um mir Ihre *Bedingungen* anzuhören«, fauchte GT. »Ich bin hier, um Ihnen Ihre verbliebenen Möglichkeiten zu erläutern.«

Callaghan lächelte und zündete sich eine Zigarette an. Ludwig beobachtete ihn fasziniert. Für sein Alter war er wirklich gut in Form, und die Trauer, die ihn zu beherrschen schien, wurde ab und zu von einem zügellosen, ironischen Humor durchbrochen. Es handelte sich bei ihm keinesfalls um einen simplen Spinner.

»Warum haben Sie Pablo Rojas und Guevo Laziles aus dem Weg geräumt?«, fragte Ludwig.

Callaghan starrte GT noch einige Sekunden lang an und wandte sich dann wieder Ludwig zu.

»Interne Streitigkeiten«, sagte er mit Nachdruck. »Zugegebenermaßen habe ich Esquivel ein paar Jungs ausgeliehen, aber das war ganz allein sein Entschluss. Ich bedauere, dass die Folgen so dramatisch sind, aber …«

»Ich glaube Ihnen kein Wort«, erwiderte Ludwig.

Callaghan grinste breit. »Dann sagen wir einfach, dass alle Beteiligten mit dieser Version am besten leben können.«

»Interne Streitigkeiten, haben Sie gesagt. Worum ging es dabei?«

»Wie man sich zu dem neuen Abkommen zwischen den USA und Kuba stellen soll.«

Ludwig fuhr sich mit den Fingern durchs Haar und sagte: »Ihre Jungs hatten den Auftrag, Esquivel zu eliminieren. Die Tatsache, dass sie seine Frau ermordet haben, lässt darauf schließen, dass auch er hätte sterben sollen.«

GT sperrte die Augen auf, mischte sich aber nicht ein.

»Über diese Vorgänge wissen Sie mehr als ich«, lautete Callaghans knappe Antwort. »Aber lassen Sie uns um Gottes Willen nicht das Gesamtbild aus den Augen verlieren. Kuba ist heute ein zerstörtes Land. Von dem, was es hätte sein können, sind nur noch Trümmer übrig. Gerade Ihnen müsste das doch klar sein, schließlich sind Sie in Ostdeutschland aufgewachsen, nicht wahr?«

Der Themenwechsel war erstaunlicher als der Umstand, dass Callaghan Informationen über seinen Gegner eingeholt hatte.

»Damals haben wir unser Schicksal mit dem Überfluss und der Freiheit in Westdeutschland verglichen«, erwiderte Ludwig ruhig. »Mit wem sollen sich die Kubaner vergleichen? Mit der Dominikanischen Republik? Oder Haiti?«

»Das ist etwas ganz anderes …«

»Ach ja? Ohne Castro wäre Kuba ein kleines Mexiko. Stattdessen war es fünfzig Jahre lang Schauplatz der Weltgeschichte. Zwei Supermächte waren von Kuba besessen. Darum haben sich die Kubaner nie aufgelehnt. Sie sind wie die Engländer. Sie lieben es, bedeutungsvoller zu sein, als eigentlich gerechtfertigt wäre.«

»Eine ungemein interessante Analyse. Erfrischend in ihrem Defätismus.« Callaghans breites Lächeln schwächte das Gift dieser Äußerung ein wenig ab.

Seine vorgebliche Toleranz erinnerte eher an das Gebaren eines alternden Gangsterbosses als an die Verbissenheit eines CIA-Veteranen.

Vielleicht ist er ja doch verrückt, dachte Ludwig, und dabei ungewöhnlich gerissen.

Eines war klar: Callaghan lenkte das Gespräch geschickt in die gewünschte Richtung.

»Neunzehn fähige Männer haben unter meinem Befehl ihr Leben verloren«, sagte er jetzt. »Es ist mir gelungen, vierzehn von ihnen auf einem privaten Friedhof in Key West zu begraben. Viele von ihnen waren Kubaner, aber bei Weitem nicht alle. Uns verband eine Gemeinschaft, die Sie einfach nicht nachvollziehen können. Mit anzusehen, wie Menschen, für die man die Verantwortung trägt, gefoltert und verstümmelt werden, hat einen ganz besonderen Effekt. Glauben Sie mir, nicht Reagan und Thatcher haben den Kalten Krieg gewonnen, sondern wir. Wir haben an vielen Fronten auf diesem Planeten gekämpft. Und jeder Sieg wurde von uns errungen.«

Das war also Bethlehem South mit dem Postfach. Ein Veteranenverein, der die Erinnerung an die gefallenen Kameraden wachhielt. Zumindest nach außen hin. Ludwig beugte sich über das Teaktischchen. »Manchmal ist es klüger, den Dingen ihren Lauf zu lassen. Davon profitieren alle.«

»Zweifellos.« Callaghan warf seinen Zigarettenstummel über Bord und breitete die Hände aus. »Mein Gott, dieses Jahr werde ich einundsiebzig. Ich habe also nicht vor, mich querzustellen.«

Als sei er von den Toten auferstanden, brachte sich GT plötzlich mit Nachdruck in Erinnerung. Mit einer ausholenden Bewegung zog er seine Glock 19 und legte sie auf den Tisch, die Mündung auf Callaghan gerichtet. Dann ergriff er das Wort:

»Dieses Treffen kann auf zweierlei Art enden, Brent. Entweder versprechen Sie mir, dass Sie diesen Scheiß künftig unterlassen, oder ich mache kurzen Prozess.«

Ludwig fragte sich, ob GT jemals eigenhändig einen Menschen getötet hatte. Bestimmt nicht.

Nachdenklich betrachtete Callaghan die Pistole.

»Ich verspreche es Ihnen«, erwiderte er gelassen. »Ich habe meinen letzten Befehl erteilt. Für mich ist das Spiel aus. Das können Sie Fran ausrichten.«

Eine Trauer überschattete sein Gesicht, die weit über reine Ergebenheit hinausreichte: eine alles verzehrende Nostalgie.

GT schwieg.

»Andernfalls«, fuhr Callaghan mit zuversichtlicherer Miene fort, »wissen Sie ja, wo ich wohne. Bodyguards habe ich ja jetzt keine mehr. Ich bin also vollkommen in Ihrer Gewalt.«

»Das sollten Sie im Gedächtnis behalten«, meinte GT und schob seine Waffe ins Achselholster zurück, »damit Sie nicht im Suff auf irgendwelche dummen Ideen kommen.«

»Meine besten Ideen habe ich hinter mir.«

»Ausgezeichnet.«

»Wollen Sie nicht nach Key West mitkommen? Es dauert nur ein paar Stunden.«

»Ich glaube, wir verzichten«, meinte GT. »Sie können uns jetzt zum Hotel zurückbringen.«

Callaghan nickte. »Diese verdammten Sümpfe«, sagte er, bevor er ins Ruderhaus zurückkehrte. »Ich habe nie begriffen, was an denen so interessant sein soll.«

ZWEI TAUSENDSTEL ZU VIEL

The Rod & Gun Club
Everglades City, Florida, USA
Di., 17. Juni 2014
[4:35 EST]

Kurz vor dem Morgengrauen präsentierte sich die schnurgerade Route 41 in einem nebligen Halbdunkel. Der blutige Kadaver eines Rosalöfflers wurde von einem Postauto auf dem Weg vom Miami International Airport nach Naples in die Luft geschleudert. In etwa zehn Kilometer Entfernung strömten drei Flüsse im Delta zusammen, und drei Tankstellen wetteiferten um die Gunst der Touristen. Schlaftrunken lag Ludwig Licht neben der schnarchenden, schwitzenden Cathy Marcela, mit der er in den vierundzwanzig Stunden zuvor kaum ein Wort gewechselt hatte.

Die Klimaanlage unter dem Fenster röchelte wie ein sterbender Stier. Es stank nach ausgedünstetem Amphetamin und Bier. Zwei Menschen, die mit vereinten Kräften sechs Leben ausgelöscht hatten, ohne anschließend darüber zu sprechen, teilten ein Bett, aber sonst rein gar nichts.

Ludwig bewunderte Cathy Marcelas stete und dennoch distanzierte Katastrophenbereitschaft. Sie schien alles Unangenehme auf einen ungewissen Augenblick in der Zukunft zu verschieben. Je bedrohlicher sich dieser näherte, desto leichter ließ sich die Gegenwart verkraften und in den Griff kriegen. Auch sie schirmte sich vom Leben ab und erbrachte dabei Höchstleistungen. Wo andere nur ein menschliches Wrack gesehen hätten, erkannte Ludwig, wenig überraschend, eine Urkraft.

*

Er weckte sie nicht, sondern begab sich um halb acht allein zum Frühstücksbüfett. GT hatte sich bereits bedient, und Ludwig begnügte sich mit etwas Rührei und Bacon.

Sie saßen wieder auf der Veranda. Seltsamerweise wirkte dieser Ort bei Tageslicht noch archaischer. Sogar die krummen Baumstämme am gegenüberliegenden Flussufer schienen aus vorgeschichtlicher Zeit zu stammen.

»Callaghan lügt wie gedruckt«, waren GTs erste Worte.

»Allerdings.«

GT legte sein Besteck beiseite und folgte einem Kanu, in dem zwei Frauen saßen, mit finsterem Blick. »Was will er? Was führt er im Schilde?«

»Ich habe einen Kontoauszug gefunden«, sagte Ludwig. »Callaghans Leute haben hundertfünfzigtausend Dollar auf ein Konto auf den Cayman Islands eingezahlt. Marcela wird herausfinden, wer dieses Geld erhalten hat.«

»Das hättest du mir auch gestern sagen können!«

»Warum? Besser, er weiß nicht, wie viel wir wissen.«

»Du hättest mich vor unserem Treffen mit ihm informieren müssen.«

»Stimmt. Aber so wirkte es glaubwürdiger. Jetzt müsste er sich ziemlich relaxed fühlen. Offenbar hattest du keinerlei Absicht, ihn umzubringen.«

GT wirkte gekränkt, als hätte Ludwig damit seine Männlichkeit infrage gestellt.

»Ohne einen unzweideutigen, glasklaren Befehl von Fran Bowden will ich mir damit die Finger nicht schmutzig machen«, flüsterte GT. »Wer gegen Leute wie Callaghan vorgeht, muss mächtige Beschützer auf seiner Seite haben, glaub mir!«

Offenbar versuchte GT sich einzureden, dass es zu Vergeltungsmaßnahmen kommen würde, wenn jemand einem alten CIA-Hasen ein Haar krümmte.

»Wer sind eigentlich die Toten im Sumpf?«, fragte Ludwig.

GT verdrehte die Augen. »Offiziell gab es keine Toten«, zischte er. »Meine Güte, warum sprechen wir überhaupt davon?«

»Taktische Genies waren das jedenfalls nicht.«

»Kann ich mir denken. Ehemalige SAD-Typen, die schon vor Jahren gefeuert wurden. Die SAD zieht immer Leute an, die bei den seriösen Spezialeinheiten versagt haben. Offenbar ging es um Korruption und eine üble Schmuggelaffäre.«

Die SAD, die Special Activities Division, war eine paramilitärische Einheit der CIA. Sie kostete viel Geld, aber alle wussten, dass die Soldaten im Ernstfall nichts taugten.

»Dass Callaghan Esquivel eliminieren wollte«, meinte Ludwig, »deutet ja darauf hin, dass er alle Spuren beseitigen möchte. Bislang haben wir ihm dabei nur geholfen.«

GT nickte und nahm seine Brille ab.

»Bowden hat eine Schwäche für ihn«, sagte er. »Callaghan war früher ihr Lehrer und ihr Vorbild.«

Ludwig zog eine Braue hoch. »Liebesgeschichte?«

»Keine Ahnung. Solche Fragen sind ausgeschlossen. Aber auch die platonische Variante kann eine sehr große Rolle spielen.«

Marcela betrat die Veranda. Als sie sich mit ihrem Laptop und einer Tasse Kaffee zu den beiden Männern setzte, hob sich die Stimmung wie bei einem streitsüchtigen alten Ehepaar, das durch einen unerwarteten Besuch aus seinen Gewohnheiten gerissen wird.

»Nett, Sie endlich kennenzulernen«, sagte GT.

»Wenn Sie meinen.«

Aus der Brusttasche ihres Khakihemds zog sie ein kleines Plastikröhrchen, öffnete es und schüttete eine großzügige Menge weißes Pulver in ihren Kaffee, was ihre Karen-Blixen-Aura ein wenig schmälerte.

GT gab sich unbeeindruckt. »Wir müssen uns bei unserem weiteren Vorgehen auf unser Gespür verlassen«, meinte er zu Ludwig.

»Allerdings.«

»Big Baby Tosh«, sagte Marcela.

Die beiden Männer starrten sie verständnislos an.

»Joshua Hynes, alias Big Baby Tosh, alias BBT, hat das Geld erhalten.«

»Und wer soll das sein?«, fragte Ludwig.

»Ein legendärer Hacker mit Essstörungen. Wohnt in Miami.«

»BBT«, sagte GT. »Wo habe ich das schon mal gehört?«

»Er hat 2004 eine Drohne gekapert, die über dem Sudan im Einsatz war. Der CIA gelang es knapp, die Kontrolle zurückzuerlangen, bevor der Tank leer war.«

GT nickte. »Genau … aber sitzt er nicht deswegen im Gefängnis?«

»Damals war er zwölf.«

Eine nachdenkliche Pause folgte. Schließlich fragte Ludwig: »Worauf hat er sich spezialisiert?«

»Das weiß niemand. Seither konnte ihm jedenfalls nichts mehr nachgewiesen werden. Ich bin ihm einmal kurz begegnet … bei einem Treffen für Technikfreaks in Houston 2010. Damals schien er sich vor allem für Frauen zu interessieren.«

»Callaghan könnte ihn angeheuert haben«, dachte GT laut nach, »damit er den Kongress-Server hackt und das Zusatzprotokoll beschafft.«

»Schon möglich«, sagte Marcela. »Obwohl ich für so eine simple Aufgabe niemals hundertfünfzigtausend Dollar gezahlt hätte. Leute mit viel Geld sind häufig Idioten.«

GT erwärmte sich zusehends für Cathy Marcela und grinste, dass sich sein Walrossschnauzer in alle Richtungen sträubte.

»Wie schon mein Vater sagte«, meinte er lachend. »Wenn Jesus Geld gehabt hätte, dann hätte er sich nie im Leben so angestrengt.«

»Wie nett, dass du uns an dieser volkstümlichen Lebensweisheit teilhaben lässt«, warf Ludwig ein. »Hat diese Rotznase einen uns bekannten Wohnsitz?«

»South Beach«, erwiderte Marcela, »aber dort ist er momentan nicht anzutreffen. Seit zwei Wochen befindet er sich in den Klauen der Mikasuki-Indianer.«

»Meine Güte«, bemerkte GT.

Ludwig kratzte sich im Nacken. »Kapiere ich nicht.«

»Er ist in das Kasinohotel eingezogen, das die Mikasuki-Indianer betreiben«, sagte Marcela.

»Und wo liegt das?«

»Eine gute Stunde von hier.«

»Dann statten wir ihm einen Besuch ab.« Ludwig lächelte. »Vielleicht können wir den Burschen ja zur Raison bringen.«

GT wirkte betreten. »Also, ich weiß nicht so recht ...«

»Was soll das heißen?«

»Vielleicht müsste ich erst einmal nachfragen, ob wir wirklich weitermachen sollen.«

»Clive! Wenn es ihnen nicht recht wäre, dann hätten sie uns schon längst zurückgepfiffen.«

»Kann sein.«

»Wir gehen behutsam vor. Dann erleben wir keine unliebsamen Überraschungen.«

Jeder Tag, um den sich ihr Auftrag in die Länge zog, brachte Ludwig zusätzlich Geld, was ihm durchaus bewusst war. Trotzdem wurde er vor allem von seiner Neugierde angetrieben.

Wollen Sie nicht nach Key West mitkommen?

Callaghan hatte so verdammt unbeteiligt gewirkt.

Meine besten Ideen habe ich hinter mir.

Diese Aussage ließ viele Deutungen zu, und plötzlich kam es Ludwig in den Sinn, dass er recht siegesgewiss geklungen hatte.

Marcela brach das Schweigen. »Ich gehe inzwischen packen«, verkündete sie und verschwand.

»Es war mir ein Vergnügen«, rief ihr GT hinterher. Dann wandte er sich an Ludwig. »Eine Freude, dass es noch junge Leute gibt, die ihre Sache können.«

»Ich will, dass du ihr nachher, wenn alles vorbei ist, einen Neuanfang ermöglichst.«

»Ach? Und was hat sie ausgefressen?«

»Trunkenheit am Steuer.«

»Das müsste sich machen lassen. Kanada?«

»Ich habe das Gefühl, Mexiko wäre besser.«

»Noch einfacher. Geht in Ordnung.«

»Danke.«

»Ich bin mir immer noch nicht sicher, ob wir weitermachen sollten, Ludwig.«

»Aber klar doch.«

»Hayeford weigert sich, die Angelegenheit zu diskutieren, und verweist mich an Bowden. Und die weiß selbst nicht, was sie will.«

Ludwig stocherte in seinem Rührei, ohne etwas zu essen. »Vielleicht sollten wir ja endlich in eigener Sache tätig werden.«

GTs anfangs unergründliche Miene wurde von einem Ausdruck kriegerischer Entschlossenheit abgelöst.

»Du hast recht. Aber ich muss zurück nach D. C. Mach weiter, bis wir sehen, wo es hinführt. Ich bin ganz deiner Meinung, wir können diese Sache nicht einfach auf sich beruhen lassen.«

»Eigentlich haben wir ja auch nichts Besseres vor.«

»Hast du schon mal darüber nachgedacht, was später kommt?«, fragte GT vollkommen im Ernst. »Wenn du in Rente gehst?«

»Ich bin in Rente gegangen, als die Mauer fiel, Clive. Das hier ist die Pension.«

Die Unterhaltung war vorüber.

Aus der Ferne war das Dröhnen eines propellergetriebenen Bootes zu vernehmen. Binnen kürzester Zeit zogen schwarze Wolken am Himmel auf, und ein Geschmack von Metall und Salz erfüllte die Luft.

Unbeholfen umarmten sich die beiden Veteranen. GT reichte Ludwig nur bis zur Brust.

Es war wie immer: Ein Vorgeschmack auf die Trauer um den anderen. Wie ungern sie auch die gegenseitige Abhängigkeit zur Kenntnis nahmen, so quälte sie doch die Angst vor der vollkommenen Einsamkeit und der eisigen Geschichtslosigkeit noch viel mehr. Egal, wie oft sie sich trennten, so wussten sie doch, dass sie zusammengehörten.

Central Park West
Manhattan, New York City, Florida, USA
Mi., 18. Juni 2014
[10:25 EST]

»Nicht übel für eine Zweitwohnung«, meinte Fran Bowden und schaute über die Baumwipfel des Central Park zu den in der Sonne glänzenden neugotischen Häusern auf der gegenüberliegenden Seite.

Sie stand auf einem überdachten Balkon im achten Stockwerk eines Gebäudes aus dem Jahre 1885. Die Wohnung hatte fünf Zimmer und eine Deckenhöhe von vier Metern.

Beth Hayeford lachte. »Meine Mutter ist im Nachbarhaus zur Welt gekommen.«

Bowden wusste nicht recht, was sie mit einer solchen Information anfangen sollte, also schwieg sie.

Weiße, reiche Schlampen, dachte sie. Obwohl ein Schwarzer den Präsidentenposten bekleidet, weiß ich nicht, wie ich mit diesen verdammten Leuten reden soll.

»Im Hinblick auf Ihren unangemeldeten Besuch vermute ich, dass Sie etwas auf dem Herzen haben?« Hayefords Frage klang nicht unfreundlich.

»Stimmt. Ich möchte Sie um Hilfe bitten. Sie haben ja … gute Beziehungen zu einigen Senatoren in dem Ausschuss, der meine

Nominierung gutheißen muss. Es wäre wunderbar, wenn Sie ein gutes Wort für mich einlegen könnten.«

»Oh, das hätte ich wirklich gerne getan«, zwitscherte Hayeford.

»Aber?«

»Aber in Ihren öffentlichen Äußerungen haben Sie sich privaten Sicherheitsunternehmen gegenüber immer sehr reserviert verhalten.«

»Ach ja? Daran erinnere ich mich gar nicht.«

»Noch im Jahr 2012 haben Sie in einem Interview gesagt, es sei höchste Zeit, ›die beunruhigende Abhängigkeit des Staates vom privaten Sektor in Fragen der nationalen Sicherheit zu überprüfen‹.«

»Tatsächlich?«

»Ja, das war ein wörtliches Zitat, meine Liebe. Ich habe es mir in Erinnerung gerufen. Es hätte glatt von Eisenhower stammen können.«

»Sie wissen sehr wohl, dass ich Republikanerin bin. Ich habe einiges gesagt, um unseren gegenwärtigen Präsidenten zu besänftigen und ihm meine Nominierung zu erleichtern.«

»Das mag sein. Selbst meine lieben Parteigenossen haben sich in dieser Frage als verständnisvoller erwiesen als die Ihrigen.« Sie trank einen Schluck ihres Eistees und stellte ihr Glas dann beiseite. »Natürlich sind die meisten Dinge hier auf der Welt verhandelbar.«

»Ich bin Vorschlägen gegenüber immer aufgeschlossen«, sagte Bowden mit einem leicht mulmigen Gefühl.

»Wie wäre es beispielsweise mit der Bewachung von Langley?«

»Das hieße, ich müsste bei Amtsantritt Hunderte von Angestellten auf die Straße setzen. Das ist ausgeschlossen.«

»Ich verstehe. Sonst gäbe es noch einen Beschluss, der in Ihrer Organisation ebenfalls nicht sonderlich beliebt wäre, den Sie aber bereits im Vorfeld der Nominierung im Kongress bekannt geben könnten.«

»Nämlich?«

»Dass Sie die Effektivität der CIA gründlich überprüfen lassen wollen. Und zwar durch eine private Firma. Natürlich erst nach der öffentlichen Ausschreibung. Schließlich leben wir nicht in einer Bananenrepublik.«

Bowden biss sich auf die Innenseite der Wange und erwiderte mit beherrschter Stimme: »Warum nicht? Eine kleine Revision schadet nie.«

»So klein wird sie wohl nicht ausfallen«, meinte Hayeford mit einem breiten Lächeln. »Wie schön, dass wir uns so großartig verstehen. Dann also auf gute Zusammenarbeit.«

»Eine Ermittlung dieser Art müsste allerdings unter meiner alleinigen Leitung stehen«, erklärte Bowden.

Trotz ihres Abscheus vor dieser weißen Hexe erkannte sie das Potenzial einer solchen Maßnahme. Ein Großreinemachen bei der CIA hätte fatale Folgen, aber punktuelle Einsätze waren durchaus denkbar. Dabei würde sie Einblicke in problematische Bereiche gewinnen, die ihr sonst verschlossen geblieben wären, da niemand wagen würde, sie ihr anzuvertrauen.

Hayeford nickte langsam. »Das klingt einleuchtend.«

»Das wäre meine Bedingung.«

»Abgemacht!« Ihr Lächeln war einer Miene gewichen, die vermutlich Herzlichkeit und Vertraulichkeit vorspiegeln sollte. »Ich glaube, das ist der Beginn einer wunderbaren Freundschaft.«

*

Unten auf der Straße standen Bowdens Bodyguards in einem Abstand von dreißig Metern voneinander entfernt und taten so, als würden sie den Verkehr beobachten. Vor der Tür wartete ihr Executive Assistent, wie sein offizieller Titel lautete. Der kleinwüchsige Dreiunddreißigjährige war geradezu peinlich ehrgeizig und hatte sich die Zeit damit vertrieben, auf seinem übergroßen Handy vermutlich hochwichtige Dinge zu erledigen.

Beflissen eilte er jetzt herbei, um Bowden die Autotür aufzuhalten, obwohl er verdammt gut wusste, dass diese Aufgabe in den Zuständigkeitsbereich des Personenschutzes fiel. Aber seine servile Veranlagung und übertriebene Erziehung ließen ihm keine Wahl. Einige Sekunden lang kämpfte Bowden gegen den Impuls, diesen furchtbaren Widerling beiseitezustoßen und einfach ohne ihn wegzufahren.

Alle stiegen ein, und der Wagen rollte an.

Nein, ihre Laune war nicht gerade die beste. Diese schreckliche Hayeford hatte ihr gründlich zugesetzt.

Das Handy ihres Assistenten klingelte.

»Remnick«, sagte er, hörte ein paar Sekunden zu und beendete das Telefonat.

Dann wandte er sich Bowden zu. »Das war Coyle. Die zweite Festplatte ist planmäßig aus Kuba eingetroffen und scheint vollkommen unbeschädigt zu sein. Der Datensatz ist vollständig.«

Bowden nickte.

Zum ersten Mal an diesem elend heißen Tag hatte sie das Gefühl, dass etwas nach Wunsch verlief.

Das Kubamodell, wie sie es nannte, funktionierte. Das war ihr Baby, ihr Geschenk an die Nation. Russland war wieder der Hauptfeind, eine Entwicklung, die sie bereits gegen Ende der Jelzin-Ära vorhergesagt hatte. Jetzt konnten die USA gezielt ein Netzwerk aufbauen, mit dessen Hilfe sich der Austausch von hochbrisanten Informationen mitverfolgen ließ. Derzeit arbeitete sie daran, in Kaliningrad eine vergleichbare Operation zu installieren. Damit würde der Westen mit einem Schlag das Risiko eines Überraschungsangriffs im Ostseegebiet beseitigen.

Nachrichten, die mit einem Einmalschlüssel chiffriert wurden, glichen einbruchssicheren Häusern. Niemand kam hinein, sofern er nicht den Schlüssel klaute. Und genau das hatte sie getan.

»Ausgezeichnete Neuigkeiten«, sagte Remnick. »Nicht wahr, Sir?«

Sie hielten an einer roten Ampel. Neben dem Auto hielt ein Pferdewagen mit Touristen.

»Durchaus«, erwiderte sie.

»Die Maschine in Newark ist startbereit«, erklärte der Bodyguard am Steuer.

Bowden lächelte versonnen. »Die kann noch einen Moment warten. Fahren Sie zur Brooklyn Bridge, dann machen wir einen Spaziergang zum River Café. Ich brauche einen Dry Martini.«

»Ist das wirklich so klug?«, gab der andere Leibwächter zu bedenken. »Um diese Tageszeit ist die Brücke sehr bevölkert.«

»Dann tauchen wir einfach in der Menge unter«, sagte Bowden. »Schließlich werden wir dafür bezahlt.«

Route 41
Everglades National Park, Florida, USA
Mi., 18. Juni 2014
[11:20 EST]

Schweigend fuhren sie durch einen Wolkenbruch. Marcela hatte ihren Computer auf den Knien und las. Ludwig konzentrierte sich darauf, nicht von der Fahrbahn gespült zu werden. Die undurchdringliche Vegetation zu beiden Seiten der Straße bildete einen grünbraunen Hohlweg. Hier und da gingen die Gräben in kleine Seen über, in denen sich Dutzende von Alligatoren tummelten.

Eine regnerische Dreiviertelstunde verstrich.

»Scheint ein netter Typ zu sein, dieser Clive«, bemerkte Marcela. Sie klappte den Laptop zu und legte ihn auf den Boden vor dem Rücksitz.

»Findest du?«

»Nein.«

Eine Weile herrschte Stille. Dann sagte Marcela:

»Ihr kennt euch schon lange, oder?«

»Seit Mitte der achtziger Jahre.«

»Könnte er mir von Nutzen sein?«

Ludwig dachte nach. »Das ist zweifellos eine der wichtigsten Fragen der modernen Zeit. Ich würde sagen, die Forschungslage ist unklar.«

»Ich dachte nämlich …«

»Ich habe ihn schon gebeten, dir eine neue Identität zu beschaffen. Vermutlich die einfachste Lösung.«

»Wie nett von dir!«

Auf dem Beifahrersitz setzte ein durch den Sicherheitsgurt erschwertes Gezappel ein. Es mündete darin, dass Marcela Ludwig halb umarmte.

»Meine Güte«, murmelte er verlegen.

Er hatte schon ewig keiner Frau eine Freude bereitet und wusste schon gar nicht mehr, wie sich das anfühlte.

»Du wirst dich nach Mexiko absetzen müssen«, fuhr er fort, um ihrer Freunde einen Dämpfer zu verpassen.

»Perfekt!«

Ludwig rieb sich die Augen. »Wie weit ist es noch bis zu diesem Kasino?«

»Zehn Minuten.«

»Ist dieser Joshua Hynes eigentlich bewaffnet?«

»Das kann ich mir nicht vorstellen.«

»Schwächen?«

»Frauen, Alkohol, Kokain. Und jetzt offenbar auch noch das Glücksspiel.«

»Mit anderen Worten kein Kostverächter.«

Der Regen ließ nach. Marcelas Anweisungen gemäß bog Ludwig nach links ab. Sie verließen den Sumpf und gelangten in eine landwirtschaftlich genutzte Gegend. Anfangs war keine Menschenseele zu sehen, dann entdeckte Ludwig zwischen zwei Obstplantagen etwa zwanzig hohläugige Wanderarbeiter. Auf einem Rastplatz dahinter parkten zwei identische Autos. Sie gehörten mit größter Wahrscheinlichkeit ihrem Arbeitgeber oder irgendeiner Behörde, die die Aufenthaltsgenehmigungen der Arbeiter überprüfen sollte.

»GT«, sagte Ludwig nach langem Grübeln, »ist ein Freund, dessen Hilfe immer recht kostspielig ist. Der Trick ist, die Zeche auf andere Leute abzuwälzen. Erwähnenswert wäre da zum Beispiel«, er verlangsamte hinter einem Traktor und wartete den entgegenkommenden Verkehr ab, ehe er überholte, »ein Vorfall aus dem Jahr 1987. Damals war ich bei der Stasi in der Spionageabwehr tätig. Ich musste die Aktivitäten des Feindes auf unserem Territorium im Auge behalten und dessen Abwerbeversuche abwehren. Wir stellten den Schutzschild gegen die Infiltrierung dar und das Schwert, falls es dem Feind dennoch gelingen sollte, diese Abwehr zu durchbrechen. Und da ich selbst seit etlichen Jahren für den Feind arbeitete …«

»Die CIA?«, unterbrach ihn Marcela.

»Genau. Für GT, um genau zu sein, obwohl ich zu diesem Zeitpunkt keine Ahnung hatte, wie er hieß oder wie er aussah. Ich wusste nur, dass er in der amerikanischen Botschaft in Ostberlin arbeitete. Aber in meiner Rolle als Doppelagent waren hin und wieder ziemliche Gratwanderungen nötig. Die Amerikaner brauchten mich und erwarteten, dass ich meine Arbeit bei der Stasi so gut machte, dass ich nicht gefeuert wurde oder ein noch schlimmeres Schicksal erlitt. Also sah ich mich aus Karrieregründen gezwungen, ab und zu irgendein armes Schwein ans Messer zu liefern. Mal ganz abgesehen von dem unerquicklichen Umstand, bei der Gefangennahme von Leuten mitzuwirken, die ihm Grunde genommen meine politischen Überzeugungen teilten, war es nicht immer leicht, die Folgen abzusehen.«

»Das heißt, ob jemand weniger wichtig war als du und daher geopfert werden konnte?«

»Genau.« Ludwig schluckte. »1987 wurde ich vor die bislang schwierigste Entscheidung gestellt. Mein unmittelbarer Vorgesetzter, ein gewisser Major Berthorst, hatte eine Schwäche für Prostituierte aus den falschen Ländern, in diesem Falle Rumänien. Ceauşescu verfolgte ja im Hinblick auf den Westen, der diesen Typen wider alle Vernunft liebte, eine ganz eigene Politik. Davon wusste ich natürlich, denn man erwartete von uns, dass wir unsere unmittelbaren Chefs ausspionierten. Berthorst war in besoffener

Verfassung ein wunderbarer Mensch, ein wahrer Humanist, eine waschechte Plaudertasche. Ausführlich besprach er mit seiner rumänischen Geliebten diverse Palastintrigen unseres Ministeriums. Damals stellte die DDR das interessanteste Land für die westlichen Geheimdienste dar, da angenommen wurde, dass unsere verrückte Regierung länger bestehen bleiben würde als alle anderen, in jedem Fall aber länger als die sowjetische unter Gorbatschows Führung. Berthorst war sehr wohl bewusst, dass alle Informationen an die Franzosen, Engländer und schließlich auch Amerikaner weitergeleitet würden. Er genoss dieses Spiel mit dem Feuer regelrecht.«

»Trifft das nicht auf alle Spione zu?«

Verärgert schüttelte Ludwig den Kopf, konnte aber kein stichhaltiges Gegenargument anführen. Stattdessen fuhr er fort: »Wir haben alle Treffen abgehört. Richtig interessant wurde es, als sich herausstellte, dass Berthorst seine Geliebte nicht mehr bezahlen musste, sondern sogar Geld von ihr erhielt. Im Nu war er von den Rumänen angeheuert worden, ohne es selbst zu merken. Jetzt durfte er nicht nur gratis vögeln, sondern machte obendrein Gewinn. Keine schlechte Entwicklung, dachte Berthorst, der jetzt noch mehr ausplauderte. Beispielsweise über seinen Kollegen Hauptmann Licht, mich also. Offenbar bezweifelte er meine Begeisterung für das realsozialistische Projekt. Er war der Meinung, ich könne bestimmt problemlos angeworben werden. ›Licht ist reif wie Fallobst‹, waren seine Worte, wenn ich mich recht entsinne. Mittlerweile wertete ich die Aufnahmen selbst aus und löschte alles, was mich gefährden konnte. Das Witzige an den Rumänen war, dass sie sich für ihre Leckerbissen gerne mehrfach bezahlen ließen. Man konnte nie wissen, ob und wann ihre Informationen den KGB oder die Stasi erreichen würden. Auf diese Art hielten sie ihre Cousins im Ostblock halbwegs bei Laune und pflegten gleichzeitig so viele Westkontakte wie möglich. Für mich war die Lage unhaltbar. Ich setzte mich mit GT in Verbindung und erklärte ihm, mein hinterhältiger Vorgesetzter wolle mich ans Messer liefern.«

Marcela löste ihr Haargummi und band den Pferdeschwanz neu. »Und wie ging die Sache aus?«

»Ganz wie in der besseren Welt üblich«, sagte Ludwig. »Berthorst wurde mit durchgeschnittener Kehle in einem Brunnen in Charlottenburg gefunden. Ich vermute, dass ihn die Rumänen im Auftrag von GT dorthin gelockt hatten. Der Auftrag wurde sicher von Südafrikanern oder ähnlichen Leuten ausgeführt. Diese Dinge werden ja immer delegiert. Berthorst war sicherlich von Nutzen gewesen, besaß aber verglichen mit mir keinerlei Wert. Ich war auf dem Weg nach oben und im Unterschied zu Berthorst von echten Überzeugungen durchdrungen. Der Ärmste hatte sich doch nur nach ein wenig Sex, Spannung und Aufmerksamkeit gesehnt. Ich hatte noch nie einen Menschen getötet.«

Eine Weile lang schwiegen sie.

»Meine Antwort auf die Frage, ob GT von Nutzen sein kann, lautet also: Ja, durchaus«, fuhr Ludwig fort. »Allerdings hat man schon einen Haufen Fehler gemacht, wenn man sich in einer so verfahrenen Situation befindet, dass nur er einem helfen kann.« Er kratzte sich am Kinn. »Versteh mich bitte recht. Wenn man sich an ihn wendet, hat das nicht zwingend einen Pakt mit dem Teufel zur Folge. Aber um überhaupt auf diese Idee zu kommen, muss man schon ganz schön verzweifelt sein. Ich würde GT als einen typischen Zahlmeister der Hölle bezeichnen.«

»Verstehe«, meinte Marcela enttäuscht. »Also nicht unbedingt ein Mensch, in dessen Schuld man stehen möchte. Aber sag mal, glaubst du wirklich, dass der Westen letztendlich verlieren wird?«

»Ja. In jeder Hinsicht. Aber noch schwappt ein Rest Bowle in der Schüssel, also schlürfen wir weiter und genießen das Fest. Die Chinesen zahlen. Einstweilen noch.«

Hinter der nächsten Kurve änderte die Gegend ein weiteres Mal ihren Charakter. Aus dem Nichts ragte ein Gebäudekomplex auf, dessen Anblick Ludwig den Atem raubte. Er sah aus, als wäre er von einem Architekten aus seiner ehemaligen Heimat entworfen worden. Zuoberst war das kolossale Hauptgebäude sogar mit einer aufgemalten gelb-rot-schwarzen Borte versehen worden. Das runde, stilisierte Logo des Kasinos erinnerte auf lächerlichste Weise an die DDR.

»Sieht aus wie zu Hause«, sagte Ludwig mit düsterer Miene und parkte etwa zwanzig Meter vom Haupteingang entfernt.

Marcela öffnete das Handschuhfach, schüttete eine Amphetaminline auf die Innenseite der Klappe und schnupfte. »Ich habe mir Europa immer schöner vorgestellt.«

»Ich auch.«

Sie packten ihre Sachen zusammen, überprüften die Waffen und tranken Wasser. Ludwig bekam mal wieder ein Drogenbällchen, das er nach kurzem Zögern schluckte.

Es war kurz vor zwölf Uhr mittags. Es wehte, und die Regenwolken brachen auf, um Richtung Osten und den Atlantik weiterzuziehen.

»Dann wollen wir hier mal ausmisten«, sagte Ludwig und marschierte los.

Mikasuki Resort & Gaming
Route 41, Florida, USA
Mi., 18. Juni 2014
[19:00 EST]

Manche Orte sind von ihrer historischen Bedeutung und der Eleganz vergangener Jahrhunderte geprägt. Das galt nicht für das Mikasuki Resort & Gaming. Nicht einmal das Innere wartete mit ästhetischer Erbauung auf. Hätte man Ludwig um einen Kommentar gebeten, hätte er gesagt, dass das Gebäude aussah, als hätten die Ausstatter von Miami Vice im Jahr 1986 den Palast der Republik aufgemöbelt.

Sie bewohnten ein stickiges Zimmer im fünften Stock mit beigen Wänden und verwegen gemusterten Bettbezügen. Über der Toilette hing das Bild eines Weihnachtsmanns, dessen Schlitten von fliegenden Büffeln statt von Rentieren gezogen wurde.

Gegen sieben gelangte Ludwig zu der Überzeugung, dass sich Hynes keinesfalls in seiner Suite aufhalten konnte, die Marcela mittels Hackerangriff auf das interne Hotelnetz identifiziert hatte. Sie nahmen ihre Waffen und brachen auf.

Die Korridore glichen einer Hippieversion des Hotels in *The Shining*. Teppichböden in Grellgrün, Blau, Rot und Lila kontrastierten mit rühreifarbenen Wänden. Dazu gab es aufwendige Pflanzenarrangements und Springbrunnen mit Plastikalligatoren.

Die Suite befand sich in der siebten Etage. Als sich die Türen des Fahrstuhls öffneten, sagte Ludwig:

»Wir verhalten uns unauffällig. Vermutlich hängen überall Kameras.«

»Brechen wir die Tür auf, oder soll sie unbeschädigt bleiben?«, fragte Marcela.

»Geht Letzteres überhaupt?«

»Aber sicher«, erwiderte Marcela und zog einen zigarettenschachtelgroßen Gegenstand aus ihrer Combat-Hose.

»Was ist das?«

»Ein elektromagnetischer Pulsator. Funktioniert nur aus nächster Nähe, dann allerdings prima.«

Als sie vor der Tür standen, klopfte Ludwig an, dann warteten sie. Keine Reaktion. Er nickte.

Mit einer raschen, diskreten Bewegung hielt Marcela den Pulsator an den Kartenleser der Türklinke. Mit einem Klicken wurde die Tür entriegelt.

Ludwig öffnete. Als die Türe hinter ihnen ins Schloss fiel, zog er seine Pistole, lud durch und entsicherte sie. Marcela blieb in dem kleinen Vorraum stehen und hielt Wache.

Eine Sitzgruppe aus apricotfarbenem Leder dominierte das zwanzig Quadratmeter große Wohnzimmer. Auf dem niedrigen Rauchglastisch drängten sich Geld, Pornohefte, Nikotinkaugummi, ein Paket Feuchttücher, ein Tetrapack russischen Wodkas, zwei halb leere Colaflaschen, einige leere Bierdosen, eine große Tüte Chips, ein Fläschchen Massageöl und ein blauer Spitzenslip. An der Wand hing ein riesiger Fernseher. Der Bildschirmschoner zeigte Werbung für die verschiedenen Büfettrestaurants des Kasinos.

Viele schöne Dinge, mit anderen Worten. Aber kein Computer. Ludwig betrat das aufgeräumte Schlafzimmer. Vor dem einen Nachttisch standen blutrote Lacklederpumps, vor dem anderen riesige Filzpantoffeln. Offenbar verbrachte das junge Genie diesen fröhlichen Hotelaufenthalt in Gesellschaft.

In Schubladen und Schränken entdeckten sie Kleidung und einen Dildo, aber keinerlei Elektronik, nicht einmal einen USB-Stick. Ludwig kannte sich mit den Hackern in Florida nicht so gut aus, aber er fand es doch sehr merkwürdig, dass …

Er hatte ihn dabei.

Natürlich.

Ludwig kehrte ins Wohnzimmer zurück und warf einen Blick auf die Geldscheine. Keine nennenswerte Summe, etwa dreihundert Dollar, aber genug, um sie nicht einfach abzuschreiben.

Er klaubte das Geld vom Tisch und steckte es in die Innentasche seines Jacketts. Den Wodka stellte er ins Schlafzimmer. Dann sicherte er seine Pistole und schob sie in sein Achselholster. Er kehrte zu Marcela zurück und schüttelte den Kopf.

»Nichts«, sagte er. »Jetzt krallen wir uns den Burschen.«

*

Das Kasino lag im Erdgeschoss. Getrennt machten sie sich auf die Suche. Ludwig drehte eine Runde durch das Meer von Glücksspielautomaten, während Marcela auf die Pokertische im Nebensaal zuhielt. Als sie nicht zurückkehrte, begab sich Ludwig ebenfalls dorthin.

Hier war es ruhiger und die Einrichtung weniger aufdringlich. An den Wänden liefen stumm geschaltete Fernseher. An fünf der zwanzig mit grünem Filz bezogenen Tische wurde gespielt. Ludwig bewegte sich langsam, als müsse er sich erst noch entscheiden, ob und an welchem Tisch er Poker spielen wollte.

Etwas abseits vor der Damentoilette stand Marcela mit verschränkten Armen. Ihre Blicke begegneten sich, und sie machte eine Kopfbewegung zu einem Tisch.

Als Erstes sah Ludwig eine geliftete Brünette von Anfang vierzig, die gerade einen Drink schlürfte. Sie steckte in einem roten Etuikleid und balancierte auf zwölf Zentimeter hohen Absätzen, die ihr den Zutritt zu jeder Linienmaschine verwehrt hätten. Allein dieser Aufmachung war es zu verdanken, dass ihr männlicher Begleiter erst auf den zweiten Blick wahrgenommen wurde.

Big Baby Tosh machte seinem Spitznamen alle Ehre. Selbst im Sitzen wirkte er riesig. Aber seine Körpergröße war nicht sein auffälligstes Merkmal. Selbst für einen weißen Amerikaner war der dunkelhaarige, unrasierte junge Mann unglaublich fett. Sein Maßanzug hatte vermutlich die dreifache Stoffmenge eines normalen Anzugs verschlungen. Neben ihm auf dem Fußboden stand ein vollgestopfter Rucksack.

Ludwig nahm an dem Tisch Platz, an dem außer Big Baby Tosh noch drei weitere Männer saßen, die dem Dekolleté der Brünetten mehr Aufmerksamkeit widmeten als ihren Karten.

»Mr. Hynes?«, fragte Ludwig leise.

Dieser hob den Blick von einem Stapel Jetons. Soweit Ludwig sehen konnte, hatte soeben ein neues Spiel begonnen.

Ludwig nickte in Richtung Tür und erhob sich. Widerwillig legte Hynes seine Karten beiseite und folgte ihm.

»Mein Name ist Müller, und ich bin hier im Hotel für die Sicherheit verantwortlich«, sagte Ludwig so leise, dass sich Hynes zu ihm vorbeugen musste. »Leider habe ich eine richtig schlechte Neuigkeit. In Ihre Suite wurde eingebrochen.«

»Scheiße!«, sagte das große Baby.

»Solche Vorkommnisse sind natürlich überaus bedauerlich. Und sie ereignen sich, wie ich Ihnen versichern kann, äußerst selten. Ich möchte Sie bitten, mich zu begleiten, damit wir herausfinden können, was genau gestohlen wurde. Selbstverständlich ersetzen wir Ihnen den Schaden, ohne dass Sie Ihre Versicherung einschalten müssen. Wir bieten Ihnen als Kompensation einen verlängerten …«

Hynes wandte Ludwig den Rücken zu und pfiff laut und durchdringend. Die Brünette erwachte aus ihrem Halbkoma und erhob sich vom Kartentisch.

»Ich bin in zehn Minuten zurück«, rief Hynes den anderen Spielern zu.

Aus den Augenwinkeln sah Ludwig, dass Marcela ihnen in einigem Abstand folgte. Erst als sie vor dem Fahrstuhl standen, beschleunigte sie ihre Schritte und betrat gemeinsam mit ihnen die Kabine. Hynes drückte auf den Knopf zur siebten Etage.

»In einem Kasino hätte ich mehr Sicherheit erwartet«, sagte er eher verstimmt als vorwurfsvoll. »Ein Angestellter?«

»Dem werden wir auf den Grund gehen, glauben Sie mir«, erwiderte Ludwig. »Dies ist übrigens meine Assistentin«, fügte er hinzu.

Marcela nickte Hynes zu und kaute wie wild ihren Kaugummi weiter, was die Situation noch unwirklicher erscheinen ließ.

Schweigend verließen sie den Aufzug und begaben sich zu der Suite.

»Das Schloss wurde aufgebrochen«, erklärte Ludwig und öffnete die Tür ohne Schlüsselkarte.

»Wie haben Sie bemerkt, dass jemand im Zimmer war?«, fragte Hynes, nachdem sie das Vorzimmer betreten hatten. »O Mann! Diese verdammten Schweine haben sogar den Wodka geklaut!«

Ludwig ließ sich mit der Antwort Zeit, bis alle im Wohnzimmer standen. Dann zog er seine Waffe.

»Wenn Sie beide jetzt bitte Platz nehmen würden«, schlug er mit einem Blick auf Hynes und die Brünette vor.

Endlich fiel bei Big Baby Tosh der Groschen. Er schloss die Augen, seufzte und kam der Aufforderung nach.

Eine gezogene Schusswaffe schien die Brünette nicht weiter zu beeindrucken, was Ludwig ganz recht war: Eine Szene hätte ihm jetzt wirklich nicht in den Kram gepasst.

»Was haben Sie in Ihrem Rucksack, mein Junge?«, fragte Ludwig.

»Nichts von Wert. Meinen Computer und ein paar Kabel. Aber der Computer bedeutet mir viel. Ich schlage vor, wir gehen stattdessen zum Geldautomaten hinunter und heben den Höchstbetrag ab.«

Ein praktischer Mann mit Sinn für Geschäfte, dachte Ludwig. Vermutlich ein gutes Zeichen oder ein sehr, sehr schlechtes.

Die Brünette fingerte an ihrer Handtasche.

»Sagen Sie Ihrer Frau, sie soll die Ruhe bewahren«, ermahnte Ludwig Hynes.

Die Zurechtgewiesene brach in schnaubendes Gelächter aus. »Wir sind nicht verheiratet«, erklärte sie.

»Bitte stellen Sie Ihre Tasche wieder hin. Wie heißen Sie?«

»Lydia.«

»Gut. Meine Assistentin kann Ihnen helfen. Was wollten Sie denn gerade aus Ihrer Handtasche nehmen?«

Marcela trat mit gezogenem Revolver vor.

»Meine Güte«, sagte Lydia. »Okay.« Sie reichte Marcela die Tasche. »Ein Tütchen Koks ist drin. Falls Sie nichts dagegen haben.«

Marcela zuckte mit den Achseln und wühlte in der Tasche.

»Möchten Sie auch?«, fragte Ludwig Hynes.

Der Amerikaner neigte den Kopf. »Da würde ich nicht Nein sagen.«

»Ich bin mir sicher, dass uns meine Assistentin auch einen Wodka serviert.«

Marcela nickte. Während Hynes und Lydia ein paar Lines vorbereiteten, ging Ludwig ins Nachbarzimmer, holte den Wodka und schenkte vier Gläser ein, die auf einem Tablett neben dem Fernseher standen.

»Ich glaube, das kann noch richtig nett werden!«, sagte Ludwig. »Prost!«

Alle außer Marcela tranken. Ludwig nahm ihr Glas und reichte es Hynes. »Noch ein Gläschen schadet Ihnen bestimmt nicht, oder?«

»Wohl kaum«, erwiderte dieser und kippte den Wodka.

Ludwig nahm gegenüber vom Pärchen Platz.

»Holen Sie jetzt bitte Ihren Computer«, sagte er freundlich.

»Wie gesagt«, erwiderte Hynes, »er ist mir wirklich wichtig.«

Ludwig nickte, als würde er das Gesagte überdenken. Dann hob er seine Waffe und zielte dem schwitzenden Hynes in den Schritt, um sein Anliegen zu unterstreichen.

»Wenn Sie nicht an einer extrem schnellen Geschlechtsumwandlung interessiert sind, würde ich an Ihrer Stelle den Computer aus Ihrer Tasche nehmen.«

Hynes kratzte sich an den Bartstoppeln und kam Ludwigs Wunsch nach.

Ein großer, schwarzer, recht mitgenommener Asus mit vielen Aufklebern kam zum Vorschein. Auf einem Sticker stand: »NSA = National Socialist Agency.« Man hätte glauben können, der Besitzer des Geräts sei nicht älter als vierzehn.

»Fahren Sie das Ding hoch«, sagte Marcela.

Hynes sah sie erstaunt an. Dann zuckte er mit den Achseln, klappte das Notebook auf und drückte auf den Startknopf. Der Computer begann zu summen.

Ludwig bezog hinter Hynes Stellung. Er kannte keine Geräte mit SSD-Festplatte und stellte verblüfft fest, dass das Betriebssystem binnen fünf Sekunden bereitstand. Der Hintergrund zeigte eine schwarze Frau, die sich mit einem Schlauch verlustierte.

»Ihr Arbeitsgerät«, sagte Ludwig über die Schulter des jungen Mannes hinweg.

Hynes strich sich sein halblanges Haar aus der Stirn. Eine nervöse Geste, die Gleichgültigkeit demonstrieren sollte.

»Stimmt.«

»Ich will wissen, wie ein Programm für hundertfünfzigtausend Dollar aussieht.«

Der junge Mann zuckte zusammen.

Ludwig drückte ihm die Pistolenmündung ins Genick. Als sich Hynes instinktiv vorbeugte, packte ihn Ludwig an den Haaren und hielt ihn fest.

»Ich hab’s gelöscht«, winselte Hynes.
»Von wegen«, schnaubte Marcela. »Jeder Hacker speichert seine Programme, um damit angeben und sie verbessern zu können.«
Ludwig drückte Hynes die Waffe noch fester ins Genick. »Ich weiß, vor wem Sie Angst haben, Joshua. Aber die Typen sind inzwischen tot.« Er ließ dem anderen Zeit, diese Information zu verdauen, und fuhr dann fort: »Raten Sie mal, vor wem Sie jetzt Angst haben sollten.«
Hynes schluchzte trotzig auf.
»Mach schon, was er sagt, BB«, sagte Lydia kühl. »Wie ich gestern schon sagte: Ein Problem nach dem anderen.«
Ludwig beugte sich vor und zischte: »Beherzigen Sie schon den klugen Rat Ihres Coaches.«
Hynes seufzte. Mit einem Finger auf dem Touchpad begann er sich durch verschiedene Verzeichnisse zu klicken.
Schließlich gelangte er zu einer einzelnen Datei.
»Öffnen Sie sie.«
Auf dem Bildschirm erschien weißer Text auf schwarzem Hintergrund. Programmiersprache, so viel war Ludwig klar, aber weiter reichten seine Kenntnisse leider nicht.
Er kehrte auf seinen Platz auf dem Sofa zurück.
»Rücken Sie ein Stück«, sagte er zu Hynes und nickte Marcela zu.
Diese nahm neben dem Hacker Platz und begann die Buchstaben und Zahlen zu studieren.
»Für wen haben Sie dieses Programm erstellt?«, fragte Ludwig.
»Für einen üblen Kerl namens Henderson. Der Typ hatte von nichts eine Ahnung und hat von einem Papier abgelesen.«
»Und, was siehst du?«, fragte Ludwig Marcela.
»Einen Trojaner«, murmelte sie.
»Ein Virus?«
»Was Ähnliches.«
»Zu welchem Zweck?«, erkundigte sich Ludwig bei Hynes.

»Um sich in ein System einzuschleichen und dort abzuwarten, bis es aktiviert wird.«

»Und was passiert dann?«

»Das weiß ich nicht.«

»Was zum Teufel soll das heißen?«

»Ich habe keine Ahnung!«

Marcela hob den Zeigefinger und sagte: »Eigentlich müsste das aus der letzten Programmzeile hervorgehen.«

»Und was steht da?«, fragte Ludwig.

»Exec.PROT711.«

»Sagt dir das was?«

»Nein. Aber es gibt eine Zeitvorgabe. Das Protokoll 711 läuft … morgen um zehn Uhr.«

»Und was geschieht dann?«, brüllte Ludwig Hynes an.

»Ich weiß es nicht! Ich weiß es nicht! Das habe ich doch schon gesagt!«

Ludwig sah sich im Zimmer um. Sein Blick fiel auf das lange Kabel einer Stehlampe. Er riss es ab und legte die Kupferdrähte mithilfe seines Taschenmessers frei.

»Du bist ein großer Junge«, sagte er zu Hynes, ohne ihn anzusehen. »Also verlierst du frühestens in einer halben Stunde das Bewusstsein. Wollen wir das mal ausprobieren? Die Nase ist immer ein guter Anfang, dann sehen wir weiter.«

Hynes verlor jegliche Selbstbeherrschung, schüttelte den Kopf und schrie: »Ich habe nur den Trojaner konstruiert. Wofür, weiß ich nicht. Ich habe nur den Trojaner konstruiert. *Ich weiß es nicht, sage ich doch!*«

Dann verstummte er abrupt. Es plätscherte.

»Meine Güte«, sagte Marcela betreten.

Urin tropfte vom Ledersofa auf den Teppich.

»Entschuldigung«, flüsterte der zu groß geratene Jüngling. »Aber mehr weiß ich wirklich nicht.«

»Kann das wirklich sein?«, fragte Ludwig Marcela.

»Durchaus. Warum hätten sie es ihm auch sagen sollen? Wenn du ein Gewehr bei einem Waffenhändler bestellst, dann sagst du ihm ja auch nicht, wen du erschießen willst.«

»Er weiß es wirklich nicht«, warf Lydia ein. »Glaubt mir, ich habe ihn auch schon gefragt.«

Ludwig wusste nicht recht, ob sein Ekel daher rührte, dass Hynes sich eingenässt hatte oder weil er nun doch nicht mit dem Kabel auf den Typen losgehen konnte. Sein aufgestauter Adrenalinpegel drängte auf Action. Hoffentlich war das der einzige Grund.

Jedenfalls war es angezeigt, sich nach erledigtem Auftrag der Selbstanalyse hinzugeben. Und von erledigt konnte durchaus noch nicht die Rede sein.

»Entfernen Sie den Schreibschutz, damit ich die Datei kopieren kann«, sagte Marcela zu Hynes und schob den Computer in seine Richtung. Als er ihre Anweisung befolgt hatte, schob sie einen USB-Stick ins Gerät und kopierte die Datei.

»Möchten Sie mich wiedersehen?«, fragte Ludwig.

»Nicht wirklich«, erwiderte Hynes.

»Dann können Sie sich bestimmt denken, was ich Ihnen rate?«

»Den Mund zu halten.«

»Genau. Können Sie ihm dabei helfen, Lydia?«

Die Frau, die ihre Nerven nach wie vor eiskalt im Griff hatte, nickte und erwiderte: »Ich werde ihn daran erinnern, dass er sich freuen soll, die Sache hier überlebt zu haben.«

Ludwig stand auf. »Dann wären wir hier fertig«, sagte er zu Marcela.

Sie verließen das Paar, das jetzt versuchen musste, wieder in Partystimmung zu kommen.

Auf dem Weg zum Fahrstuhl fragte Ludwig: »Hätte ich nicht doch einen ernsthaften Versuch unternehmen sollen?«

»Der hätte auch nichts gebracht«, antwortete Marcela.

»Zumindest würde er mich dann nicht so schnell vergessen.«

»Er wird sich auch so an dich erinnern. Du wirst ein fester Bestandteil seiner Wichsfantasien sein.«

»Du spinnst wohl!«

»Er gehört zu den Typen, die sich an der Vorstellung aufgeilen, ihre Freundin könnte vergewaltigt werden. Gib ihm ein paar Stunden, dann ist er so weit. Perversionen entstehen aus Traumata, die bearbeitet werden müssen.«

»Meine Güte«, erwiderte Ludwig verlegen. »Was haben die Leute in diesem Land bloß alle?«

»Und das sagt ein Deutscher«, bemerkte Marcela und lachte.

Sie fuhren im Fahrstuhl in die fünfte Etage hinunter.

»Hättest du es getan?«, fragte sie.

»Was?«

»Ihn mit Elektroschocks gequält.«

»In unserer Branche zählen nur die Ergebnisse.«

Ihr halbdunkles Zimmer erwartete sie mit leise dröhnender Klimaanlage. Die Tür fiel ins Schloss. Marcela zog Ludwig an sich und dann auf den Fußboden hinunter.

*

»Was hat es mit diesem Virus wohl auf sich?«, fragte Ludwig hinterher.

»Da gibt es unzählige Möglichkeiten.«

»Callaghan hat ihn bestellt, also muss er etwas mit Kuba zu tun haben.«

»Richtig.«

Und jetzt dämmerte es Ludwig. Er hörte die Worte in seinem Kopf, noch ehe er den Gedanken zu Ende gedacht hatte: »Es hat mit der Abhöranlage zu tun«, sagte er langsam. »Callaghan hat eine der Minifestplatten infiziert, die die CIA den Russen untergeschoben hat.«

Marcela antwortete nicht.

»Wie groß ist das Datenvolumen?«

»Unauffällig«, antwortete sie. »Der eigentliche Quelltext ist recht kurz, aber in Füllmaterial eingebettet, das ein Standardprogramm vortäuschen soll.«

»Aber wie kann es Callaghan nur gelungen sein, den Virus zu platzieren?«, fragte Ludwig. »Er muss jemanden bei der CIA kennen, der mit dieser Operation befasst ist.«

»Ja, oder ein anderes Glied der Kette.«

»Wir müssen das mit Callaghan ein für alle Mal klären, aber erst muss ich GT anrufen. Vielleicht wissen wir dann endlich, wie nützlich er einem wirklich sein kann.«

Ludwig holte sein Satellitentelefon hervor und ging auf die Tür zu. »Such dir auf der EXPLCO-Homepage GTs Mailadresse heraus. Clive Berner. Schick ihm die Datei mit dem Trojaner, damit ihn die CIA analysieren kann. Ich bin in einer Viertelstunde zurück.«

»Wir haben nicht mehr viel Zeit«, rief ihm Marcela nach. »Der Trojaner wird morgen früh um zehn aktiviert.«

Es war neun Uhr abends. Nur noch dreizehn Stunden.

LEBENSVERLÄNGERNDE ILLUSIONEN

Kreuzung Bashford Lane, North Royal Street
Alexandria, Virginia, USA
Mi., 18. Juni 2014
[23:50 EST]

Die Realität war schon immer kompliziert – auch vor unserer Existenz. Das einzigartige Kennzeichen unserer Zeit ist es jedoch, dass wir stets wissen, was andere tun. In anderen Teilen des Landes, in anderen Teilen der Welt. Den großen Durchbruch brachte die Telegrafie, den Schritt in die epileptisch anmutende Epoche der Echtzeitkommunikation. Was dann folgte, war nur noch manische Perfektionierung.

Bereits zehn Minuten nach Ludwigs Telefonat mit GT war Fran Bowden im Bilde. Weitere zwanzig Minuten später war die Virusdatei analysiert. Nicht zuletzt ihr Volumen stimmte mit den fehlenden zwei Tausendsteln der Festplatte aus Kuba überein. Allein der Umstand, dass Tim Coyle, der an diesem Mittwochabend keinen Dienst hatte, es unterlassen hatte, beim Erhalt des NSA-Berichtes Alarm zu schlagen, ließ einige Schlüsse zu. Als Einziger hatte er mehr als nur die Zusammenfassung gelesen. Außerdem war er für die Minifestplatten verantwortlich.

Eines wusste die NSA mit Sicherheit: Der Virus war weg. Zweifellos war er auf der allerersten Festplatte installiert worden und hatte dabei zwei Tausendstel der kompletten Datenmenge verdrängt, die unter anderem den Dechiffrierschlüssel der Russen enthielt. Nun hatte sich der Virus selbst gelöscht – höchstwahrscheinlich, nachdem er das Computersystem des russischen Stützpunkts infiziert hatte. Blieb also nur noch die Version, die Marcela gemailt hatte, und diese wurde gerade von verzweifelten NSA-Experten in Fort Meade eingehend analysiert. Einstweilen tappten sie noch im Dunkeln. Sie mussten sich also an die Quelle wenden.

Und diese Quelle war Coyle. Er wurde festgenommen und saß nun auf einem Stuhl in einer dunklen Lagerhalle im Norden von Alexandria, unweit von D.C. Der Analyst sollte nun also selbst analysiert werden.

Die vierzig Minuten, in denen er über jene Verwandlung vom Schlächter zum Schlachtvieh nachdenken konnte, unterschieden sich kaum von der Kerkerzeit anderer überführter Verräter im gnadenlosen Lauf der Jahrhunderte.

*

Als Fran Bowden nach Mitternacht auf den gefesselten Coyle zutrat, war ihre Wut bereits in den eiskalten Hunger eines Raubtiers übergegangen. Jetzt wollte sie die Wahrheit, sie wollte Fakten.

Sie betrachtete Coyle.

»Gibt es irgendwo Wasser?«, sagte Coyle schließlich.

»Was glauben Sie, Tim? Glauben Sie, dass es irgendwo Wasser gibt? Glauben Sie überhaupt an etwas?«

»Natürlich.«

Sie verschränkte die Arme. »Dann helfen Sie mir bitte auf die Sprünge. Woran glauben Sie denn?«

»An die Gerechtigkeit.«

»Das ist die Parole aller extremistischen Bewegungen.«

»Und die Parole jedes anständigen Menschen.«

»Halten Sie sich für anständig, Tim? Wenn Sie morgens aufwachen? Wenn Sie von der Arbeit nach Hause fahren, Ihre Lederkluft anziehen und die erste beste Schwulenbar aufsuchen?«

»Doch, ich halte mich für anständig.«

Bowden nickte zurückhaltend. »Was würde Callaghan wohl sagen, wenn er Sie dabei sähe?«

»Er hat gegen meinen Lebensstil nichts einzuwenden. Was uns vereint, hat viel mehr Gewicht.«

»Und zwar?«

»Dass die Schweine in Kuba nicht ungestraft davonkommen. Wir haben vor einigen Jahren eine Operation mit drei mexikanischen Austauschstudenten durchgezogen. Ihre Aufgabe war nur, die Lage zu sondieren und die Stimmung unter den Studenten und Dozenten auszuloten. Es war eine Art Testballon. In den kubanischen Zeitungen stand anschließend, drei wagemutige ausländische Studenten seien bei einem Bootsunfall ertrunken. Pfui Teufel, sage ich. Der Geheimdienst hat sie wie Katzenjunge ertränkt.«

»Ihr Motiv ist also Rache«, erwiderte Bowden unberührt. »Nicht unbedingt ein edles Gefühl.«

»Nennen Sie es, wie Sie wollen. Ich nenne es Gerechtigkeit.«

»Sie wollen keine Rache, Tim. Sie wollen nur, dass der Tod dieser jungen Leute irgendeinen Sinn hatte.«

»Das muss doch kein Widerspruch sein.«

»Was hat es mit diesem Virus auf sich, Tim?«

Er wich ihrem Blick aus und schwieg.

»Ich bin im Besitz einer Programm-C-Genehmigung«, sagte Bowden scharf.

Die eine Braue des Gefangenen zuckte. Dann hatte er sich wieder im Griff.

Das Programm C war streng geheim und stand für besonders strenge Verhörmethoden inklusive Folter, die allerdings jeweils der Genehmigung des Präsidenten bedurfte.

»In diesem Fall hätten mich die Gorillas schon längst durchgeknetet«, erwiderte Coyle langsam.

Er schien sich seiner Sache nicht ganz sicher zu sein, aber seine Annahme stimmte: Bowden bluffte. Vor Antritt ihres neuen Amtes würde sie es keinesfalls wagen, das Weiße Haus um eine Foltergenehmigung zu ersuchen, und schon gar nicht für einen amerikanischen Staatsbürger und CIA-Angestellten.

»Ich würde Ihnen das gerne ersparen«, flüsterte sie beinahe mütterlich.

Bereits die Androhung der Folter galt als Folter. Aber niemand zeichnete dieses Gespräch auf Tonband auf, und niemand hörte zu. Fran Bowden und Tim Coyle waren ganz allein.

Sie umkreiste den Stuhl. Coyle blickte schräg nach unten wie eine Katze, die ausblendet, dass sie beobachtet wird.

»Was streben Sie und Callaghan an?«

»Dass diese Castro-Schweine sterben, das Regime stürzt, Kuba ein freies Land wird und die Schuldigen zur Rechenschaft gezogen werden.«

»Die Schuldigen.«

»Alle, die dem Regime gedient haben.«

»Das sind ziemlich viele.«

»Zweifellos.«

»Welche Rolle hätten Sie denn gespielt, wenn Sie auf dieser Insel aufgewachsen wären, Tim? Hätten Sie sich damit begnügt, in einer Dissidentenzelle zu verrotten?«

»In Anbetracht meiner Neigungen wäre mir wohl nichts anderes übrig geblieben. Sie wissen ja, wie es Schwulen in diesem Land ergeht.«

»Treibt Sie das an?«

»Nein, und ich fasse diese Vermutung als Beleidigung auf. Mich treibt die Zurückhaltung unseres Landes an. Seit Vietnam ziehen wir uns immer mehr zurück. Wir reagieren und passen uns nur an. Und jetzt auch noch diese Besessenheit im Hinblick auf die Dschihadisten. Was für eine Bedrohung geht denn von denen aus? Vierzehn Jahre Afghanistan, verdammt! Vierzehn Jahre! Wo doch Russland und China die eigentliche Bedrohung darstellen. Gegen diese Länder werden wir früher oder später Krieg führen. Hoffentlich nacheinander.«

»Da sind wir ganz einer Meinung«, meinte Bowden milde. »Darum ist die Operation in Kuba ja so verdammt wichtig, verstehen Sie das denn nicht?«

»Gewissen Prinzipien muss man einfach treu bleiben. Vierundfünfzig Jahre lang haben wir dafür gekämpft, die Kommunisten zu vertreiben. Eine Amnestie dieser Verbrecher ist untragbar. Untragbar!«

Bowden verdrehte die Augen. »Callaghan hat Sie wirklich gehirngewaschen. Aus jedem Ihrer Worte höre ich seine whiskystinkende Stimme heraus.«

»Immerhin sind mir noch ein paar Prinzipien geblieben«, konterte Coyle. »Und Sie, was liegt Ihnen am Herzen?«

»Die Sicherheit der Nation«, erwiderte Bowden mit nachdenklichem Blick an die Decke. »Unsere Pflicht, die Bürger zu schützen, während sie jeden Tag zur Arbeit fahren und sich für unsere Löhne abrackern. Unsere Pflicht, ihre Erwartungen zu erfüllen, ohne sie mit Einzelheiten zu belasten.«

»Wie in der Fleischindustrie«, murmelte Coyle.

»Wenn Sie meinen. Wer von den Kuba-Leuten arbeitet sonst noch für Callaghan?«

»Niemand, soweit ich weiß.«

Diese komplexe Schachpartie erforderte rasche Züge. Bowden sah sich von einem Brett zum nächsten eilen und für jeden Spieler eine neue Strategie entwerfen. Irgendwie waren die Bretter miteinander verbunden. Das, was auf einem Schlachtfeld geschah, beeinflusste alle anderen.

Der Bombenanschlag am Versailles.

Die Operation in Kuba.

Die Eliminierung des Callaghan-Fußvolks durch die EXPLCO.

Ihre Nominierung durch den Kongress.

Beth Hayefords Erpressungsversuch, mit dem Ziel, einen umfassenden Ermittlungsauftrag zu erhalten.

Die zukünftige Operation in Kaliningrad.

Sobald sie eine Figur auf einem Brett verschob, passten sämtliche Gegner ihre Strategien an. Eine ungeheure Aufgabe. Und genau die hatte sie ihr ganzes Leben lang angestrebt.

»Wozu dient dieser Virus, Tim?« Ihre Gelassenheit ließ sich einzig mit ihrer Erschöpfung erklären.

»Ich weiß es nicht.«

Denselben Bescheid hatte sie auch von ihrem Datenanalysten und der NSA erhalten, nachdem sich diese das Programm angesehen hatten.

»Das nehme ich Ihnen nicht ab!«, fauchte sie ihn an.

»Callaghan geht immer auf Nummer sicher, wie Sie wissen müssten. Er hat mir übrigens von Ihrer Affäre erzählt.«

Bowden erschauerte.

»Und ganz offenbar hasst er Sie deswegen«, fuhr Coyle fort. »Monatelang hat er Luisa Maria Ihretwegen betrogen. Dann ist sie erkrankt, und jetzt schämt er sich.«

Mit schwer erkämpfter Selbstbeherrschung sagte Bowden: »Wie bedauerlich.«

»Er sagt, wenn er besser achtgegeben hätte, wäre ihre Krankheit möglicherweise rechtzeitig erkannt worden.«

Ein paar rostige Armierungseisen lagen zehn Meter entfernt auf einem Haufen. Ohne größere Eile nahm Bowden eines davon zur Hand. Als sie wieder vor Coyle stand, schloss dieser die Augen und holte tief Luft.

Sie entschied sich für zwei Schläge auf die Brust. Es wurden drei.

Vier.

Und …

Wäre Coyle von der Wucht des vierten Schlages nicht nach hinten geschleudert worden, hätte sie ihn möglicherweise umgebracht. Jetzt hielt sie verwirrt inne. Mit rasendem Puls und schweißnasser

Stirn sank sie auf den Fußboden. Nach einer Minute hatte sie ihre Fassung notdürftig wiedergewonnen.

»Sie haben mir die Rippen gebrochen, Sie Hexe«, jammerte Coyle.

Bowden erhob sich und beugte sich über ihren Untergebenen, der mit gefesselten Händen in einer Stellung auf dem Boden lag, als wolle er Sit-ups trainieren.

»Das mit dem Programm C war gelogen«, sagte Fran Bowden. »Aber wir können natürlich improvisieren. Wie wäre es denn mit dem Programm D?«

Coyle rang nach Luft, was ihn vor Schmerzen aufschreien ließ.

»Tut es sehr weh?«, fragte Bowden.

»Was soll …«

»Aber nicht so weh wie das hier, oder?«

Sie stellte sich mit einem Absatz auf seinen Brustkorb und verlagerte ihr Gewicht. Coyle schrie wie ein Kind.

Und schrie immer weiter.

»Was passiert morgen früh um zehn?«, brüllte Bowden. »Wozu dient der Virus?«

Doch das Kind gab nichts anderes von sich als ein lang gezogenes Schreien.

Café Marrero
Havanna, Kuba
Do., 19. Juni 2014
[8:30 EST]

Jeden Tag saß Faye Morris mit dem immer gleichen Gedanken im selben Straßencafé: Hoffentlich ist dieser Morgen der letzte hier. Sie wollte nach Hause.

Beim Anblick eines schlanken, blauäugigen Passanten Anfang sechzig schöpfte sie Hoffnung, die aber rasch von Furcht abgelöst wurde, als er die Arme ausbreitete und sie überschwänglich begrüßte.

»Darf ich Ihnen was bestellen?«, fragte sie den Schweden, dessen Nachname mit »Lager« begann, wenn sie sich recht erinnerte. Wie bei verliebten Pärchen üblich hatte er nicht ihr gegenüber, sondern direkt neben ihr Platz genommen.

Ein Treffen in der Öffentlichkeit stellte einen unglaublichen Verstoß gegen alle erdenklichen Regeln dar. Es musste also etwas äußerst Ernstes vorgefallen sein. Der kubanische Geheimdienst würde den Schweden garantiert festnehmen, sobald sie sich getrennt hatten. Der einzige Trost war, dass er für ein »neutrales« Land tätig war. Für einen Amerikaner oder Engländer wäre schon alles vorbei gewesen. Vielleicht würde die Operation ja dennoch klappen, weil es sich um eine Zufallsbegegnung alter Bekannter handeln konnte.

»Wir haben dafür leider nicht viel Zeit.« Er flüsterte und hielt sich, wahrscheinlich um den Lippenlesern des Geheimdienstes die Arbeit zu erschweren, die Hand vor den Mund. »Sie sollen ein Taxi zum Stützpunkt nehmen, und zwar sofort. In anderthalb Stunden, Punkt zehn Uhr, geschieht etwas. Die erste Minifestplatte war mit einem Virus versehen, von dem wir nur wissen, dass er heute aktiviert wird. Sie müssen vor Ort sein, um anschließend Bericht erstatten zu können. Wir müssen in Erfahrung bringen, ob unsere Operation kompromittiert ist. Geben Sie mir die Hand.«

Faye legte die Hand auf den Tisch, und der schwedische Diplomat küsste sie mehrmals.

»Wie nett, dich hier zu treffen!«, rief er laut und erhob sich. »Hast du Hotel Inglaterra gesagt? Ich melde mich, wir müssen uns unbedingt noch mal sehen! Jetzt muss ich leider zur Arbeit, obwohl Samstag ist. Man stelle sich vor! Mach's gut!«

Dann ging er davon.

*

Zum ersten Mal befand sich Ludwig auf der Straße, die die Inseln der Florida Keys mit dem Festland verband. Verfahren konnte man sich auf dieser Kette von Brücken durch ein funkelndes Paradies aus Weiß und Türkis jedoch nicht.

GTs Anweisungen waren bis auf einen Punkt eindeutig. Ludwig und Marcela sollten sich nach Key West begeben, zum südwestlichsten Punkt der USA, und weitere Anweisungen abwarten. Unklar war, was mit Callaghan geschehen würde.

Kurz nach neun überquerten sie die letzte Brücke und fuhren dann langsam die schmalen pittoresken Straßen Key Wests entlang. Alte Holzhäuser und üppige Gärten ließen eine gewisse Authentizität erahnen, aber die Touristenhorden gaben sich redlich Mühe, auch diesen Ort in einen Vergnügungspark mit Piraten- und Karibikthema und angeklebtem Südstaatencharme zu verwandeln.

Ludwig sehnte sich geradezu nach Miami zurück. An Little Havana war so einiges auszusetzen, aber flanierende Familien mit kleinen Kindern blieben einem dort zumindest erspart.

Die Wolken huschten immer schneller über den Himmel, jeden Augenblick konnte der Sturzregen beginnen oder auch vorbeiziehen.

»Warst du schon mal hier?«, fragte Ludwig Marcela an einer roten Ampel.

»Nein«, antwortete sie. »Orte, an denen jeder Schritt Geld kostet, sind nicht mein Ding. Key West ist nur was für Gringos.«

Ludwig nickte. »München ohne Lederhosen.«

*

Der leuchtend gelbe Lada Niva kam abrupt zum Stillstand, als der Taxifahrer die erste Wegsperre vor dem Stützpunkt im Wald bemerkte. Faye zahlte, vermutlich zu viel, und stieg aus. Inzwischen regnete es, und sie musste aufpassen, nicht in eine Pfütze zu treten. Hinter sich hörte sie das Taxi wenden und davonrasen.

»Ich muss Major Galinov sprechen«, erklärte sie auf Spanisch dem kubanischen Soldaten, der auf sie zutrat.

Dieser musterte sie skeptisch. »Hier gibt es niemanden mit diesem Namen, Signora. Bitte kehren Sie um.«

»Fragen Sie Ihren Vorgesetzten. Sagen Sie, die Amerikanerin sei hier und müsse unbedingt mit dem Major sprechen. Es geht um eine ernste Bedrohung, von der ich soeben erfahren habe.«

Der Soldat runzelte die Stirn und kehrte in das Wachhäuschen zurück.

*

Brent Callaghan besaß eine der wenigen Villen mit Ufergrundstück in Key West. Die übrigen Gebäude, deren Gelände ans Wasser grenzte, beherbergten entweder Hotels und Restaurants oder gehörten dem Militär. Auch architektonisch wich sein schlichter grüner Bungalow von der übrigen Bebauung aus dem 19. Jahrhundert ab.

Ludwig hatte genug Zeit, um darüber und über vieles andere nachdenken. Er ließ sich mit Marcela in einem weißen Motorboot, das sie sich gemietet hatten, zweihundert Meter vor dem Haus auf dem Meer treiben. Erfreulicherweise war es immer noch bewölkt, denn gleißende Sonne auf dem Wasser wäre unerträglich gewesen.

Sie führten einiges mit sich: mehrere große Wasserflaschen, je einen Feldstecher, einen Koffer mit Handfeuerwaffen und Munition sowie Marcelas Scharfschützengewehr – eingewickelt in einen schwarzen Müllsack und als Angel getarnt.

»Fünf Bier so früh am Morgen sind eine ganze Menge«, stellte Marcela fest und legte ihr Fernglas beiseite.

»Vielleicht weiß er ja, dass es der letzte Tag seines Lebens ist«, erwiderte Ludwig.

Sein Satellitentelefon klingelte.

»Wo seid ihr?«, fragte GT.

»Vor seinem Haus auf dem Meer. Wir haben unter falschem Namen ein Boot gemietet und warten auf weitere Befehle.«

»Gut. Behaltet ihn weiterhin unter Aufsicht.«

»Er sitzt auf seiner Veranda und betrinkt sich.«

»Wie ist das zu verstehen?«

»Entweder hat er was zu feiern«, meinte Ludwig, »oder er bereitet sich auf sein Schicksal vor.«

»Hat er telefoniert oder Besuch empfangen?«

»Nicht, seit wir ihn beobachten.«

»Gibt es … Überwachungskameras? Oder könntet ihr ihm notfalls einen Besuch abstatten?«

»Nein, keine Kameras. Zum Glück ist er arrogant genug zu glauben, er bräuchte das nicht.«

»Ausgezeichnet. Ich rufe wieder an.«
Ludwig beendete die Verbindung. Es war zwanzig vor zehn.

*

Major Galinov wartete am Tor. Faye stieg aus dem russischen Jeep, der sie an der kubanischen Wegsperre abgeholt hatte, und gab ihm die Hand. Sie gingen auf das Gebäude mit dem Fahrstuhl zu.

Um auf den besorgten Blick des Majors zu reagieren, kam Faye sofort zur Sache: »Gewisse Indizien lassen darauf schließen, dass ein Angriff auf Ihr System unmittelbar bevorsteht.«

»Was für Indizien?«

»Hydraleaks ist auch im Deep Web sehr präsent, und in den dortigen Chaträumen sind Ausdrücke vorgekommen, auf die unser spezialentwickelter Tor-Client reagiert.« Sie blieb stehen, da auch der Major innegehalten hatte. »Nein, meine Informanten werde ich Ihnen nicht verraten. So eng ist unsere Zusammenarbeit nicht.«

»Das respektiere ich«, erwiderte Galinov, wirkte aber nicht gerade überzeugt. »Um welche Art von Angriff handelt es sich denn?«

»Das weiß ich nicht. Aber er erfolgt demnächst, genauer gesagt um zehn Uhr. Können Sie das System herunterfahren?«

Sie befanden sich inzwischen in der Baracke, in der sich auch an diesem Tag Wachsoldaten aufgebaut hatten.

»So kurzfristig? Nein. Das Erstellen der Sicherheitskopien und das Herunterfahren des Kühlsystems dauern mindestens eine halbe Stunde. Außerdem benötige ich eine Genehmigung aus Moskau, und bis dahin verstreicht noch mehr Zeit. Das Intranet hingegen ließe sich ausschalten. Das würde die Zugriffsmöglichkeiten auf brisante Informationen auf ein Minimum beschränken. Die Analysedaten werden in den Workstations und in Back-up-Servern gelagert, die sich ebenfalls abkoppeln lassen.«

»Dann schlage ich vor, dass wir uns nach unten begeben und uns anschauen, was passiert«, meinte Faye. »Hoffentlich handelt es sich einfach nur um einen Lausbubenstreich.«

Der Major zog seine Schlüsselkarte durch das Lesegerät und drückte auf den Fahrstuhlknopf. Die Türen öffneten sich.

»Hoffentlich«, erwiderte Galinov und schob Faye in den Aufzug. Dann erteilte er über Funk einige Befehle auf Russisch. Faye verstand kaum etwas, aber sie bemerkte, wie konzentriert und freundlich er klang.

Die Türen schlossen sich, und der Fahrstuhl setzte sich in Bewegung. Zum zweiten und hoffentlich letzten Mal glitt Faye in die russische Unterwelt.

*

»Was macht er denn jetzt?«, fragte Ludwig, erinnerte sich dann aber daran, dass er ein eigenes Fernglas dabeihatte, das er jetzt an die Augen hob. »Wie betrunken ist er eigentlich? Ist er gestolpert?«

»Oder er betet?«, fragte Marcela.

Callaghan war im Morgenmantel auf die Knie gesunken. Er stützte die Ellbogen auf eine Bank und faltete die Hände. Sein gebeugtes Haupt wies Richtung Süden. Mit geschlossenen Augen bewegte er seine Lippen.

»Er betet wirklich«, bestätigte Ludwig.

»Vielleicht keine dumme Idee«, erwiderte Marcela leise.

Ludwig schaute auf seine militärgrüne Digitalarmbanduhr.

09:57.

*

Im Bunker beugten sich Faye und Galinov über einen Monitor, auf dem sich der Systemstatus und die Prozessorbeanspruchung ablesen ließen. Bislang war nichts Auffälliges zu sehen, berichtete der Major. Nach Abkoppelung des Intranets war die Belastung des Systems recht gering, ein Parameter, den selbst Faye einsehen konnte, da die Zahlen im Unterschied zu den Buchstaben arabisch waren. Die Prozessorauslastung betrug dreißig Prozent.

Der Major murmelte vor sich hin und betrachtete die verschiedenen Zahlen eingehender. Der Zeiger näherte sich zehn Uhr. Faye, die nun schon seit anderthalb Stunden Situationen verarbeitete, deren Konsequenzen sich nicht absehen ließen, fühlte, wie sie von Panik erfasst wurde.

Die Uhr befand sich in der rechten unteren Ecke des Bildschirms. Auf 09:59 Uhr folgte die längste Minute ihres Lebens.

Dann war es 10:00 Uhr.

Als Erstes stieg die Prozessorauslastung wenige Sekunden lang von 30 auf 39 Prozent an, um dann auf 33 Prozent abzufallen.

Panisch bewegte sich Galinov mittels Pfeiltasten von einer Dialogbox zur nächsten. »Nichts, nichts … halt, hier haben wir was … 711? Was soll das heißen? 711?«

Seit ihrer Ankunft in Kuba hatte Faye ihre Angst in Schach gehalten. In diesem Moment aber unterlag sie ihr. Sie hyperventilierte mit aufgerissenen Augen, schwitzte und zitterte.

Ein kräftiges Signal, das an die Hupe eines Feuerwehrwagens erinnerte, holte sie aus dem Schockzustand in die Gegenwart zurück.

Drei Sekunden vergingen, dann ertönte das Signal erneut.

Major Galinovs konzentrierte Miene wurde nun von vollkommener Verzweiflung abgelöst.

»Gehen Sie, Miss Morris«, sagte er grimmig. »Ich muss den Prozess abbrechen.«

Da sie wie gelähmt stehen blieb, brüllte er: »Verschwinden Sie endlich!«

Eilig setzte sie sich in Bewegung. Überall im Saal riefen die Leute aufgeregt durcheinander, zerrten Bedienungsanleitungen aus Schubladen und deuteten auf ihre Bildschirme.

Der Fluchtinstinkt war den Soldaten durch jahrelangen Drill abtrainiert worden. Faye Morris hingegen war Zivilistin. Obwohl sie dabei für eine Krisensituation schlechter gerüstet war, half ihr gerade dieser Umstand, die Lähmung zu überwinden. Sie rannte zum Fahrstuhl. Erleichtert fiel ihr ein, dass keine Schlüsselkarte nötig war, um wieder an die Oberfläche zu gelangen.

Die Glastüren schlossen sich hinter ihr.

Galinov drehte sich noch einmal zu ihr um und warf ihr einen entmutigten, irren Blick zu. Dann setzte sich der Aufzug in Bewegung, und sie konnte gerade noch sehen, wie einige Soldaten ihrem Bespiel folgten und zum Fahrstuhl rannten.

Das fürchterliche Schrillen kehrte in voller Stärke zurück, als sich die Türen öffneten. Faye rannte um ihr Leben und rief den Wachen zu:

»Weg hier! Weg hier!«

Vor Entsetzen wurde ihr schwarz vor Augen, und einige Sekunden lang meinte sie, ihren eigenen Tod zu erleben. Sie hörte nichts als den Alarm und das klatschende Geräusch ihrer Stiefel auf der nassen Erde und sah nur noch das offene Tor.

Nicht auf die Schotterstraße, ab in den Wald. Dort findet dich niemand, dachte sie.

Der schwarze Dschungel verschluckte sie vollkommen.

Dichte Vegetation. Sie stolperte über eine Wurzel, schlug mit den Händen ab und stellte fest, noch ehe die Schmerzen einsetzten, dass sie sich das Kahnbein an derselben Stelle gebrochen hatte wie damals, als sie vom Fahrrad gefallen war …

Ein dumpfes Dröhnen hinter ihr, ein Grollen aus der Unterwelt. Nachdem der Tod ihr einen dreiminütigen Vorsprung eingeräumt hatte, warf er sich schließlich auf seine Opfer.

*

In den riesigen Kühltanks unter dem Bunker war Wasser. Darüber hingen Behälter mit Thermit. Diese wurden von einigen Gasflammen in Brand gesetzt und erreichten blitzschnell eine Temperatur von zweitausend Grad, die auch massives Metall zum Schmelzen brachte. Das Thermitpulver verwandelte sich in weiße Lava.

Diese Vorrichtung diente nur einem Zweck: Im Falle einer amerikanischen Invasion oder des Zusammenbruchs des Regimes wollten die Russen nach der Evakuierung des Stützpunkts alle Spuren beseitigen können. Aus diesem Grund hatten sie den Beton an mehreren Stellen mit Sollbruchstellen versehen. Der Stützpunkt würde sich auf klassisch russische Art, ohne größere Umstände und kostengünstig, selbst zerstören. Nichts sollte zurückbleiben.

Die Stahlzylinder schmolzen, und glühendes Plasma regnete auf das kalte Wasser. Wie unter Schock trennten sich Wasserstoff und Sauerstoff. Die erste weiß glühende Explosion war fast lautlos. Die beiden Elemente konnten nicht zusammen existieren, der Rest der Welt musste ausweichen. Nachdem die Temperatur ein wenig gesunken war, trafen die Gase aufeinander und auf das brennende Thermit. Dann erfolgte die zweite Explosion – gelb, stärker, unaufhaltsam.

Wie so oft stillte der Tod seinen Hunger mithilfe seines effizientesten Werkzeugs: Das Feuer, dieser vielfältig begabte Dämon, fraß Sauerstoff, Wände, pulverisierte Fußböden und Decken und verwandelte Haut und Knochen in qualmende Kohle.

Hunderte von Menschen, die diesen Ort bevölkert hatten, wurden aus dem Leben gerissen, wurden zu Opfern desselben kosmischen Zufalls, der ihnen einst eine Chance gegeben hatte.

Ascheflocken wirbelten über einem klaffenden Krater, ehe sie von Regentropfen getroffen wurden und sich auflösten. Ansonsten regte sich nichts.

Es herrschte vollkommene Stille.

CIA-Hauptquartier
Langley, Mclean, Virginia, USA
Do., 19. Juni 2014
[10:15 EST]

Fran Bowden starrte auf den riesigen Bildschirm im Konferenzzimmer neben ihrem Büro – schweigend und ohne die beiden anderen Anwesenden anzusehen. In den vergangenen fünf Minuten war zwar nicht ihr Leben, dafür aber die letzten Szenen ihrer Karriere an ihrem inneren Auge vorbeigezogen. Eine wenig angenehme Darbietung.

Außer der Chefin der Kuba-Abteilung Helen Wickers hatte Bowden nur ihren Assistenten Remnick in das Besprechungszimmer gebeten. Allen anderen Mitarbeitern war sie an diesem Morgen tunlichst aus dem Weg gegangen, denn die für sie charakteristische Selbstbeherrschung war ihr am Abend mit Coyle in der Lagerhalle abhandengekommen. In der darauffolgenden schlaflosen Nacht hatte sie zwei Schachteln Zigaretten geraucht.

»Endlich«, sagte Wickers und hieb in die Tasten ihres Laptops. Das erwartete Satellitenfoto erschien.

»Verdammt«, murmelte Remnick.

Zwei Fotos – vorher und nachher. Das zweite zeigte statt einer russischen Abhöranlage einen gähnenden schwarzen Krater.

»Das kann nicht sein«, sagte Wickers. »Nein, nein, nein, nein …«

Bowden hob den Zeigefinger. »Regen Sie sich ab.«

Wickers nickte hastig. »Entschuldigen Sie. Ich kann das … einfach nicht glauben.«

Angesichts dieser Fassungslosigkeit schöpfte Bowden neuen Mut. Ihre Finger und Zehen wurden wieder durchblutet, und ihre Atmung regelmäßiger. Jetzt wusste sie, welche Maßnahmen ergriffen werden mussten.

»Meine Güte, Faye Morris war ja dort«, jammerte Wickers.

Bowden schluckte, und ihr Gesicht nahm einen grimmigen Ausdruck an. »Die Risiken waren ihr bekannt.«

In diesem Augenblick wurde die Tür geöffnet. Hinkend und übernächtigt trat Tim Coyle ein, schloss die Tür hinter sich, starrte eine ganze Weile auf das Satellitenfoto und ließ sich dann auf einen Stuhl sinken. Seine Miene verriet nicht, wie er auf die Katastrophe reagierte. Falls er zufrieden war, ließ er das mit keiner Miene erkennen. Sein Gesicht war undurchdringlich wie bei einem Menschen im Schockzustand.

Bowden ärgerte sich, am Vorabend die Selbstkontrolle verloren zu haben. Jetzt würde sie den Idioten nicht mehr feuern können, denn das Risiko einer Klage war zu groß.

»Wie kannst du es nur wagen, hier aufzukreuzen?«, fragte Wickers ihren Stellvertreter verblüfft.

Bowden hatte von Coyle berichtet, aber so, als wäre er von Callaghan betrogen worden.

»Lass ihn in Ruhe«, murmelte Bowden. »Er hat seine Fehler gesühnt. Jetzt beginnt ein neues Kapitel. Nicht wahr, Tim?«

»In letzter Zeit habe ich sehr viel dazugelernt«, lautete seine windelweiche Antwort. Bowden hätte ihm am liebsten wieder …

»Prima«, sagte sie nur.

»Die Russen werden sich wahnsinnig aufregen«, jammerte Wickers weiter, jedoch mit etwas tieferer Stimme, um ihren Worten mehr Autorität zu verleihen. »Und diese Kubaner, meine Güte! Wenn die je spitzkriegen, dass dieser Virus von uns stammt …

Dann ist der ganze Versöhnungsprozess im Eimer. Und die Russen, wie gesagt … nicht auszudenken. Das Weiße Haus und das Außenministerium machen Hackfleisch aus uns!«

»Niemand wird je die Wahrheit erfahren«, sagte Bowden und ging auf ihr Büro zu.

»Wie können Sie sich da so sicher sein?«

»Glauben Sie mir. Wir kriegen das hin.«

»Und wie?«

Mit der Hand auf der Türklinke hielt Bowden inne. Sie sah ihre Untergebenen lange an und sagte dann:

»Indem wir den Dingen ihren natürlichen Lauf lassen.«

Hauptschifffahrtsstraße
0,4 Seemeilen westlich von Key West, Florida, USA
Do., 19. Juni 2014
[10:50 EST]

Die lange Wartezeit wurde durch das Brummen des Satellitentelefons unterbrochen. Ludwig antwortete.

»Grünes Licht«, war GTs Stimme zu vernehmen.

»Von ganz oben?«

»Was sonst, schließlich hat dieser Irre den russischen Stützpunkt in die Luft gesprengt. Grünes Licht, wie gesagt.«

Ludwig wurde plötzlich schwindelig. »Moment! War Faye vor Ort, als es geschah?«

»Sieht ganz danach aus.« GT seufzte. »Mein Beileid.«

Sie wäre nicht dort gewesen, wenn Ludwig nicht GT und damit die CIA gewarnt hätte.

Nach einer Stille von dreißig Sekunden gelang es Ludwig, seine Wut an die richtige Adresse zu richten: »Ihr seid die totalen Anfänger.«

»Wirf mir nicht vor, was andere versiebt haben, Ludwig. Neuerdings mache ich nur den Telefondienst.«

»Ja, ja.«

»Zeit für eine ruhige und saubere Aktion. Es eilt. Die Zielperson darf keinesfalls Kontakt zur Presse oder zu sonst jemandem aufnehmen. Handy, Festnetz und Internetverbindung wurden bereits gekappt. Vermutlich ist ihm das schon aufgefallen. Er weiß also, was ihn erwartet.«

»Na super.«

»Es war unumgänglich. Ist er noch dort?«

Ludwig warf einen Blick auf die Veranda. Callaghan saß in einem Liegestuhl und trank weiterhin Bier.

»Ja.«

»Ausgezeichnet.«

»Meine Bedenken beziehen sich selten auf eure Motive, Clive. Das ist dir doch bewusst?«

»Für diese Diskussion ist jetzt keine Zeit.«

»Diese Stümperhaftigkeit. Ich hasse sie! Diesen verdammten, elenden Dilettantismus.«

»Du sprichst von einer Organisation, der ich nicht mehr angehöre, mein Lieber.«

»Ach, wirklich? Herrgott noch mal: Wir gehören beide immer noch dazu. Man kommt da nie wieder raus. Hast du das denn nicht kapiert? Schließlich nehmen wir ihre Befehle entgegen! Immer noch. Bist du echt so blöd?«

GT schwieg eine Weile. Dann sagte er mit belegter Stimme: »Mach es bitte aus der Ferne.«

»Mal sehen.«

»Ludwig?«

»Mal sehen«, wiederholte dieser und legte auf.

Regen lag in der Luft, und das Meer war ungewöhnlich glatt.

»Hast du deinen Computer dabei?«, fragte er Marcela.

*

Als sich das Boot dem Ufer näherte, winkte Callaghan ihnen zu, blieb aber in seinem Liegestuhl sitzen. Ludwig vertäute das Motorboot an dem kleinen Steg, sprang an Land und vergewisserte sich gewohnheitsmäßig, dass seine Waffe im Achselholster unter seinem weißen Jackett steckte. Marcela folgte ihm durch den Sand.

Als sie die Veranda erreichten, hatte Callaghan bereits einige Flaschen Bier geöffnet. Soweit Ludwig beurteilen konnte, trug er unter seinem dünnen grauen Morgenmantel keine Waffe.

»Offenbar ist es so weit«, sagte er mit dem Anflug eines Lächelns.

Ludwig legte sein Jackett ab und nahm breitbeinig auf dem Fußende eines Liegestuhls Platz. Marcela blieb in einigen Metern Entfernung neben der Terrassentür stehen.

Nach ein paar Schlucken strich sich Ludwig die Haare aus der Stirn und meinte: »Anscheinend ist Ihre Tollwut unheilbar.«

»Ist der Stützpunkt weg?«

»Allerdings.«

Callaghan schloss die Augen und murmelte etwas.

»Zufrieden?«, fragte Ludwig.

Langsam kehrte Callaghan in die Gegenwart zurück und betrachtete Ludwig. »Zum ersten Mal in meinem Leben habe ich etwas von Wert erreicht. Zum ersten Mal habe ich Vergeltung geübt.«

»Was haben Sie Ihrer Meinung nach erreicht?«, erkundigte sich Marcela.

»Die Kubaner werden immer davon ausgehen, dass die CIA dahintersteckt. Die Beziehungen bleiben weiterhin frostig, und es gibt für dieses kriminelle Pack keine Amnestie.«

»Es ist Ihnen also lieber, das gegenwärtige Regime zu retten?«

»Schließlich möchte man einmal im Leben Gerechtigkeit erleben«, sagte Callaghan giftig. »Ja, ich ziehe es vor, dass sie verängstigt in ihren Palästen hocken und darauf warten, dass der Volkszorn überkocht. Es ist mir lieber, dass sie an Verfolgungswahn und Müdigkeit sterben, als dass sie friedlich in Rente gehen.«

Ludwig schüttelte den Kopf. »Die USA werden jede Beteiligung abstreiten. Das wissen Sie sehr wohl.«

»Ich werde Abhilfe schaffen, indem ich mich mit einigen auserwählten Journalisten unterhalte. Wenn herauskommt, dass ein alter, einflussreicher CIA-Funktionär den Angriff durchgeführt hat, spielt es keine Rolle mehr, was die gegenwärtige Führung sagt.«

»Sie werden mit niemandem sprechen«, erwiderte Ludwig.

»Und wenn ich das bereits getan habe?«

»Ich weiß, dass dem nicht so ist.«

»Ich soll also wie ein alter, räudiger Hund getötet werden?«

»Sie lassen mir keine andere Wahl«, erwiderte Ludwig betrübt. »Sehnen Sie sich etwa danach? Was ist bloß mit Ihnen los?«

»Warten Sie mal ab, bis Sie siebzig sind. Es gibt nun einmal lebenserhaltende Illusionen. Werden diese zerstört, ist es nur eine Frage der Zeit, bis man den Tod mit offenen Armen empfängt.«

»Dann werde ich mein Bestes tun, mir meine Illusionen zu bewahren.«

»So einfach ist das nicht, mein Freund. Wer steckt Ihrer Meinung nach hinter dem Versailles-Anschlag?«

Verunsichert stellte Ludwig seine Bierflasche ab. Er spürte den Puls in seinen Schläfen pochen.

»Ja, wer?«, fragte er kaum hörbar, obwohl er die Antwort kannte.

Callaghan machte eine abfällige Bewegung mit der Linken. »Unsere unfehlbare Fran Bowden. Vor einem guten Jahr hat sie mir den Befehl erteilt.«

»Und zu welchem Zweck, verdammt noch mal?«

»Weil sie die Exilkubaner gängeln wollte. Ich habe in diesem Punkt allerdings nicht ganz ihren Wünschen entsprochen, sondern den Verdacht auf das Castro-Regime gelenkt.«

»Das ist ja vollkommen …«

»Wenn sie mich hätte gewähren lassen und mit meinen Plänen einverstanden gewesen wäre, hätte ich diesen Stützpunkt nicht zerstören müssen. Aber jetzt war es unvermeidlich. Im Grunde genommen teilt sie meine Ansichten, aber inzwischen hat ihre Karriere Vorrang.« Er kratzte sich am Hals und schaute zu Boden.

»Früher einmal haben wir auf demselben Planeten gelebt. Jetzt ist alles anders. Sie hat die Stratosphäre verlassen.«

Noch während Ludwig über diese Informationen nachsann, sagte er:

»Sie haben Hunderte von Menschen ermordet.«

»Soldaten.«

»Menschen. Hunderte. Sie haben sie ermordet.«

Er dachte wieder an Faye. Und an Vilma Esquivels Blick in der Schlucht.

»Fest steht jedenfalls«, beharrte Callaghan, »dass die Kubaner nie wieder russische Stützpunkte auf der Insel dulden werden, und außerdem fürchten sie sich vor einer amerikanischen Invasion. Zum ersten Mal haben wir in dem neuen Krieg zurückgeschlagen. Er wird in Europa ausgefochten werden, aber jetzt haben wir zumindest bewiesen, dass wir es ernst meinen.«

»Wie konnten Sie wissen, welche Kommandozeile den Stützpunkt in die Luft sprengt?«

»Ein russisches Unternehmen hat den Bunker gebaut. Wir haben einen ihrer Ingenieure bestochen, der in London lebt. Anscheinend zeichnen sich die Russen durch eine wunderbare Schwäche für Bares aus.«

Ludwig überblickte das Drama in seiner vollen schmutzigen Pracht und machte sich keinerlei Illusionen über seine eigene Rolle als Schlachtergehilfe. Seine Aufgabe war es offenbar gewesen, Ordnung in Fran Bowdens fürchterliches Chaos zu bringen. Auf ihre Anweisung hin hatte ihn GT dazu bewogen, nach Miami zu ziehen. Sie hatte für beide Operationen, die kleine in Miami und die große in Kuba, einen Mann vor Ort benötigt. Ludwigs Anwesenheit war für das FBI ein deutlicher Hinweis gewesen, dass die CIA die Fährte aufgenommen hatte und dass sich das Büro bei der Aufklärung des Bombenanschlags nicht sonderlich verausgaben musste.

Den Mitarbeitern des FBI war Ludwig als internationaler Berater vorgestellt worden, und die hatten den Wink sofort verstanden.

Bowden wollte sich nicht mit halben Sachen begnügen. Der Versöhnungsvertrag zwischen den USA und Kuba durfte nicht verändert werden, weil das ihre Nominierung zur CIA-Chefin gefährdet hätte. Außerdem sollte ihr geniales Entschlüsselungssystem getestet werden. Vieles auf einmal also. Sie wollte ihr Revier und somit die Exilkubaner voll im Griff haben.

In ihrem Eifer, das Kommando über die Situation zu übernehmen, hatte sie nur einen entscheidenden Fehler begangen. Sie hatte Callaghan mit der Aufgabe betraut. Einen Mann mit einem zu simplen Weltbild, der seine eigenen Ziele verfolgte. Einen Mann, den es nicht kümmerte, wie der Krieg ausging, solange er vor seinem Tod eine letzte Schlacht gewann.

»Das Dasein ist doch betrüblich, nicht wahr?«, brach Callaghan schließlich das Schweigen.

Ludwig warf ihm einen neugierigen Blick zu. »Mir gefällt das Foto von Ihnen und … wie heißt sie noch gleich … richtig, Mary, vor ihrer Garage in Myrtle Beach. Sie sehen beide so fröhlich aus. Damals hatten Sie vermutlich noch einige Illusionen.«

Callaghans Augen weiteten sich. »Meine Tochter hat mit dieser Sache nichts zu tun.«

»Na, dann wollen wir mal hoffen, dass das auch so bleibt.«

»Sie können doch nicht …«

»Was ich kann, habe ich in den vergangenen Wochen bewiesen. Eines schönen Morgens, wenn Mary zum Briefkasten geht, durchschlägt ein Hochgeschwindigkeitsgeschoss ihr Nasenbein. Sofern Sie die ganze Sache nicht auf elegante Weise in Ordnung bringen.«

Der Blick, mit dem Ludwig den Alten bedachte, war nicht ganz frei von Mitleid. Aber er hatte wirklich nicht vor, seine Tage in einer amerikanischen Todeszelle zu beschließen. Bowden würde keinen Finger rühren, um ihn zu beschützen. Im Gegenteil, er kam ihr als Sündenbock sicherlich gerade recht.

»Ist das klar?«, fragte er mit Nachdruck.

Callaghan nickte und zündete sich eine Zigarette an. Zum ersten

Mal erlebte Ludwig den alten Mann mit erloschenem Blick und ohne Charisma und Würde. Augenscheinlich war er den Tränen nahe.

»Ja.«

»Sie haben vierundzwanzig Stunden Zeit.«

»Und Sie haben mein Wort.«

Damit war alles gesagt. Ludwig ließ ihn sitzen, einen Mann mit vielen Niederlagen und einem einzigen sinnlosen Sieg.

*

Fayes einziger Vorteil bestand darin, dass sie reichlich amerikanische Hundertdollarscheine bei sich trug. In ihr Hotel musste sie nicht zurückkehren: Für die geplante Route benötigte sie keinen Pass.

Vor einer Stunde hatte sie den Dschungel verlassen und befand sich jetzt endlich an einer Hauptstraße. Jetzt brauchte sie nur noch ein Taxi, das sie zur Küste östlich von Havanna brachte, wo sie hoffentlich einen Schmuggler auftreiben würde.

Mit dem ersten Lächeln dieses Tages stellte sie fest, dass sie tatsächlich schon Schlimmeres erlebt hatte.

*

»Diese verdammte Branche«, sagte Ludwig, als sie drei Stunden später im Land Rover wieder das Festland erreichten. Auf einem kerzengeraden, hellgrauen Asphaltkorridor fuhren sie an etwa zwanzig Häftlingen vorbei, Schwarzen, die in der Hitze Gestrüpp mähten. Die fünf Wachen, die alle weiß waren, schlenderten mit umgehängten Schrotflinten hinter ihnen her.

»Für mich ist das jedenfalls nichts«, meinte Marcela kopfschüttelnd. »In Zukunft werde ich mich von eurer Branche fernhalten. Ich ziehe nach Mexiko und züchte Hühner. Eine neue Identität ist gar nicht nötig. Ich überquere die Grenze und verschwinde einfach. Das geht dort ohnehin leichter als hier.«

Ludwig nickte. »Keine schlechte Idee. Ich gedenke nach Hause zu fahren.«

»Nach Miami?«

Er ließ das Seitenfenster heruntergleiten und warf das Satellitentelefon in den Graben.

»Auf gar keinen Fall.«

EXIT

United Street
Key West, Florida, USA
Fr., 20. Juni 2014
[6:30 EST]

Seinen ersten Schwimmwettkampf hatte Brent Callaghan mit zwölf gewonnen. Auf der Highschool war er einer der besten Schwimmer gewesen. Dann hatte er gegen den Wunsch seiner Eltern das College abgebrochen und war zur Marineinfanterie gegangen. Auch dort hatte er Wettkämpfe gewonnen. Später bei der CIA hatte er sich als Läufer und in der Schwimmhalle fit gehalten. In seiner momentanen Situation bereitete ihm das Schwimmen Probleme. Seine Bestleistung betrug acht Kilometer. Also war das die kürzeste Strecke, nach der es kein Zurück geben würde. Dann würden seine Muskeln ihre Arbeit tun, indem sie ihren Dienst versagten.

Wahrscheinlich.

Also legte er etwas drauf. Zehn Kilometer mussten genügen, zehn Kilometer in der Morgendämmerung. In dem warmen, grünen Wasser geradewegs nach Süden. Das dauerte seine Zeit. Er konnte nachdenken und sich erinnern, seinen Schritt bereuen und dann die Reue bereuen und zwar mehrmals hintereinander.

Aber bereits nach siebeneinhalb Kilometern spürte er die gesegnete Müdigkeit, die das Loslassen erleichtern würde. Er spürte, dass er endlich am Ende war.

342 SW 8th Avenue
Little Havana, Florida, USA
So., 22. Juni 2014
[10:10 EST]

Das *Zu-verkaufen*-Schild zog jede Menge Gaffer an. Ludwig hatte Carmen beauftragt, alle Leute, die nicht ernsthaft an dem Haus interessiert waren, zu vertreiben. Mit der verbissenen Miene eines Unteroffiziers patrouillierte sie am Zaun auf und ab.

Drei Tage waren vergangen, seit Ludwig seine eigene Lösung für das Problem Callaghan gefunden hatte. Leider konnte Ludwig nicht absehen, welche Schlüsse GT und Fran Bowden ziehen würden. Am Tag zuvor war Callaghans Leiche östlich von Key West in Upper Sugarloaf Key angespült worden. Der Lokalpresse war zu entnehmen, Callaghan sei ertrunken. Ludwigs Auftraggeber vermuteten wahrscheinlich, er habe den Mord als Selbstmord getarnt, was ja nicht ganz falsch war.

Eines Morgens war der ihm von EXPLCO zur Verfügung gestellte Land Rover jedenfalls weg gewesen. Und gekündigt hatte man ihm ja bereits.

Ludwig saß im Schatten und trank sein drittes Bier mit Aspirin. Das Amphetamin hatte seinen Blutkreislauf endlich verlassen, und er erholte sich allmählich. Der Absprung war alles andere als angenehm gewesen.

Es erleichterte ihn, dass er den Befehl nicht eigenhändig hatte ausführen müssen. Vermutlich hatte er damit Bowdens Karriere gerettet. Der Mord an einem ehemaligen CIA-Angestellten wäre irgendwann einmal ans Licht gekommen, und Bowden wurde ständig von jungen Haien umschwärmt, die nur darauf lauerten, dass sie einen Fehler beging. So wie die Dinge nun gelaufen waren, saß sie fester im Sattel.

Über ihre offizielle Ernennung würde der Kongress in einigen Tagen abstimmen. Ludwig zweifelte keine Sekunde daran, dass sie eine solide Mehrheit auf ihrer Seite haben würde. Damit erhielt die CIA ihre bislang gefährlichste Chefin. Im Laufe von drei Jahren hatte er sich dieser Frau zwei Mal widersetzt und darauf bestanden, seinen eigenen Weg zu gehen. Ein drittes Mal würde er vermutlich nicht überleben.

Aus den Augenwinkeln nahm er plötzlich eine Bewegung wahr: Er wurde beobachtet. Eine Motorradfahrerin auf der gegenüberliegenden Straßenseite.

Sie schob ihr Visier hoch.

Die Augen lächelten Ludwig an. Fassungslos erhob er sich und machte ein paar Schritte auf sie zu. Aber da klappte Faye Morris das Visier bereits wieder herunter, winkte ihm zu und fuhr gelassen Richtung Westen davon.

Ludwig kehrte an seinen Platz zurück und versuchte eine geraume Weile, das soeben Gesehene zu verarbeiten. Drei Jahre zuvor hatte er ihr geraten, sich von der CIA loszueisen. Jetzt hatte sie es getan.

Und nun war er an der Reihe, ihrem Beispiel zu folgen. Er warf einen Blick über den Fluss auf die funkelnden Wolkenkratzer Miamis, schlenderte ins Haus und buchte ein Ticket nach Hause.

»Nach Deutschland«, murmelte er. »Da weiß ich zumindest, wer ich bin.«

2002
GEDULD AUS STAHL

Berlin-Weißensee
Bundesrepublik Deutschland
Di., 18. April 2002
[11:25 WEZ]

Als die kobaltblaue Urne mit der Asche in die Erde hinabgelassen wurde, spielte eine einsame Trompete die Internationale.

Lotte Ulbricht, die Ehefrau des Landesvaters und ersten Diktators der DDR, wurde zu Grabe getragen. Die Anwesenden waren zutiefst beeindruckt, dass sie einen so schlichten Platz für ihr Begräbnis gewählt hatte. Ihr Ehemann lag in weiter Ferne auf dem Gelände der ehrwürdigen Gedenkstätte der Sozialisten in Friedrichsfelde begraben, zusammen mit anderen heldenhaft-mythischen Parteikadern.

An diesem Aprilvormittag 2002 herrschte feuchtkaltes und windiges Wetter auf dem Friedhof in Weißensee. Dieser Stadtteil hatte wie das ganze ehemalige Ostberlin nur zwölf Jahre Zeit gehabt, im wiedervereinigten Deutschland aufzugehen. Den Anwesenden nach zu schließen war der Assimilierungsversuch nicht recht geglückt. Die Trauergesellschaft bestand aus dem letzten Kommunistenführer Egon Krenz, der eine Gedenkrede gehalten hatte, einigen ehemaligen Ministern und Stasifunktionären, ganz gewöhnlichen Parteimitgliedern, deren Überzeugung ungebrochen war, sowie einigen Mitarbeitern der stalinistischen Zeitung *Rote Fahne.*

Zwei Gestalten lösten sich aus der etwa zweihundert Personen zählenden Menge und machten sich auf den Weg Richtung Prenzlauer Berg.

»Der mit seinem Dauergrinsen«, sagte die Frau über Egon Krenz. »Der wird noch grinsen, wenn er selber im Sarg liegt.«

Sie war Anfang fünfzig, klein, schlank und hatte eine Stupsnase. Ihr dunkelblondes Haar kontrastierte unvorteilhaft mit ihrem roten Mantel. Da ihr Begleiter schwieg, fuhr sie fort: »Vermutlich ist das seine Art, peinliche Situationen zu meistern. Was soll man schon machen, wenn einem dieser entwürdigende Zirkus zugemutet wird?«

Der dunkelhaarige Mann mit Bocksbart und kleiner Brille, bei dem sie sich eingehakt hatte, meinte: »Das wäre nie passiert, wenn man uns nicht verraten hätte. Ich komme einfach nicht darüber hinweg, dass wir Hunderte von Verrätern in den eigenen Reihen hatten. Sonst wäre es nie zu dieser Katastrophe gekommen.«

»Wir werden sie aufspüren und bestrafen«, pflichtete ihm die Frau bei. »Um jeden Preis. Egal, wie lange es dauert.«

»Aber jetzt müssen wir uns darauf konzentrieren«, sagte der Mann und zog sein gelbes Halstuch straff, »neue Bündnisse zu schließen. Mit Elementen, die vielleicht nicht immer so … ansprechend sind.«

Sie hielt inne und sah ihn durchdringend an: »Wir müssen in dieser Phase enger denn je zusammenrücken. Abwarten und aufbauen, das ist die Devise. In Russland wurde endlich dieser verdammte Jelzin abserviert, und das Land wird auf den rechten Weg zurückfinden. Und bei uns? Früher oder später gerät der Kapitalismus immer in eine fundamentale Krise. Wir brauchen Geduld und Nerven aus Stahl.«

Sie blieben an einer roten Ampel stehen. Ein etwas verlebter Mann in einem zweireihigen beigen Trenchcoat ging grußlos an ihnen vorbei und starrte dabei wie ein Wachsoldat vor einem Schloss vor sich hin.

»Sieh mal einer an«, meinte die Frau, »einer der Jüngeren. Das ist doch schön. Hieß er nicht Licht?«

»Doch … Hauptmann Licht von der Spionageabwehr. Fähig. Effizient. Er könnte uns schon bald nützlich werden.«

Zum Schutz vor dem schneidenden Wind klappte die Frau ihren Mantelkragen hoch. »Oder sich als ernst zu nehmender Feind entpuppen«, meinte sie nachdenklich.

DANK

Ich danke meiner Frau Margit Richert, die mit ihren Ideen und ihrer Kritik zum Plot, zu den Charakteren und zur nicht ganz einfachen Recherche beigetragen hat. Sie ist mehr Schriftstellerin als ich (in der positiven Bedeutung dieses Wortes, falls es eine solche gibt) und verlangt meiner Fantasie und meinem sprachlichen Können immer das Äußerste ab. Meiner Entwicklung in dieser Phase meines Schaffens war das gewiss zuträglich, da das Schreiben sonst leicht zur nachlässigen Routine verkommt. Ohne sie sähe dieses Buch ganz anders aus, und ich wäre fauler. Ich bin ihr ewig zu Dank verpflichtet.

Danken möchte ich auch Mats Svensson, der über großartige Kenntnisse auf dem Gebiet von Waffen und Taktik, aber auch im Ingenieurwesen und in der IT-Technik verfügt. Wie dem aufmerksamen Leser aufgefallen sein dürfte, war er für wichtige Details dieses Romans von der Gestaltung des Plots bis hin zum nachträglichen Faktencheck unentbehrlich.

Für einen Autor im Thrillergenre sind talentierte Gesprächspartner unersetzlich. Neben Margit und Mats hat insbesondere der legendäre Buchhändler Johan Zillén mit etlichen plausiblen Ideen beigetragen.

Meine Verlegerin Helena Ljungström und meine Lektorin Ulrika Åkerlund haben sich wie immer bemüht, mich zu Höchstleistungen anzutreiben, was den Inhalt des Romans betrifft. Gleichzeitig haben sie unendlich viel Geduld für meine Planänderungen und meinen Wunsch aufgebracht, vereinzelte Deadlines zu verschieben. Es ist stets eine Freude, mit ihnen zusammenzuarbeiten. Das gilt auch für viele andere Mitarbeiter der Bonnier-Verlage, darunter Martin Ahlström, Daniel Sandström, Jesper Monthán, Bo Bergman, Åsa Lindström und Torgny Lundin. Sie alle glauben an Ludwig Licht und haben ihm die Möglichkeit gegeben, im Laufe der Zeit eine immer deutlichere Gestalt anzunehmen.

Ein großer Dank gebührt auch meinem Agenten Tor Jonasson und den anderen Helden der Salomonsson Agency. Ihnen ist es gelungen, Ludwig den Zugang zur übrigen Welt zu eröffnen. Und sie haben mir geschenkt, was ein Schriftsteller wirklich braucht: Ruhe zum Arbeiten.

Seitdem ich den Schritt in die Welt der Thriller gewagt habe, durfte ich die Bekanntschaft einer neuen Kategorie von Kollegen machen. Insbesondere Joakim Zander, Christoffer Carlsson, Jan Arnald (Arne Dahl) und Lars Wilderäng haben mich zumindest teilweise von der Überzeugung geheilt, dass alle Schriftsteller Idioten sind. Ich danke ihnen für diese Einsicht und für unsere vielen ergiebigen Gespräche.

Meine Eltern haben mir immer auf jede erdenkliche Art geholfen, und wie ich ihnen auch nur einen Bruchteil davon vergelten soll, übersteigt mein Fassungsvermögen. Meinen allergrößten Dank!

Last but not least will ich allen Lesern danken, die mich auf Twitter (@ThomasEngstr) und andernorts zum Schreiben ermutigt haben. Wenn man sich anlässlich einer Szene, die nicht so recht an Tempo gewinnen möchte, das ergrauende Haar rauft, ist es äußerst motivierend, dass die Leser sich schon auf die Fortsetzung freuen. Und sie kommt: *East of Inferno* nimmt gerade Gestalt an.

Auf Wiedersehen, liebe Freunde.

Thomas Engström
Berlin-Schöneberg, im Hochsommer 2015

Das atemberaubende Finale der Ludwig-Licht-Serie!

Ludwig Licht arbeitet für einen Sicherheitsdienst in Tiflis und wird täglich mit der brenzligen politischen Lage des Landes konfrontiert. Kurze Zeit später bringt eine Serie von Terroranschlägen Georgien in den Ausnahmezustand. Bekennerschreiben von der IS verbreiten überall Panik. In seinem letzten, härtesten Kampf geht es Ludwig Licht nicht nur um sein eigenes Überleben, sondern er muss jemanden retten, der unfreiwillig in diesen Fall hineingeraten ist – seinen Sohn Walter.